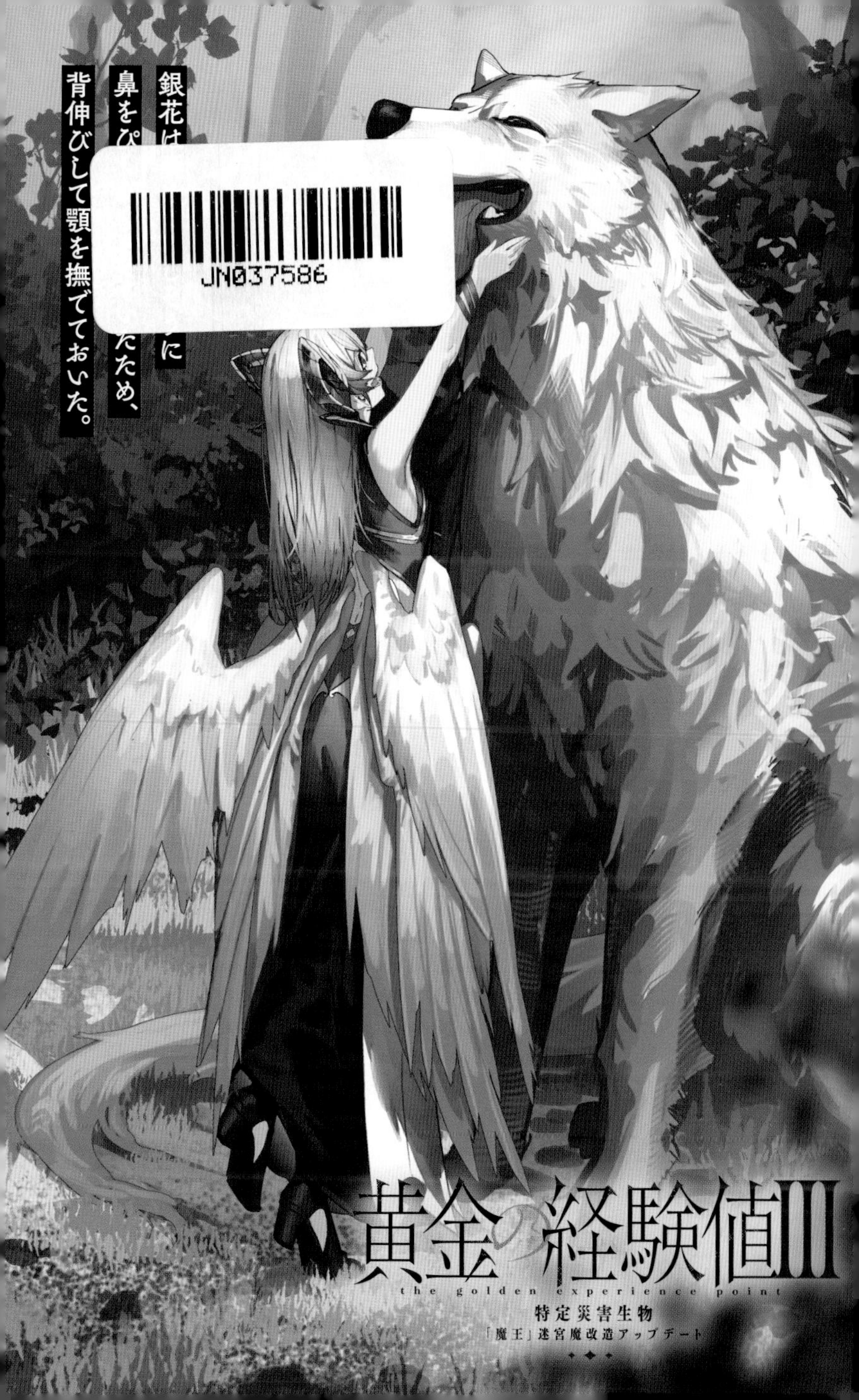
銀花は
に
鼻をぴ
たため、
背伸びして顎を撫でておいた。
黄金の経験値III
the golden experience point
特定災害生物
「魔王」迷宮魔改造アップデート

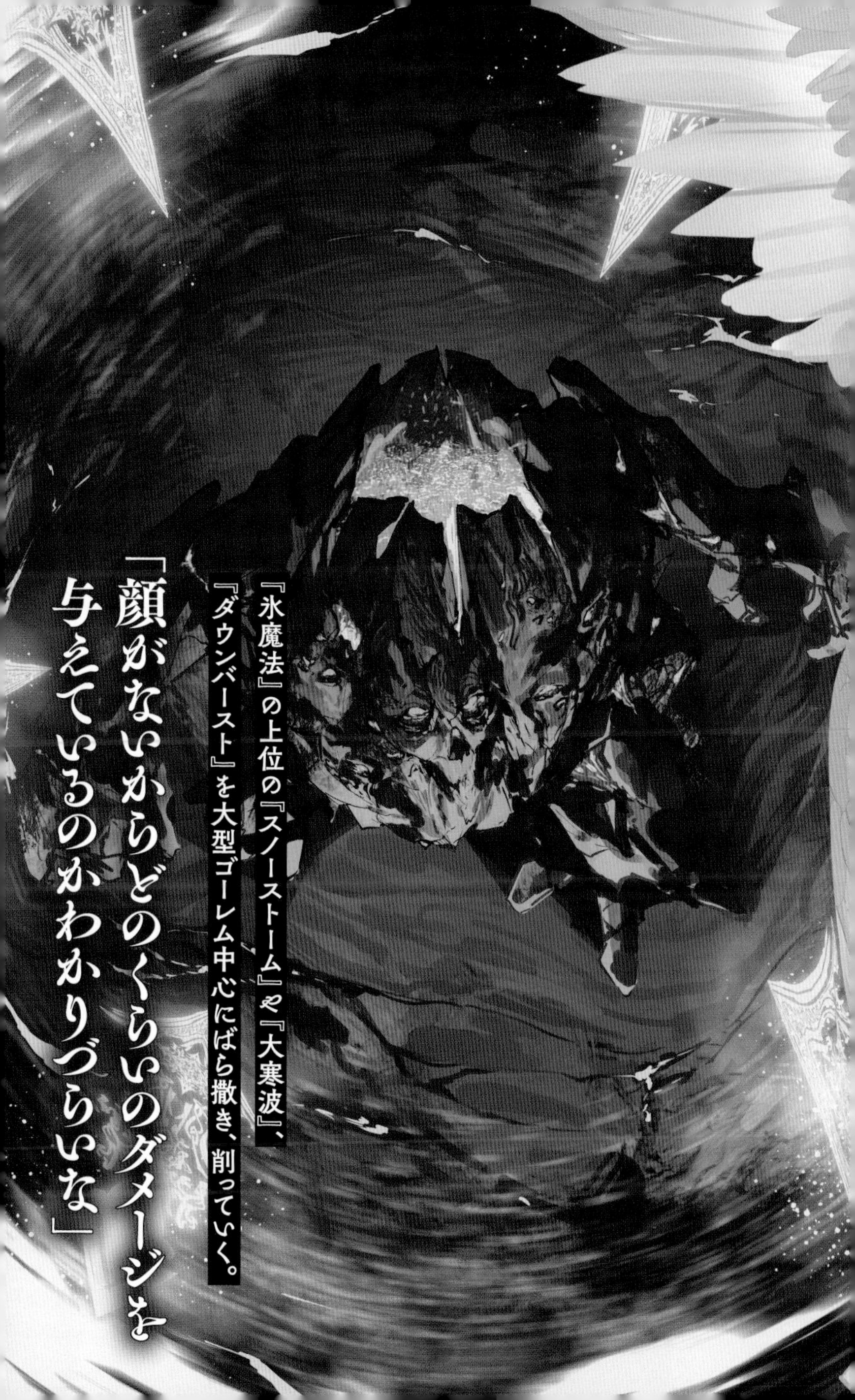
『氷魔法』の上位の『スノーストーム』や『大寒波』、
『ダウンバースト』を大型ゴーレム中心にばら撒き、削っていく。
「顔がないからどのくらいのダメージを
与えているのかわかりづらいな」

「では外に出て軽く振るってみよう」

黄金の経験値

the golden experience point

特定災害生物「魔王」迷宮魔改造アップデート

III

原純 Harajun

illustration fixro2n

口絵・本文イラスト
fixro2n

装丁
coil

contents

the golden experience point

プロローグ ◆ 007
第一章 ◆ 新しい朝がきた ◆ 026
第二章 ◆ 邪道をゆくもの ◆ 071
第三章 ◆ ダンジョンコンバージョン ◆ 100
第四章 ◆ 早速悪用される新サービス ◆ 155
第五章 ◆ 報連相、ヨシ ◆ 204
第六章 ◆ 二重召喚 ◆ 226
第七章 ◆ 偽造身分 ◆ 257
第八章 ◆ ネクロリバイバル ◆ 303
第九章 ◆ スタンド・バイ・ミー ◆ 339
第十章 ◆ スケルトンって何の骨 ◆ 346
エピローグ ◆ 386
あとがき ◆ 409

ヒルス王国地図

Kingdom of Hillus

MAP

the golden experience point

Boot hour, shoot curse

／Player Profile

レア

ホーム：リーベ大森林
種族：魔王（※特定災害生物）
特性：『美形』『超美形』
『翼』『角』『魔眼』
『アルビニズム』『弱視』
開放済スキルツリー：
『火魔法』『水魔法』『風魔法』
『地魔法』『雷魔法』『氷魔法』
『精神魔法』『付与魔法』
『空間魔法』『光魔法』
『植物魔法』『神聖魔法』
『回復魔法』『闇魔法』
『調教』『召喚』『死霊』
『調薬』『錬金』『素手』『解体』
『支配者』『飛翔』『魔眼』
『治療』『投擲』『翼撃』

主な眷属：
◆ケリー／獣人（山猫盗賊団）
◆マリオン／獣人（山猫盗賊団）
◆レミー／獣人（山猫盗賊団）
◆ライリー／獣人（山猫盗賊団）
◆白魔／スコル
◆銀花／ハティ
◆スガル／クイーンアスラパーダ
◆鎧坂さん／ディバインフォートレス
◆剣崎一郎～五郎／ディバインアーム
◆憤怒のディアス／不死者の王《イモータル・ルーラー》
◆悲嘆のジーク／不死者の王《イモータル・ルーラー》
◆世界樹

※情報は現在判明中のものです。

プロローグ

《プレイヤーの皆様へ。

平素は弊社『Boot hour, shoot curse』をプレイしていただき誠にありがとうございます。

第二回公式大規模イベント「大規模攻防戦」は皆様のおかげをもちまして、大盛況の中終えることができました。たくさんのご参加、誠にありがとうございます。

今後もプレイヤーの皆様が楽しめる、さまざまなイベントを企画してまいります。

ぜひ、次回以降も奮ってご参加ください。

今後とも『Boot hour, shoot curse』をよろしくお願いいたします。》

◆◆◆

《メンテナンスのお知らせ

平素は弊社『Boot hour, shoot curse』をプレイしていただき誠にありがとうございます。

以下の日程で大規模イベント終了後のシステムメンテナンスを行います。

また今回のメンテナンスにて、一部システムの挙動の修正を行います。
・キャラクターがキャラクターを背負った状態の場合、一時的に装備状態として認識されてしまう挙動
装備状態として判定されるラインを見直し、キャラクターがキャラクターを装備していると判定される条件を厳しくいたします。

今後とも『Boot hour, shoot curse』をよろしくお願いいたします。

メンテナンスの日程
某月某日　10：00〜19：00　（※延長の可能性あり）》

◆◆◆

《よくあるご質問

お客様からお寄せいただいた「よくあるご質問」や「トラブルの解決方法」を掲載しております。

疑問や問題を解決できる可能性がございますので、お問い合わせの前に一度ご確認ください。

また、ゲームの内容に関するご質問や仕様の一部に関するご質問などお答えできかねるご質問も

ございますのでご了承ください。

Q：公式サイトの六大国が五大国に修正されましたが、どうしてですか

A：お知らせが遅れてしまい申し訳ありません。ゲーム内国家「ヒルス王国」の滅亡判定が出ましたので修正しました。

Q：国が滅亡したと判定される基準は何ですか

A：以下の条件のうち、一つ以上を満たした国家は滅亡判定がなされます。この仕様は始まりの大陸のみの仕様であり、他大陸や他島には適用されません。

・国土の半分以上の喪失

・国民の半数以上の喪失

・王家の断絶

Q：アタックしたいエリアがあるのですが、セーフティエリアが遠くてアクセスが悪いです。どうしたらいいですか

A：他のセーフティエリアと一定以上の距離があり、かつ安全が確保されている状態でのみ使用可能な、一時的なセーフティエリアを作成できるアイテムの実装を予定しております。メンテナンス後には実装予定ですが、他アイテム同様、作成手順は公開しませんのでゲーム内でご確認ください。

今後とも『Boot hour, shoot curse』をよろしくお願いいたします。》

◆◆◆

《プレイヤーの皆様へ。


平素は弊社『Boot hour, shoot curse』をプレイしていただき誠にありがとうございます。

新たに実装される可能性のあるサービスに関するアンケートを行います。

是非ご協力ください。

・課金アイテムについて
課金アイテムにて、一部のアイテムの販売を検討しております。

全く同性能のアイテムはゲーム内にて入手可能ですが、ゲーム外にて購入いただいたアイテムは譲渡不能となっており、インベントリから取り出すことができません。例外的にインベントリから直接使用する形になります。

販売を検討しているアイテムは
・各種初期選択種族に転生可能なアイテム（全七種）
・クイックセーフティエリアを設置できるアイテム
※発動時に登録された五名まで利用可能となります。

・すでに取得したスキルを削除するアイテム
※取得に使用した経験値は戻ってきません。

・恒常的な転移サービスについて
今回のイベントにて試験的に転移サービスの運用を行いました。

ゲーム内世界の流通を破壊しかねないため、イベント期間中のようにすべての都市での運用は予定しておりません。

イベントによって大きく情勢が動いた地域があるため、特に開始間もないプレイヤーの皆様へのサポートとして設置する予定です。

予定している転移サービスの仕様は以下の通りです。
・基本的にすべてのセーフティエリアから移動が可能ですが、一方通行であり、行き先は決まっています。
・行き先の詳細は検討中ですが、開始直後のプレイヤーから現在のプレイヤー平均までの間の成長が見込めるエリアにする予定です。

これらのサービスへのご意見については、以下の専用フォームからお答えください。

今後とも『Boot hour, shoot curse』をよろしくお願いいたします。》

◆◆◆

《プレイヤー名【ブラン】様

平素は弊社『Boot hour, shoot curse』をプレイしていただき誠にありがとうございます。

このたびは第二回公式大規模イベントにご参加いただき誠にありがとうございました。

今後のゲームの運営に関しまして、一部ブラン様にご協力のお願いをしたく、ご連絡差し上げました。

ブラン様がおられる旧ヒルス王国北西部のエルンタール、ならびにアルトリーヴァ、ヴェルデスッドの各街についてですが、こちらは現在ブラン様の勢力下にございます。

つきましてはこれらの各フィールドへの、他プレイヤーの皆様による襲撃を運営側がサポートする旨をご許可いただきたく存じます。

現在、主に旧ヒルス王国にて大規模な情勢の変動があり、ゲームを始めて間もないプレイヤーの皆様の快適なプレイが難しい状況にあります。

そこで運営としましては、手ごろな難易度の単一勢力による支配地域に、プレイヤーの希望者をお送りする限定転移サービスの実装を検討しております。

この転移は一方通行で、帰ることはできません。

これに伴い該当のフィールド内のセーフティエリアを、該当フィールドに近い場所に集約して移動させ、転移サービスはこのセーフティエリアを行き先に設定する予定です。

可能であればブラン様にご理解いただき、特に新規プレイヤーの皆様の成長にご協力いただければと考えております。

もしご協力いただける場合は、該当フィールド内でのブラン様のキャラクター死亡の際のデスペナルティの内容変更など、ブラン様が行うエリア運営のサポートを検討しております。

ご一考、どうかよろしくお願いいたします。
※なおこのメッセージは、適合するフィールドを支配しているすべてのプレイヤーの皆様にお送りしております。
『Boot hour, shoot curse』開発・運営一同》

◆◆◆

「なにこれ……」

メンテナンスが明け、一日ぶりにログインしてみれば、運営からメッセージが大量に来ていた。

すべて適当に読み流していたが、そのメッセージのうちの一つは返信用のフォームに誘導するバナーがついており、返信をしなければ既読にならない仕様になっていた。

そのメッセージがこれだ。

「適合するフィールドを支配するすべてのプレイヤー……ってことはレアちゃんにも来てるのかな？

でも初心者用のフィールドか……。レアちゃんのとこって初心者用なのかなぁ……。

まあいいか。レアちゃんが来たら相談してみよ」

レアからは、というかレアとライラからは数日はインできないという内容の言伝《ことづて》をもらっている。

たぶん、家庭の事情だろう。

姉妹が仲直りしたくらいで家族の状況がそこまで大きく変わるのかは疑問だが、家庭内での彼女たちの影響力がわからないため何とも言えない。

気にならないわけではないが、仲直りしたのならとりあえずはいいだろう。ブランにとって重要なのはそれだけだ。

「まあ、運営メールは置いておいて。

イベントも終わったことだし、いったん伯爵先輩に会いに行こうかな。

レアちゃんからはクイーンビートルさん借りたままだし、いない間はこき使っていいよって言われてるから、とりあえずエルンタールのお留守番をお願いしておこう」

「では、伯爵さまの古城、居城へ向かいますか？」

「古城って言うと先輩怒るよ？」

「噛《か》んだだけです」

ブランはアザレアたち三人のみを連れ、『飛翔《ひしょう》』で伯爵の城へ向かった。

◆◆◆

「ただいまあ！」

「ふはは！　その様子ではうまくいったようだな！　いくつの街を制圧できたのだ？」

ずいぶん久しぶりに伯爵に会うような気がするが、伯爵からしてみればそうでもないようだ。彼のこれまで過ごしてきた時間は非常に長いため、体感時間がブランとは違うのだろう。

あるいは体感時間の差は、このおよそ一〇日間の体験の密度によるものかもしれない。実にいろいろな事があった。

「制圧した街っていうと、三つかな？　少なくとも今わたしの支配下にある街は三つっすね。それより色んな事があったんですよ。まあ聞いて下さいよ先輩」

「何、我には時間など腐るほどある。心ゆくまで話すがいい」

◆◆◆

伯爵の古城を出発したブランは、まさに破竹の勢いで人類の街を制圧、瞬く間に三つの都市を陥落させるに至った。

その勢いで瓦礫《がれき》の街に突撃したところまでは良かったが、なんとそこにはラスボスもかくやと言わんばかりの恐るべき精鋭の敵集団がいたのだ。瓦礫の何とかといえばラストダンジョンと相場が決まっているので、これはある意味で当然のことだったのかもしれない。

あわやブランの冒険はここで終わってしまうのか、と覚悟を決めたところで、運命的に出会った魔王レアの活躍により、一命を取り留めることができたのだった。

その後意気投合したブランとレアは、共に大陸中心部に位置する古都ヒューゲルカップへ小旅行と洒落込《しゃれこ》んだ。ヒューゲルカップを治めていたのはなんとレアの生き別れの姉であり、気が利くブランによって感動的な再会を演出された二人は、仲直りの証《あかし》にとオーラル王国に革命を起こすことにしたのであった。

◆◆◆

「……ちょっと、どこから突っ込んでよいかわからぬが、何、魔王……だと？」

「そうなんすよ。フレン……友達になったんすよ。超いい子……ではないけど、まぁまぁいい子……うーん、超可愛《かわい》い子っす」

レアはブランに対しては優しいが、ライラに対しては少々当たりがきつい。それ以外のプレイヤーに対してはもっとだろうし、ＮＰＣに至っては路傍の石程度としか認識していない。

普通はそういう子をいい子とは言わないだろう。

しかし、可愛さという外見ならば文句のつけようがない。

「そうか……。相変わらず何をしでかすかわからぬやつよ。

よいか、魔王と言えばな、我らが盟主、真祖吸血鬼《トゥルーヴァンパイア》と同格とされる、我らにとっては雲の上の存在だ。

もっとも生まれたばかりということであるし、現在ではまだそこまで至ってはおらぬだろうが……。いずれはこの大陸を支配するほどの存在へと成長されてもおかしくはない」

「はえー。すっごい」

なんとなく凄《すご》そうだ、という程度には考えていたが、まさかそれほどとは。

しかし確かに、レアの強さは群を抜いているように見えるし、レアとつるむようになったブランの成長曲線も右肩上がりと言える。

「しかし、四天王か。それほどまでに優秀な配下をすでにお持ちなのか」

「そのうちのひとりはわたしっすよ！」

「……それほど優秀な配下をすでに三名お持ちだというのか」

「あれ⁉」

「もともと、魔王といえば、通常は配下をあまり持たれない種族だ。配下を支配するのに向いておらぬ。数名強力な配下がいることはあるが、その四天……三名の他にも大勢の配下がいるのだろう？ そういう大勢力を築くといえば、そうだな。邪王や聖王などの方が得意だったはずだ」

「どう違うんですか？」

「元になった種族の違いだな。魔王の元になる種族は本来『使役』があまり得意な種族ではない。そちらと比べ、邪王や聖王は上位種族が下位種族を『使役』することで成長するタイプの種族から至ることが多い。その違いだ」

「……じゃあ、配下めちゃいっぱいいる魔王っていうのは」

「我の知る限り、相当危険な存在だな。いずれは、というところだろうが。

最終的には極点に封じられておる黄金龍に対抗できうるのではないか？」

初耳の存在が次々と出てくる。これらのことはレアは知っているのだろうか。いや、黄金龍とかいうものは聞いたような気がするが。

「おーごんりゅう」

「あれはこの世界の外からやってきたものだ。我らの常識が通用せぬ。ゆえに逆に封印などに対する抵抗も低かったため、とりあえず封印して変化の少ない極点に置いてあるのだ。

あの時には確か時の聖王が世界中から勢力関係なく協力者を募り、それで封印したのだ。我らが盟主も参加されたぞ。我はまだ幼かったため、話を聞いただけだが」

「その聖王さんは今どこにいるんですか？」

「今はもうおらぬ。その時に没して、確かあれからは新たな聖王は生まれておらぬ。

邪王は参加せなんだが、我が盟主の話ではひきこもり野郎だということでな。おそらく長い間地上にさえ出てきておらぬ。我も知らぬ」

少なくとも現在、将来のレアと同格とかいう存在がいくつもいるらしい。

「なんか大天使？　とかもいるんですよね？　そいつはどうなんですか？」

「大天使か……。あれが生まれたのは最近のことだ。この大陸をかつて支配していた、精霊王が没した頃だな。恐るべき速さで成長し、天空城などというものをどこからか持ち出し、この大陸のいろいろな都市を気まぐれに襲撃しておる。面識がないゆえ目的もわからんが、少なくともこの城は攻撃されたことがないのでな。ほうっておる」

「攻撃されたら反撃するんですか？」

伯爵は眉《まゆ》をゆがめ、忌々しげな顔をした。ここまで表情を動かすのは珍しい。

「……業腹だが、我ではおそらく届くまい」

「あ、わたし空飛べるようになりましたよ！」

「──ふっ。届かぬとはそういう意味ではないわ。ふはは」

「あと、クーデターに参加して、ヒューマンの国の政権を倒しました！」

これを聞いた伯爵は目をぱちぱちとさせ、マゼンタたちのほうを見た。

「発言をお許しください。

ええと、ご主人さまのおっしゃる通りで、ライラ様という人間の貴族に協力し、その国の王を倒し、ライラ様による傀儡《かいらい》政権を樹立いたしました。

そのライラ様も、ご主人さまや先にお話に出られたレア様のご友人です」

「──ははは！　なんだそれは！　ではつまりあれか、かつてこの大陸の者どもが精霊王に行った仕打ちを、今の王族がやり返されたということか！　なんと愉快な！」

上機嫌である。

特に精霊王と仲が良かったような話し方はしていなかったが、面識があるような雰囲気でもあったし、知り合いを殺されたということで、この大陸の国々をあまりよく思っていなかったのかもしれない。

そういえば、街を襲撃したいと言ったときはいつにも増してノリノリだった。

「いやー、喜んでもらえて何よりですけど、計画したのはそのライラさんって貴族と、魔王のレアちゃんなんすよね。

伯爵は直接人類の国を攻撃したりはしないんですか？」

伯爵はゆっくりと笑うのを止《や》めると、遠いところを眺めるようにして言った。

「ああ……。まあ、そうだな。直接我がどうこうするというのは禁じられておる。

禁じているのは古い盟約だが……。

この調子ならば、そう遠くない未来、我が地上へ下りることもあるやもしれぬな」

「まじっすか⁉　人類滅亡の予感⁉」

「まあ、盟約が失効するほどの事態であれば、それほどのことにはなるまいが。

その時には、お前はどうするのか、自由に決めるがいい。お前は世界でも数少ない、自ら至った吸血鬼なのだからな」

そう言われてもピンとこない。あれは伯爵から『使役』を受け、その抵抗に失敗したゆえの事だ。

結果的に『使役』されなかったが、それはブランがプレイヤーだからに他ならない。

ブランがぼかしてそう言うと、伯爵は笑って答えた。

「結果が全てだ。世の中のだいたいのことはな」

◆◆◆

「まあそんなようなことがこの一〇日にあったわけなんですが。

それでですね、せっかくお部屋とかまでいただいておいて申し訳ないんですが、あちらの街の方に住もうかと思っていまして……」

「ああ。そうだな。それがよいだろう。なに、こちらのことは気にするな。我がやりたくてやったことだ。

それに巣立ちというのは大抵そういうものだ」

ホッとした反面、なんとも言えない寂しさのようなものがこみ上げる。

思えば伯爵とは、ゲーム開始初日からの付き合いだ。別に今生の別れになるわけでもないが、今のブランがあるのは間違いなく伯爵のおかげだ。

「あの、よっぽどないと思いますけど、なんかあったら言ってくださいね。とりあえずしばらくは、エルンタールっていう街にいますから」

「現代の街の名前など言われても知らんわ。よいよい、気にするな」

「あ、そうだ！」

ブランはエルンタールから一体のスパルトイを『召喚』した。

「ときどき、この子をターゲットにわたし自身を『召喚』して遊びに来ますね！」

「……何を言っておるのだお前は」

「こういうやつですよ、ちょっとまってて下さい！」

部屋の外まで駆けていき、そこから『術者召喚』で玉座の前のスパルトイのそばに出現してみせる。

「……なんだそれは！　転移魔法!?　いや違うな、どうやったのだ！」

転移魔法、そういうのもあるのか。

しかし聞けそうな雰囲気ではない。聞けるとしても伯爵の質問に答えてからだろう。

手短に、と言ってもブランは要領があまりよくないため時間を要したが、必要な前提スキルなどを教えた。

「……ほう。このような技があったか。これは、ふふふ」

伯爵がおかしさをこらえきれないという風に笑っている。そんなに嬉《うれ》しいのだろうか。

「いや、ふふ。まさか、お前に何かを教わることがあろうとはな。はは。長生きはしてみるものだ。さて」

ちらり、と伯爵が脇に目をやると、執事がひとつ頷《うなず》いて前に進み出た。

「此奴《こいつ》をお前に付けておこう。そうすれば、我もお前の街へ気軽に出かけられるというもの」

「えっ出かけていいんですか⁉　ってか執事もらっちゃっていいの？」

「我が直接戦闘行為を行わなければ問題あるまい。それに此奴はくれてやるわけではない。預けるだけだ」

「でも身の回りの世話とか……」

「もともと自分でやっておったわ！」

執事が伯爵に一礼し、ブランの脇に立った。

アザレアたちが居心地悪そうにしている。

「今後お前たちが成長し、其奴《そいつ》の能力が及ばぬようになったらここへ来い。お前たちに合わせて成長させてやろう」

いたれりつくせりである。

ブランはあまり馴染《なじ》みがないが、ゲーム的に言えば同行する非操作キャラクターという感じなのだろうか。

(いや、わたしはもともとゲームとか詳しくないからわからないや。これはきっと伯爵の親心みたいなもんなんだ)

だから精一杯お礼を言うことにした。

「ありがとうございます!」

「ふふ。大事にしてやれよ。基本的にお前たちの言うことを聞くようには言ってあるが、あまりにあんまりだと言うことを聞かぬかもしれんでな」

「ブラン様、これからお世話になります。どうぞよろしくお願いいたします」

執事はそう言うとアザレアたちに視線をやり、微笑《ほほえ》んだ。

が、アザレアたちには鼻で笑ったように見えたらしく、憎々しげな表情をしている。

「そういえば、君名前なんだっけ」

「新たにお前が付けてやるがいい。我の眷属《けんぞく》であることに変わりはないが、そうすることでお前とのつながりも生まれよう」

「うーん……。白い吸血鬼……ホワイト……ドラキュラ……あ、目が赤いな……レッドアイズホワイトドラ……?」

執事はときおり苦々しい表情を浮かべながらも、とりあえず黙って聞いている。

「あそうだ、ヴァイスってどう? 何語かわすれたけど確か白だよね!」

「ありがとうございますよろしくお願いします!」

いささか食い気味に頭を下げられた。これ以上けったいな名称をつけられそうになる前に、という勢いだ。

アザレアたちでさえも同情の目を向けている。

そんなにマズい名前だったろうか。

「えっと、それじゃあ……」

「ああ。また、来るといい」

「はい！　また来ます！」

初めてこの城に来たのは地下の謎の洞窟《どうくつ》からだった。

オンボロだと思ったものだが、そうではないと今は知っている。

あの時伯爵は、遺跡と言ったブランに対して怒ったが、おそらく今ブランが誰かにそう言われたら同様に怒るだろう。

そう確信できるくらいにはブランにとっても大切な場所になった。

城の正面玄関や、地下水脈の洞窟から歩いて出ていく必要はない。今のブランならこの窓からでも飛び立てる。

成長した姿を見てもらいたいという思いも少しある。

「あの」

しかし窓に足をかけたブランにヴァイスが声をかけた。

「申し訳ありませんが、私は飛べません……」

「締まらないなあもう！」

それから伯爵に頼んでヴァイスにも『飛翔《ひしょう》』などを取得させ、五人連れ立って空へ舞った。

ブランから見えるギリギリの距離でも、伯爵は窓辺に立ってこちらを見ていた。

第一章　新しい朝がきた

　久々にログインしてみれば、システムからメッセージが数通来ていた。

　久々と言ってもインしていなかったのは数日のことだ。これまで毎日ゲームをしていたために、たった数日でも非常に長く感じる。

　システムメッセージにはいろいろと興味深い内容があった。

　とりあえずレア自身宛《あて》に来ていたメッセージに了解の返答をし、ベッドから起き上がる。

　考えてみれば、このゲーム内できちんとベッドでログアウトしたのはクローズドテスト以来かもしれない。アーリーアクセス開始からずっと、洞窟の岩の玉座で寝起きしていた。

　翼が邪魔かと思ったが、巻きつけて寝転がってしまえばそれほど気にならない。

「やあ、レアちゃん。さっきぶり。いや、おはようのほうがいいかな。そろそろこっちで起きる頃かと思ってね」

「……おはようライラ。ノックくらいして」

　ここはオーラル王城の客室だ。

　生き残っていた王族と国家運営に携わる主要な貴族はすでにライラの支配下にあるため、レアもう姿を隠す必要がない。現政権が「第七災厄」と協力関係にあるのは城内では周知の事実だ。

『使役』などで縛られたＮＰＣ以外の前に姿を見せるわけにはいかないが。

「レアちゃん、システムメッセージ見た？」

「見たよ。どれのことを言ってるのかわからないけど」

「国家滅亡の条件の確定とかかな。王族さえ生かしておけばいいのなら、つまりアーティファクトは好きにしていいってことだよねこれ」

「まぁそうなるね。でもだとしたら、何をもって王族を王族と定義してるのかな。やっぱり王位継承権なのかな」

「……仮にそうなら、現政権から私に王位継承権を与えさせてやれば、私が王族の仲間入りすることもできるということかな」

そうであれば夢が広がるが、軽々しく試すわけにはいかない。実証するためにはライラの王位継承権を認めさせたのち、現王家をすべてキルしてしまう必要があるが、もし駄目だった時に取り返しがつかないからだ。

「……そうかもしれないけど、試すのはリスクが高い。というかその前に、もう眷属化してるわけだし、死なないのでは？」

「眷属化の解除は、あーっと、眷属にされた方がメールを出すんだったかな。じゃあＮＰＣを眷属にした場合、解除できないということ？」

これに関しては運営に確認を取る必要があるが。

「公式のＦＡＱに乗っちゃう可能性を考えると、うかつな質問は出来ない、か。現状、私たち以外にそういうプレイヤーがいたとしても、ＳＮＳでも見かけないし、たぶん似たようなこと考えて黙ってるか、ＮＰＣのふりしてるんだろうし」

あるいはブランのように何も考えておらず、ＳＮＳに書き込みをする習慣もない人物である可能性もある。

「……そうだ。ブランに挨拶《あいさつ》をしておかないと。個別のシステムメッセージはたぶんブランのところにも届いているはずだし」

「個別のメッセージ？　レアちゃんにも何か来てるの？」

「え？」

ライラにも何か個人宛のメッセージが届いているらしい。

確認してみると、レアの元に届いたメッセージとライラの元に届いたメッセージは違うものだった。

レアの元に届いたメッセージは端的に言えば運営がダンジョン経営をサポートするという内容だが、ライラの元に届いたメッセージは人類種国家の経営に関するものらしい。

「これはつまり、ゲーム内で特定の条件を満たしたから、私には国家経営シミュレーションモードが、レアちゃんにはダンジョン経営シミュレーションモードがアンロックされたって考えればいいのかな」

ゲーム的に言えばそういうことだろう。

レアで言えば、おそらくこのメッセージに書いてあるリーベ、エアファーレン、ルルド、トレ、ラコリーヌ、そして旧ヒルス王都内にいる限り、デスペナルティが別のものに置き換わる。死んで経験値をロストするのが嫌ならば、ダンジョンにひきこもってボスとして暮らせということだ。

「とりあえず了承はしておいたよ。わたしにとってはメリットしかない。外に出て遊ぶ分には今までと変わらないし……。要は普通のプレイヤーと違ってホームにいても襲撃されるけど、そこで襲撃されても経験値ロストはないよってことだからね」

このダンジョンという新しいシステムは、明らかにプレイヤーがアタックする前提でデザインされている。

つまり逆に言えば、ダンジョンをホームにしているプレイヤーが襲撃を受けるのは運営の差し金であるとも言える。

「そうなんだ。私はどうしようかな。都市の運営ならそれなりに経験はあるけど、国家だものな……。

私の都市は商業都市だったけど、主な取引相手のヒルスはもう滅んじゃってるし、方針転換も必要なんだよね。考えないといけないことがたくさんある」

「他の国とは取引してないの？」

「してないこともないけど、それほどでもないかな。販路が細いし、リスクが高いから」

鮮度の問題もあるからね、とライラは締めくくった。

「それもそうか。じゃあプレイヤーで国家間の行商人とかやってる人もいそうだね。インベントリの中に入れておけば安全だし」

「国家間の流通自体が細すぎて、関税って概念もないからね。うまいことハマればぼろ儲《もう》けできるだろうね」

ＳＮＳにはイベント時に転移を利用して似たようなことをしていたプレイヤーが大量にいたことが書いてあった。

そのせいか当初予定していたほどレミーのポーションの売り上げは伸びなかったそうだが、彼女はそのあたりの相場を見極めるのにも慣れている。収支としてはそれなりに黒字を出していた。

「人類種の国家間紛争とかも起こったみたいだし、そこで稼ごうとするプレイヤーもいるんだろうな。お金も経験値も」

「……ねえ、あれはライラは何もしていないの？」

あれ、というのはペアレ王国とシェイプ王国の対立のことだ。ＳＮＳによれば、ペアレ王国のノイシュロスとシェイプ王国のアインパラストという街が壊滅したことで、二国の対立構造が決定的になったらしい。

あのイベントは公式には人類と魔物の衝突がメインテーマだったはずである。そのイベントの最中に人類国家同士の対立が起きたというのは些《いささ》か不自然に思える。

レアはヒルス王国とオーラル王国でしか活動していないし、それはブランも同じだった。となれば怪しいのはライラということになるのだが。

「してないよ。まあ確かに不自然というか、そう誘導した何かがいそうな気はするけど。私じゃない。シェイプとは交易してないし。ていうか、そのくらいの時期ってヒューゲルカップで一緒に悪巧みしてたでしょう？」

「……その何かがプレイヤーだったら厄介だな」

「ＮＰＣでも厄介でしょう。この間も言ったけど、普通じゃありえない発想してくるＮＰＣなんて危険極まりないよ」

確かにそうだ。しかし今考えてもわからない。

戦争を誘導した者がいたとして、その者の目的はなんだろうか。

「何者であれ、とりあえず確かなのは、私のように国家の中枢に顔が利くような立場ではなさそうだということかな。

不審な事はすべて都市単位で起きている。その、ノイシュロスという街の伝書鳩の内容を操作しようと思ったら、その街の領主のある程度近くにいればいい。混乱の中のことだし、あるいは鳩を飛ばす役目の人物を殺害してすり替えるだけでもいけるかもしれない。

それから、リサイアだっけ？　ノイシュロスの領主が逃げ出した件も、その領主か、側近あたりにそれっぽく思考誘導しておくだけだ。私がヒルスにやったみたいにね。

あと決起した血気盛んな、ふふ、獣人の若者たちは一番簡単かな。もともとそういう気質があるなら、酒場かなにかであることないこと吹き込むだけだ」

「そんなこと、同時にできるわけないでしょう。そもそも、ノイシュロスが落ちた直接の原因は魔物の襲撃なわけだから、それを知っていない限りは……」

「だったら襲撃した魔物と、ノイシュロスの鳩の近くにいた人物と、リサイアへ領主を逃がした人物と、獣人をそそのかした人物。これらがすべてプレイヤーで、チャットか何かで連絡をとりながらやったと考えれば一番簡単だよね」

最初から仕組まれていたとしたら、確かにそれしかないだろう。

何より実際にそうやってヒルスとオーラルを手に入れた姉妹がここにいる。もっとも、こちらは最初から連携していたわけではないが。

「まぁ、いくつかは何かしらの思惑があったと思うけど、ほぼ偶然じゃないかな。目的にしてもまたぶん、戦争が起これば金儲けができそうだとか、そんな程度だと思うよ。特にプレイヤーならね」

「……そうかもね」

しかしこの、ノイシュロスを陥落させたゴブリン。これを操っていた魔物がプレイヤーだとすれば、間違いなく『使役』を取得できる上位種に転生しているはずだ。街ひとつを陥落させたとなれば十分災害クラスと呼べる。

「あ、そうだライラ」

「何かな?」

「この街に教会みたいなものって無い？　宗教関係の施設というか、組織とか」

ヒルスでは流れに任せて押《お》し潰《つぶ》してしまったが、神託とかいう謎のスキルの存在は看過出来ない。あれによってレアの存在は大陸中か、事によっては世界中に知られた可能性がある。また逆に精霊王サイドの属性の大物が出現したときの警報として使えるかもしれない。

「宗教組織か。あるよ。私の……ヒューゲルカップにも教会があるんだけど、オーラル聖教会ってやつだね。そこのトップは何度か会食に招待したことがあったかな。割と慎ましやかというか、清貧を好むというか、悪くない印象だったから特に何もしてないけど。

もしかして復讐《ふくしゅう》でもするの？　身バレしたから？」

「そんなことで復讐なんてするわけないでしょう。

わたし……というか、魔王の誕生をどうやって知ったのか知りたいだけ。もしそれが通常取得可能なスキルか何かなら取れないか検討したいし、災害生物の定義というか、特定とついている存在とついていない存在の違いとか、検証したいことがたくさんあるんだよ」

ライラはにやりと笑い、意地悪そうに答えた。

「おっと。知らない単語がたくさん出てきたねぇ。

レアちゃん、魔王なの？」

レアはキョトンとした。そういえば、言った記憶がない。

「言ってなかった？　言ってなかったかな……。言ったと思っていたよ」

自己紹介したのはブランにだったか。人物紹介という意味では、ライラに自己紹介する必要が無いため忘れていた。

「レアちゃんプレイ日記、ちょっと執筆してくれない？　お姉ちゃん興味あるんだけど」

「しないよ。でも確かに情報のすり合わせは必要かな……」

もちろんある程度、ではあるが。ＮＰＣとインベントリなどの関係がライラに漏れれば、何が起こるかわからない。

しかしその件を除けば、『使役』についてもすでに話してあるし、もう話せない内容もないはずだ。

賢者の石関連が不安だが、魔王について説明するならどのみちこれは避けては通れない。

「わたしがこの街に召喚可能な戦力については説明したよね？　それ以外に保有している戦力というか、勢力として、世界樹というのがいるんだけど――」

◆◆◆

「──という経緯で魔王に転生したわけだ。それでその」

「ところでまだあるの？　そのグレートっていうアイテム」

ライラほどではないと自分では思っているが、レアも話の腰を折られるのが好きではない。

いささかムッとしながら答えた。

「……あるけど、話聞かないならあげないよ」

「話聞いていただけてくれるの⁉　もっとエゲツない条件つけられると思った！

ええ……。私がどれだけ苦労して『蒼《あお》き血』ゲットしたと思ってるのさ……。完全上位互換のアイテムじゃんそれ……」

どれだけ苦労してゲットしたのかは長話を聞かされたので知っている。

しかし言うほど苦労していたように思えないのは話し方のせいなのか、ライラの性格のせいなのか。そもそもライラが何かに苦労しているという事態が想像しづらいが。

「あるけど、あったら使うの？　ていうか、今経験値どのくらい残ってるの？　ノーブル・ヒューマンがハイ・エルフと同格だとしたら、多分、賢者の石グレート使うと経験値四桁《けた》要求されると思うけど」

どうせ使わせるのなら、レアにも思惑がある。

例の神託と対をなすスキルを自分か、配下の誰かに取得させ、その後に使わせてみたい。

ライラがどんな種族になるのか不明だが、ライラが『使役』した王女もノーブル・ヒューマンだったことから考えると、おそらくそれがヒューマンからの正当な転生なのだろう。エルフにおけるダーク・エルフのようなイレギュラーなルートでないのなら、このまま転生させていけば精霊王と近い陣営の種族になるはずだ。

神託系のスキルが有ればその瞬間がわかるかもしれないし、そうなればそのスキルのテストも出来る。

「経験値四桁⁉　え？　ちなみに魔王はいくら請求されたの？」

「三〇〇〇」

「高っ！　騙《だま》されてない？　大丈夫？」

誰が何のために詐欺を働くというのか。

「ちなみに世界樹は五〇〇〇だったし、他にも一〇〇〇消費したのが二人、三〇〇〇消費がもう一人いるけど」

「……何したらそんなに稼げるの……？」

「アトラクション経営かな。軌道に乗るまでは牧場とかで細々やってたけど、初心者向けの公式サービスとかって誤解が広まってからはかなりの集客力だったよ」

もっともそう誤解されていると知ったのは後になってからだが。

「これは私も国家運営真面目に考えてみようかな……」

「貯《た》まったら言ってね。安く譲るから。それで、魔王になってからだけど――」

レアがアナウンスされた「特定災害生物」やスガルの「災害生物」について。そして支配下にあるキャラクターについてはワールドアナウンスはされない仕様であろうことを話した。

「そうした、わたしたち以外の勢力からヤバいのが生まれてきた時のことを考えて、神託とか言われてるスキルとか、その対になってるスキルが欲しいというわけ」

「なるほどね。なら、この国の聖教会の総主教を配下にしようよ。そんでレアちゃんを信仰させよう？　私も入信するから」

「ちょっと何言ってるのかわからない」

また頭のおかしいことを言っている、と思ったが、客観的に考えてみれば信仰対象＝《イコール》災厄だと外部に知られさえしなければ悪くない企《たくら》みだ。

偶像崇拝などは禁止し、拠《よ》り所にするとしてももっと抽象的で簡易なシンボルにするべきだが、うまくやれば大陸中にスパイをばらまくことが出来るかもしれない。

「良い提案だと思うんだけどね。どうだろう。もちろん下心だけで言っているわけじゃないよ。連携すれば私の国家運営にも非常に役に立つだろうからという狙いもある」

「どっちも下心しか無いじゃないか」

レアがそんなことに関わる暇は正直に言えば無いが、ライラが国家運営の片手間にやってくれるというなら任せてもいいかもしれない。

「……わかった。ライラの案を飲もう。この国の総主教とかいう人を呼んで『使役』しよう。次いで王国各地から主教級の地位の人を呼んで、その総主教に使役させていこう」

「レアちゃんって姿消せるじゃない？　それ使って飛んでいったらいいんじゃないかな。あれって私の姿も消せるの？」

「対象は自分ひとりだから無理かな」

「どうせ飛んでいくならおぶってもらったりとかしないといけないし、その状態ならまとめて消せるんじゃない？」

どうだろうか。

システムメッセージによれば、背負い状態を装備状態と認識する仕様は見直されたはずだ。穴があるとは思えない。

「……やめておこうか。いいよわたし一人で行くから」

「ちぇ。まあそういうなら仕方ない。じゃあいってらっしゃい。場所はわかる？」

「上空から見てわからなかったらチャットで聞くよ」

部屋の鏡で軽く身だしなみを整え、窓から飛び立った。

この時、初めて自分の姿を見た。

ケリーの言うように非常に神々しかったが、元が自分の顔なのでそれほどの違和感はなかった。

小さい頃、母の化粧品で遊んでいて、ファンデーションだかフェイスパウダーだかを爆発させて顔中真っ白になってしまった時のことを思い出す程度だ。睫毛《まつげ》や眉毛《まゆげ》まで真っ白になってしまい、たいそう叱られた思い出だ。

◆◆◆

上空からオーラル王都を眺めてみると、ヒルスのそれより全体的に無骨なイメージの街並みが広がっている。

ヒルス王都は王城を中心に円を描くように街が広がっていたが、オーラル王都は角ばっているというか、碁盤の目のように整然と道が敷かれており、それに沿って建物が建てられている。

街全体の形状としては十字形というか「+」の形をしている。外壁が円形ではなく角が作られている理由は現実の星形城塞《じょうさい》などと同じだろうか。あの角部に長距離砲撃が可能な兵器や兵種を控えさせておくためなのかもしれない。

そうした観点から見れば、この都市はヒルス王都と比べても単純に防御能力が高いと言える。

今回は内部からのクーデターという形だったため何とかなったようなものだが、まともに攻略しようと思ったらヒルスのようにはいかなかっただろう。


空から見れば、大聖堂らしき建物はすぐに見つかった。

街の中心にある最も大きな建造物が王城であるが、街の南側に王城と向かい合うようにあるのがおそらく大聖堂だろう。

この位置関係から、聖教会は国家権力にはおもねるつもりは無いという強い意思が感じられる。

姿を消して大聖堂に降下すると、もっとも大きな窓に張り付き、様子を窺《うかが》う。中は吹き抜けというか、非常に広い礼拝堂のようになっている。眼下には巨大な何かが鎮座しており、その巨大な何かに祈りを捧《ささ》げる数人の人物が見えた。

身なりからして、その者たちはそれなりに高い地位にあるようだ。ライラの話では清貧を好む教義ということだし、その中であれだけ質のいい物を身に着けているならおよそ間違ってはいないはずだ。

「……でも、入る手段がないな。後のことを考えたら騒ぎを起こしたくないし」

窓や屋根から侵入できないなら仕方がない。

姿を消したまま一旦《いったん》地上に降り、勝手口というか、別の出入り口を探す。

すぐに見つけることが出来たが、その前に男が立っていた。地面の掃除をしているようだが、周囲を警戒していることは明らかだ。

面倒なので『自失』で一瞬意識を飛ばし、その隙に素早く侵入した。鍵《かぎ》がかかっていたらこの男を『魅了』し操る必要があったかもしれないが、かかっていなかったのは幸いだった。

建物内に侵入し、先程上空から見ていた建物全体の位置関係を脳裏に浮かべ、それを辿《たど》りながら礼拝堂を目指す。

辿り着いた礼拝堂では先程の者たちがまだ跪《ひざまず》いて祈っていた。

「……熱心なことで感心だが、今日から祈る対象は変えてもらうよ」

『迷彩』を解除し、翼を全開にして『識翼結界』を発動する。

舞い散るレアの羽根に気づいた聖職者たちが一斉にこちらを向くが、もう遅い。

「『魅了』、『支配』。……かかったかな。なら次も通せるか」

一人ずつ『使役』していき、制圧は完了だ。

「美形」、「超美形」、「角」の補正がかかった『魅了』には、国王クラスでさえ抵抗できていなかった。彼らは『使役』の性質上、一般人より経験値を得やすい立場にいるはずだし、その彼らが優先的に抵抗値を上げていたにもかかわらず抵抗できなかったのだから、この国で抵抗できるキャラクターは存在しないと考えていい。

念の為《ため》確認してみたが、やはり総主教とその取り巻きだったようだ。

「──というわけで、君たちにはこれからはわたしを崇《あが》めてもらいたい。それで当面はこの国の王族……を支配しているライラという貴族に従って行動していてもらいたいわけなんだけど」

「心得ました、我が主《あるじ》よ」

ごく自然に膝《ひざ》を付き、頭《こうべ》を垂れる。あまりの淀《よど》みない仕草にこちらが不安になるほどだった。

念の為総主教のＩＮＴ《知性》を上げながら、スキルを確認する。

総主教はヒューマンであり、貴族ではないようだ。国とは権力的な関わりがないというのはこうしたところからも窺える。

レアは総主教が持っているスキルをすべて記憶し、総主教たちを立たせた。

「じゃあ、念の為これを与えておこう。それと、他に君の判断で必要だと感じたなら使うといい」

インベントリから賢者の石を取り出し、その場の人数分にさらに数個加えて手渡しておく。ジークに持たせていたのだが、必要分はもう使ったということで返されたものだ。

一般仕様の『使役』を取らせようか迷ったが、さしあたっては通常のノーブル・ヒューマンのものでいいだろう。

レアの施しに感激し五体投地をしようとする総主教をなだめ、転生とスキル取得だけ済ませて城に戻った。

城に戻ったのは単に首尾を伝えるためだけで、他に用事はない。

大聖堂に居た主教級以上の者はすべて支配下に入れたこと、その者たちをノーブル・ヒューマンに転生させたこと、あとのことはライラに従うよう指示してあるのでよろしくということ。

「え、私が面倒みるの？　まあ、言い出しっぺは私だし、しょうがないか……。とりあえず、私の手駒として使ってもいいんだよね？」

「もちろん。というか、わたしとしてはもう特に用はないから、好きなように使っていいよ。こっちがまた時間が出来たら様子を見に来るよ」

　これで王都ですることもすべてやり終えたはずだ。

　ようやくブランに挨拶《あいさつ》をしに行くことができる。

「あ、そうだ。ライラ」

「なにかな」

「その顔隠して生活してね」

「なんで⁉」

「いや、わたしプレイヤーたちと戦った時に顔見られてるから。ライラの顔見たら、誰が見ても関係者だってバレてしまうでしょう？　ふたりともNPCという体《てい》でプレイするんだから、どちらかは顔隠しておかなきゃ。わたしがすでにバレてる以上は、ライラが隠すしかない」

「ええー……。まあ、しょうがないな。でも何かの拍子にバレてしまっても怒らないでよ。

……そうだな。その時は、生き別れの妹が非道なネクロマンサーに人体改造でキメラアンデッドにされてしまい、災厄になったとかにしようか」

「なんでもいいよ」

それがどうやったら信仰対象にまでなるというのか。しかしその部分のカバーストーリーさえ何とか出来れば意外と悪くない案に思える。思いつきで適当な事を喋《しゃべ》らせたらライラの右に出るものはそういまい。

「じゃあ、わたしはブランに会いにエルンタールに行くから」

「ちょい待ち」

「……なに？」

「この城の宝物庫の中身、全部はあげるって言ってないでしょう？　置いて行きなさい」

◆◆◆

「ひさしぶり、ブラン。数日も空けてしまって悪かったね。元気だった？」

「おかえり！　もういいの？」

「うん。またしばらくはずっとインできるかな」

エルンタールの領主館へ『召喚』で移動した。ターゲットにしたのはディアスだ。

ディアスにはあれからずっとエルンタールに詰めてもらっている。

「お帰りなさいませ、陛下。クーデターはうまくいったようですな」

「ただいまディアス」

ディアスにしてみれば、精霊王を倒した反逆者たちのうちのひとつを完全に屈服させたわけだから、感慨もひとしおだろう。

連れて行ってやりたい気持ちもあったが、彼は目立つため断念した。また何かの拍子に怒りださないとも限らない。

「あそーだ。レアちゃん運営のメッセージ見た？」

あの個人宛《あて》のメッセージのことだろう。

やはりブランにも届いていたようだ。

「見たよ。たぶん同じ内容だったと思うけど、とりあえずＯＫしておいた。デメリットも大したことなさそうだしね」

「じゃーわたしも……ＯＫ、っと」

ブランで言うと、このエルンタール、アルトリーヴァ、ヴェルデスッドが該当のフィールドになるのだろうか。

「でもこれさ、たとえば廃人？　っていうのかな？　そういう人たちがこのサービス使って転移してきたら困るよね。初心者向けに調整してたとしても、そういう人きたら蹂躙《じゅうりん》されちゃわない？」

「まあその時は、言ってはなんだけど仕方がないよね。普通のＰｖＰと同じだよ。いつもこちらが一方的に殴れるわけではないのだし、相手の方が強ければ負けてしまうのは当たり前の話だ」

それより先ほどライラとは話を詰めなかったが、転生アイテムの販売についても気になっている。

もちろんレアやライラ、ブランにとっては何の意味もないアイテムだ。

自分しか使えないということは、眷属《けんぞく》にも使用できないだろうし、自分がどの種族に転生するとしてもダウングレードにしかならない。

しかし未《いま》だ転生を一度も行っていないプレイヤーにとっては事情が違う。

たとえば昨日までドワーフだった人物がいたとする。その人物が翌日エルフになって現れたとしたら、周りの人間——特にNPCはそれを同一人物だと認識するだろうか。

つまりリアルマネーと引き換えに、非常に質の良い変装アイテムとして使える可能性があるということだ。

ただ問題もある。

まずそのアイテムの存在を知っているプレイヤー相手にはそう何度も使えないということ。すぐに思い当たり、看破されるだろう。

NPC相手だとしても、あれらのアイテムはゲーム中でも入手可能と書いてある。ということはその存在を知っているNPCもいるかもしれない。

もうひとつ、もっと真っ当な使い方でも気になることがある。

例えばライラのようにノーブル・ヒューマンへ転生したプレイヤーが課金アイテムを使用しエルフになり、その後ハイ・エルフに転生し、さらにドワーフに転生したとする。そのように上位種族を渡り歩いていったとすると、各種族の『使役』や特有のスキルなどをいくつも保有することができるようになるかもしれない。

レア自身も『神聖魔法』を取得している魔王という、おそらく中々に稀有《けう》な存在だと思うが、あれらのアイテムを使えばそういうビルドを意図的に作れるかもしれないのだ。

もっとも同時に販売される予定のスキル削除アイテムなども見れば、運営が意図しているのはあくまでリビルド目的の救済措置だと思われるし、そういうアクロバティックな使い方ができるのかどうかはわからないが。

転生した瞬間、取得してあった種族特有スキルがすべて経験値に戻されてしまってもおかしくない。

普通に考えれば、レアがドワーフに転生したとして『翼撃』などがそのまま使えるはずがない。

検証はしてみたいがリスクが高すぎるし、得られるものも少ない。

「ところで、レアちゃんはこれからどうするの？　イベント後の予定とか立ててた？」

「どうしようかな。プレイヤーがわたしの支配地域に攻めてくるのなら待ち構えてやる必要があるだろうけど、たぶんそれは少し先の話だろうし……。とりあえず、リーベ大森林の南の方に火山地帯があるから、そっちを攻略しようかな」

「ヒルス王国の他の街とかを制圧したりはしないの？　まだいっぱい残ってるよ」

「してもいいんだけど……。よく考えたら、目的は六大国の壊滅なんだよね。元々は。

そのために全ての街を魔物の領域に飲ませてやればいいかなと思ってたけど、国家滅亡の条件が思ってたより緩いからさ。王家だけ始末すればいいならその方が早いし、たぶんプレイヤーなんかのヘイトも溜《た》まりにくいんじゃないかと思って」

「そういう評判みたいなの、気にしない人かと思ってたけど」

「気にするっていうか、大陸規模で街が消えてったら、さすがに人類側プレイヤーはみんな黙ってないだろうし。それで全ての人類プレイヤーVS全ての魔物プレイヤーとかなったら面倒だしね。

大国が六個ある状態から都市国家が無数にある状態に変わったところで、そんなに影響はないんじゃないかな。魔物の脅威から国民を守るという国の義務というか、そういうのはあると思うけど、それだったら領主の騎士でも出来る事だしね」

「……ええと、つまり対魔物戦力であるプレイヤーが大量に現れた時点で、国家が存在する意味は薄れつつあったってこと？」

「そういう部分もあるけど、たぶんこの大陸にとって、今が時代の転換期なんだと思う」

「てんかんき」

ブランはきょとんとしている。まあそうだろう。

どう説明したものか。

「そうだね……。まずは大陸の貴族制度と各都市の統治について考えてみようか。

ライラが貴族になった経緯を考えれば、各都市を治めている貴族の先祖を元々任命したというか、生み出したのが各国の王族なのは間違いないと思う」

「ふむふむ……」

「この大陸の国では、地方に行けば行くほど魔物の領域が増え、危険度が増していくと言っていい。

その地方の開拓を行う、または行った者にその土地の支配権を与え、貴族として取り立て、そしてその貴族から見返りに税収の一部を受け取る。

そういう支配体制だったとしたら、いわゆる封建制国家ということになる。中世のヨーロッパや日本と同じだね。

ただ、例えばヒルス王国に関しては今回は国がかなりの大軍を用意できたみたいだけれど、逆にそれがマイナスに働いてしまった感があるよね。

わたしへの対策のためにその軍隊を差し向けてしまったせいで、地方への援軍を出す余力がなくなってしまった。

これは今回耐えきることが出来た地方都市から見れば、中央からの援助がなくてもなんとか乗り切れると思えてしまうし、こんな大陸中が混乱している中で援助もしてくれない中央ならば、別に無くても困らないのではと考えてしまう。

しかも実際に襲撃にあって壊滅してしまった街なんかは、ほとんどわたしとブランの仕業だし、中央が掻《か》き集《あつ》めた大軍を全滅させてしまったのもわたしだ。言うなれば、災厄を相手にしては国が全力を挙げて抵抗しても意味がなかったってことが証明される形になった。国家に対する信頼度はストップ安だよ」

「ストップ安！　言葉の意味はよくわかんないけど、なんかすごい下落した感ある！」

「まあ値幅に制限があるわけじゃないから厳密にはそれ以上だと思うけど。

とにかく実際、王都陥落からゲーム内時間で二週間くらい経《た》つんだろうけど、旧ヒルス国内って別に乱れたりしていないでしょう？　内乱が起きて都市が崩壊したとか。

中央がいなくなってもほとんどの都市に大した影響が出ていないってことはじきにみんなわかってしまうだろうし、そうやって貴族や民衆の意識が変化していけば、もうこれまでのような社会は維持できない。

そういう意味で、今が時代の転換期なんじゃないかなって思ったんだよ」

ときおりSNSでどこかの領主が独立を宣言したとかの話は出たりしているが、事実上旧ヒルス国内のすべての都市が独立した状態だと言えるため、そんな声明に意味はない。

交易で成り立つ都市は変わらず周辺の街と交易を行っているし、それは他国との商売で稼いでいる街も同様だ。ライラの言うように関税という概念がないため、代表する国という枠組みがなくても何も変わらない。

　この大陸における国家とは、もはや有事の際にアーティファクトを効果的に使うという役割しかないかのようにさえ思える。

　いや、それがあったからこそ六大国が今まで存続できていたと考えるべきかもしれない。本来ならば、もっと早くに時代が動いていてもおかしくなかったのだ。アーティファクトは古代中国の玉《ぎよく》璽《じ》や日本の三種の神器とは違い、明確な力と目的を持った戦略兵器でもあるからだ。それは実際に食らったレアが一番よく知っている。

　この大陸の現在が封建社会の末期だと考えると、ペアレとシェイプの戦争という話も少し見え方が違ってくる。

　獣人たちがノイシュロスの無念を晴らすとか言ったりドワーフの貴族たちが憤慨していたりするのも、愛国心というよりは単に種族内での仲間意識や別種族への対抗心から来ているものなのではないだろうか。

「まあこれは、あくまでわたし個人の考えだけど」

「……やっぱさあ、姉妹だよね」

「え？　なにが？」

「説明好きなとこ、よく似てるっていうか……。

　ま、仲直りできて良かったねってことだよ」

◆◆◆

「そういえばさ、なんかないの？　表彰とか」

「え？　は？　何のこと？」

ブランは唐突によくわからないことを言い出す時がある。

しかしこの短い付き合いの中でわかってきたが、ブランの言葉は何かが足りないだけで、意味がわからない事を言っているわけではない。たいていは、だが。

「前のイベントのときはなんかあったって言ってなかったっけ？　レアちゃん」

「……ああ！　ＭＶＰとかそういうもの？」

「そうそう！　頑張ったで賞みたいなの！」

ＭＶＰと努力賞では全く意味が変わってくるが、言いたいことはわかる。

「でも今回は少なくとも、わたしはもらえないと思うよ」

「どうして？　負けちゃったから？」

ばさり。

そんな話を具体的にブランにした覚えはない。しかしブランの前でライラと話した事はある。もしブランが詳細を知っているとしたら、ライラから聞いたか、ＳＮＳで見たかだろう。

まあ、今となってはそれほどキツイ思い出でもない。あのプレイヤーたちは見つけ次第キルするが。

「……いや、それは関係ない。むしろわたしを倒した彼らにMVPを与えてやってほしいくらいだよ。全くわたしはもう気にしていないからね、全く。

それはともかく、わたしは今回、運営からの要望というか提案で、魔物側勢力として参加するように言われていたんだよ。

ということは、承諾した以上はプレイヤー側というより運営側で参加したと言ったほうが近いんじゃないかと思うんだよね。

MVPっていうのはMost Valuable Playerの略で、文字通り最も価値あるプレイヤーのことだよ。普通は最も優秀な働きをしたプレイヤーに贈られる。

その観点で言えば、わたしは選考からは外れるんじゃないかな」

「そうなんだー。じゃあわたしも選考から外れる感じ?」

「いや、ブランはあくまでプレイスタイルの一環として魔物側で参加しただけだから、それはそれで優秀であれば選ばれてもおかしくないと思うよ」

レアたちがインしていない間にもう済んでいる話だと思っていたが、まだそういう発表はされていないようだ。

「もし侵攻側と防衛側で評価が別々なら、わたしいい線いってるとおもうんだよね! 自力でふたつも街落としてるし」

「ああそうだね。ふたつも落としたのは多分ブランだけだね。……まあ、いろいろとイレギュラーなこともあったし、集計とか選考には時間がかかるかもね。

それより、ブランはこれからどうするの? 伯爵という人のところに帰るの? ホーム、そっちなんじゃなかった？」

「あ、ホームならもうエルンタールに移したよ。この領主館がわたしのホームだよ！

伯爵先輩には一時のお別れを告げまして、餞別《せんべつ》として執事をいただいてきました！」

部屋の隅に控えていた白髪の執事がこちらへ進み出て、一礼した。

「どうぞ、よろしくお願いいたします」

意識の外にあったというか、背景の一部だと思っていたため少なからず動揺する。

「お、ああ。こちらこそよろしく。いや、見慣れない人がいるなと思っていたんだけど、その、ブランの新しい配下ということ？」

「正確には違います。私の支配者はデ・ハビランド伯爵閣下のままでございます。ですが今はブラン様を主と仰いでおりますので、どうぞお気軽に何でもお申し付け下さい」

つまり派遣社員ということだろうか。

かなり昔に、レンタル人材派遣のようなサービスが業務として成立していた時代があったと何かで読んだことがある。公式の行事でさえVR上で執り行うことに抵抗のなくなってきた現代では全く必要とされないシステムだが、そうではない時代では、たとえばパートナー同伴必須《ひっす》の行事などのためにレンタル伴侶《はんりょ》のようなサービスを利用するケースもあったらしい。

よそ事を考えている間にもブランは伯爵とのやり取りについて話している。

「――とまあそういう流れで、先輩はヴァイスをわたしに預けてくれたんだよ」

ブランはあっけらかんとそう説明するが、おそらくはお目付け役というか、ブレーキ役を兼ねた監視要員だろう。

「そういうことなら、わたしからもブランをよろしく頼むよ。たまに不安になる言動をすることがあるからね」

「心得ております」

「心得ておるのかよ！」

ブランの突っ込みはさておき、これで心おきなく火山へ遠征に行ける。この街にプレイヤーが攻めてくるとしても、ディアスは置いていくつもりだし、クイーンビートルもここに置いたままの予定だ。ヴァイスという有能そうなキャラクターもいることだし、滅多なことにはならないだろう。

「ディアスはお留守番ね。ブランたちを頼むよ。連れていくのは――

予定通り、ケリーたち四人と、現地で待っている白魔たちにしよう」

ディアスが若干眉《まゆ》をひそめたが、ケリーたちがレアに付くと聞き、それならばという風に頭を下げた。

ここから白魔たちのいる場所へ飛び、そこでケリーたちを呼べばいいだろう。

このメンバーで行動するのは実に久しぶりだ。最初にイノシシ狩りをして以来と言える。

「それじゃブラン、またね。いつでも連絡してきてね。

落ち着いたらそのうち、一度ライラも交えて話をしようか。もしかしたら他のプレイヤーにも魔物プレイヤーと人類プレイヤーで連携してプレイしている勢力があるかもしれないし、こちらも連携してより大きな利益を上げられるように考えてみよう」

「おっけー！　こう見えても四天王だからね！　あ、ライラさんは何になるの？　相談役？」

「……相談役だと一気に外部顧問感が増すな。でも面白そうだから、今度会ったら本人にそう言ってみてよ。わたしも反応見てみたい」

◆◆◆

ウェイン、ギノレガメッシュ、明太リストの三人は、イベントの中盤が過ぎるまで中々合流できなかった。合流後は明太リストの提案で資金よりも経験値を優先して稼ぐようにしていたため、ウェインも二人に追いつくほどではないが、少なくとも肩を並べて戦える程度には成長できていた。

その稼ぎプレイは、ギルや明太リストが拠点にしていたウェルスという国で行った。

今はカーネモンテという街の宿屋のラウンジで、男三人、静かにお茶を飲んでいる。

カーネモンテはウェルスでもかなり大きめの都市だが、魔物の領域が近くにあるため、プレイヤーとしても活動のしやすい街と言える。

メンテナンスが明けたため、それぞれがログインして客室から出てきたところだ。

「つーか、ウェインの装備、そろそろヤバくねえか。それ、鉄と魔獣の皮かなんかだろ。逆によくそれでついてきてたよな。スキルや能力値だけじゃなくてプレイヤースキルもだいぶ上がってるんじゃね？」

「いや、俺の装備がショボイのは明太が後にしろって言うからだろ。正直、この恰好《かっこう》じゃ他のパーティで活動してたらメンバーが次々にフレに呼ばれる案件になるレベルだぞ」

何度か文句を言ったのだが、明太リストはとにかく今は装備は後にしようと言うだけで取り合わなかった。

もっともその分戦闘時にもサポートは十分してもらっているし、パーティメンバーである明太リストとギルがいいと言うならウェインとしても強くは言えない。足を引っ張っているという自覚はあるし、その中で逆に引っ張り上げてもらっているという感覚もまたあるからだ。

「でも、マジでそろそろ何考えてんだか教えてくれよ。なんの理由もなくウェインにボロを着させてたってわけじゃないんだろ？」

ギルの言葉に、明太リストは飲んでいたカップを空にし、立ち上がった。

「そうだね。じゃあ、続きは僕の部屋へ行こう」

ウェインやギルの部屋からも椅子を持ち寄り、明太リストの部屋で小さなテーブルを囲む。

「さて、まずは確認なんだけど。災厄とのレイド戦、あれのドロップアイテムの金属塊は回収し損ねた。それはすでに正直に参加メンバーには話してあり、そのうえで了解をもらって、全員報酬は無しで合意した。ってことでいいんだよね」

ウェインとしても、苦い記憶だ。災厄が再び現れる前の間に、あれだけでも回収しておけばよかった。旧ヒルス王都はすでに災厄の勢力下にあるため、あれらの金属塊もすでに災厄に回収されているだろう。

「その通りだね……。申し訳ないとは思っているけど」

「しょうがねえってか、あれは別にウェインだけの責任じゃないしな。ってかよ、明太、なんかいくつか拾っておいたとか言ってなかったか？」

「言ってたよ。今も持っている」

それならばみんなに、と一瞬考えたが、それはあくまで明太リストが個人的に王都内で回収してきたものであり、レイド戦のドロップとは意味が違う。苦労して拾ってきた明太リストが所有すべきものだ。

「抜け目ねえっつーか、さすがだよな。それで、その金属って結局なんだったんだ？　魔鉄とか？　もしかしてそれを使ってウェインの装備を作らせるつもりだったのか？」

「だいたいそんなところだけど、ひとつ訂正がある。この金属は魔鉄じゃない」

明太リストはインベントリから金属塊をひとつ取り出し、テーブルに置いた。

「これはこの街の鍛冶屋《かじや》でインゴット化してもらったものだ。これまで渡り歩いてきていた小さな街じゃ扱えないって言われててね。この街でも、中心部に近い老舗の鍛冶屋じゃないと見てもらえなかった」

「マジかよ、なんだったんだそれ」

「これはアダマスって金属らしい」

アダマス。ウェインも聞いたことがある。たしか元は古代ギリシャの、ヘシオドスの記した神統記に登場する単語で、文脈から鋼鉄かなにかを表すものだとされていたはずだ。語源は征服されないとかそういう意味で、とにかく硬いというイメージの単語だ。

「このゲームではどういう扱いなんだ？　ギル、聞いたことあるかい？」

「いや、ないな。他のゲームで言えばいわゆるアダマンタイトとかアダマンチウムとかのことだろ多分。あったのか、そんなの」

「あったみたいだね。鍛冶屋の親方が言うには、通常金属の中では特に硬くて丈夫で、魔法金属と比べてもかなり上位の性能らしいよ。なんて言ったかな、伝説の何とかカルクン——まあ多分オリハルコンのことだと思うけど、それと比べるとさすがに見劣りするらしいけど」

よくそこまで調べてきたものだ。

しかし、だとすればこれは相当な希少金属ということになる。

それが王都中に落ちていた。

「マジかよ……。ドロップやべえな災厄。これ公になったら旧ヒルス王都にプレイヤー殺到するんじゃねえか？　あの街なかにいたアンデッド倒したらこれドロップするってことだろ」

「そうなる……かもしれないけど。僕はあんまり公表するつもりはない」

「……そうか。すまない、明太リスト」

謝るウェインにギルが怪訝《けげん》な顔を浮かべる。

「どういうことだ？」

「ギル。一度は全員納得したとはいえ、もともと俺のミスで災厄のドロップはロストしたんだ。それが、今になって実は高価な金属塊だったたって判明したなんてことになったら、どうなるかわからない。明太リストはそれを心配してくれてるから、今まで黙っていたし、こうして俺たちにだけ話してるんだ」

「なるほどな……。つか、別にウェインだけのミスじゃねえって言ってんだろ。

でもよ、たとえばアンデッドからだけその金属が出て、災厄のドロップは違うアイテムだったかもしれないだろ」

「だとしたらもっと悪いよ。災厄から金属塊がドロップしたのはみんな知っているし、それがまさか配下のアンデッド以下の素材だなんて誰も思わない。違うと言うなら、より上位のアイテムだったって考えた方が自然だ」

　ウェインの心情としては、あのレイドメンバーには正直に打ち明け、謝罪をしたいという気持ちはある。しかしそうなればギルも明太リストも自身の責任を主張するだろうし、明太リストに至っては同じものかは不明にしても現物を所持している。泥沼の争いになってしまう可能性もある。

「で、公開する気がないならなんで今さら出したんだ？　こっそり売っちまえばいいだろ」

「もうわかってると思うけど、これでウェインとギルの装備を新調したらどうかと思ったんだよ。下手に市場に流しても面倒なことになりそうだし」

「……どうするよ、ウェイン」

　正直に言えば心苦しい。他のレイドメンバーを差し置いて自分だけが、という気持ちもあるし、そもそもそれは明太リストの所持品だ。

　しかし言い出しているのもその明太リストだし、ウェインの装備の悪さがパーティ全体の足を引っ張っているのは事実だ。パーティ全体の戦力の底上げという判断で明太リストが言い出したのだと捉《とら》えることもできるし、おそらくウェインが後ろめたさを理由に断ればそう言ってくるだろう。また、同時にギルの装備を新調することも提案しているあたり、そつがない。

　戦闘スタイルから言っても明らかにギルが使用する金属のほうが量が多くなるだろうし、その分ウェインの心情的にも負担が軽い。

　ふたりの性格を実によく把握した上で提案していると言えるだろう。

「……君が敵じゃなくてよかったよ、明太リスト」

「お褒めにあずかり光栄だよリーダー。じゃあ、ＯＫってことでいいかな」

「ああ。すまないけど、頼むよ」

考え方を変えよう。いずれ、災厄を再び倒すことを目標にするのだ。レイドメンバーにはその時に報酬を返すことにする。この金属は、そのために借りておくのだ。ウェインはそう思うことにした。

「よっしゃ！　じゃあこれから行くか？　その鍛冶屋ってとこによ」

「そうだね。向こうはこっちが行くのを今か今かと待ってるだろうし、早い方がいいかな」

「そんなに仕事熱心な鍛冶屋なのか？」

「いや、アダマスはこの街でも珍しいらしくて、こんなに大量に扱える機会はめったにないからってさ」

「そういうもんか」


そうして向かった鍛冶屋の親方は、この国では珍しいドワーフだった。

寡黙で気難しそうな外見とは裏腹の、明るく気さくな人柄だ。ただ声が非常に大きいため、和やかに会話をするのに向いていない。

「よーしよしよし！　じゃあ、さっそく取り掛かるからよ！　そこらで待っていてくれや！　すぐ終わる……ってわけにゃいかんが、今日中には終わる！」

そう言ってありったけの金属塊とウェインたちの現在の装備を抱えて工房へ引っこんで行ってしまった。

「……そこらで一日待ってろっていうのかよ」

「おい聞こえるぞギル。でもそうだな。今の装備も採寸替わりに持って行かれちゃったし、狩りにも出かけられないな。どうする？」

「どうもこうも。まあ、たまにはぶらりと街なかを歩いてみるのもいいんじゃない？　本屋とかさ。気になることもあるし」

明太リストは検証スレにも顔を出している。イベントまとめスレでもいろいろと書いていたし、国の成り立ちでも調べるのだろうか。

「本屋かあ。俺はあんまり得意じゃねえんだよな……。ウェインはどうする？」

「俺は明太リストに付き合おうかな。本屋とか、ゲーム内で行ったことがないから、どういうものがあるのか興味がある」

本屋で知ることができる情報なら、つまり一般的に知られている情報と言ってもいいだろう。

宰相から聞いた六大——七大災厄の話などは初耳だった。しかし実は一般レベルで知られていた情報だったという可能性もある。

「ひとりだけで放り出されてもすることないし、ついてくって。でも、これまで用済みになった古い装備なんかは全部売ってきたけど、オーダーメイドだとこういうことあるんだな。これからは持っといた方がいいな」

それには同意だ。

どうせプレイヤーにはインベントリがある。かさばって困ることもない。

「この間にごろつきとかＰＫ《プレイヤーキラー》なんかに襲われたらまずいけど、ここは街の中心に近い区画だし、宿に戻るよりはここで時間を潰《つぶ》した方がたぶん安全だよ。

それに僕は装備を取り上げられたわけじゃないし、いざとなったら魔法で守るから大丈夫」

鍛冶屋の受付をしている女性に本屋の場所を聞き、そこへ向かう。彼女はウェインたちの会話を聞いていたらしく、大通りなどを通るわかりやすく人の多い道を教えてくれた。

本屋はかなり大きく、頑丈そうな扉がついていた。窓もなく、一見すると倉庫のようだった。看板が出ていなかったらわからなかっただろう。

扉は見た目の通りに重く、ＳＴＲ《筋力》にそう振っていない明太リストでは少々辛《つら》そうだった。この細腕でよくあの金属塊を回収してきたものだ。

店内は薄暗いものを想像していたが、予想外に明るかった。魔法の明かりらしきものがそこかしこで輝いている。

「……値段は……そう高くはないね。印刷技術があるのかな」

ウェインも同じところに気が付き、明太リストの言葉にうなずいた。

紙がある程度流通しているのは知っていたし、傭兵《ようへい》組合の掲示板の存在から、識字率が一定以上あることもわかっていた。ということは本かそれに類するものはそれなりに手に入れやすい環境にあり、生産のネックになると思われる印刷技術はすでにあるということだろう。

「……なんだ、本が珍しいのか？　田舎もんか？　そこに並べてあるのは『複製魔法』で増やした本だ。原本が見たけりゃ、王都の大図書館にでも行きな」

店主と思《おぼ》しき、メガネをかけた老人が口を歪《ゆが》めてそう言った。

こちらは先ほどのドワーフの鍛冶屋と違い、見るからに偏屈という風体の老人で、発する言葉もそれを裏付けている。

ギルとは合わなそうだな、と思い振り返れば、最初から相手になるつもりはないらしく、無視してそこらの本を手に取ってめくっている。

「『複製魔法』……！　そんなものがあるのか！　店主、すまないが詳しく教えてくれないか」

一方明太リストは本来の目的を忘れ店主に詰め寄っている。

もっとも本来の目的は本ではなく時間潰しであるわけで、その意味では間違っていない。

仕方なくウェインはひとりで調べ物をすることにした。いや、ギルもそれらしくしているのだが。

ぶらぶらと店内を歩いてみると、本は内容別に分類されているらしく、思っていたより整然としている。

ウェインがなんとなく気になっているのは災厄などの伝承だが、分類としては何になるのだろう。

「このあたりかな……？」

伝説や伝承に関係ありそうな本の並ぶ棚から一冊を手に取ってみる。

タイトルには「大発見！　災厄は六体だけではなかった⁉　闇に葬られたドラゴンの伝説！」とある。

パラパラと中をめくると、わかりやすい大きな太字の見出しがあるページや、微妙なイラストで災厄と思われる六体の魔物が描かれていたりするページなどがあった。あまりにイラストが微妙すぎて、信憑性《しんぴょうせい》があるのかどうかもわからない。

イラストを目当てに一応最後までパラパラ読みをしてみたが、ドラゴンとやらに関する情報などはなく、想像図すら無かった。

「なんだこれ……」

全く何の参考にもならなかったが、ひとつ収穫があったとすれば、どうやら災厄に関しては一般的に知られた事実らしいことがわかった点だ。そうでなければこのような本が書かれたりはすまい。

「まあ、ポートリーあたりじゃ街頭で説法してる人もいたみたいだし、そりゃみんな知ってるか」

「おい！　あんまり長いこと読むようなら、買ってもらうぞ！」

店主からお叱りが飛んできたので、あわてて棚に本を戻した。

それはそうだ。暇つぶしにすべて読まれたりなどされては商売になるまい。たしかタチヨミというのだったたか。現代はもう本屋というのもフィクションの中にしか存在しないため、うろ覚えな習慣だが。

「なにかいい情報はあったかい？」

明太リストだ。店主がウェインを注意したということは明太リストとの話が終わったということでもある。

「そっちは？」

「興味深い事実がわかったよ」

明太リストが店主から聞き出したのは『複製魔法』の詳細だった。

まずあらかじめ複製したい現物と、その現物を一から作成するのに必要な素材をすべて用意しておく。本であれば必要枚数の紙と閉じるための紐《ひも》、必要ならば表紙用の革や金具など、それからインクである。

現物を対象に『複製魔法』を発動し、コストとしてMP《マナポイント》と用意したアイテムを消費することで効果が得られ、複製したいものが完成する。

ただし『複製魔法』では全く同じものを生み出すことはできず、最高効率でもワンランク落ちるアイテムにしかならないらしい。

「クオリティが下がるのか。あ、まさかそれで字も絵も微妙だったのか！」

原本に比べ字や絵が下手になっているのなら、確かに品質が低下していると言える。本の価値はそういうものではない気もするが、ゲームシステムがそう判定しているのならそうなのだろう。

「まあ、そういった理由があってコストに見合わないことが多い……というか、スキルがあれば生産の時間は短縮されるから、材料があるなら普通に作った方がいいからね。ほとんど本くらいにしか使用されない技術らしいよ」

「なるほどね……。あ、こっちはとりあえず知りたいことはわかったからいいんだけど。明太リストはそもそも何を見に本屋に来たんだ？」

「僕はあれだよ。システムメッセージにあったろ。『転生アイテム』だ」

そういえば課金アイテムとして実装するかどうかのアンケートが来ていた。ウェインは当然賛成として返答をした。出勤せねばならない日はあまりプレイ時間もとれないため、リアルマネーで解決できる選択肢が増えるならばそれがどんな内容のものであっても賛成である。

「それが？」

「メッセージによれば、課金アイテムとは言っても基本的にゲーム内で入手可能なものばかりだということだった。

それならひとつ、探してみようと思ったわけさ」

その情報を得るために本屋に来たということだ。たしかにすでにあるアイテムなら、文献などがあってもおかしくない。

「いいなそれ、探してみよう」

「だろう？　ちょっとギルも呼んで手伝わせよう」

それから数時間、怒った店主に追い出されるまで本屋で過ごした。

入手方法などはわからなかったが、そういうアイテムの存在を匂わせる記述のある本は見つけることができた。

この時間潰しの収穫としては、結局明太リストの仮説を裏付けただけで終わった。

「――結局買わされたな……。この微妙な本」

怒る店主の迫力はなかなかのものがあり、勢いに押されてウェインが購入したのはあの微妙な内容の本だ。災厄とかドラゴンとか書いてあった本である。どのみちタチヨミではイラスト周りしか確認していないため、全くの無駄遣いというわけではない。

明太リストが購入したのは転生に関するアイテムなどの記述があった本だ。こちらもすべて読んだわけではないため、もしかしたら入手に関係する内容も書いてあるかもしれない。

ギルが購入した本は意外にも料理本だった。全く顔に似合わないが、料理は得意なほうらしい。

「男の手料理か……」

「あんだよ。誰が作ってもおんなじだろうがよ」

ウェインには別に明太リストのようなこだわりはない。そもそも、普段屋台で購入するような食品だって多くは男性の手により作られている。

「そんなことより、そろそろ完成しているかもしれないし、一度戻ってみようか。本屋で潰した時間と移動時間を考えれば、出来ていてもおかしくない」

仮に出来ていなかったとしても、もう夕方になる。これ以上どこかで時間を潰すのも難しいし、あとは鍛冶屋《かじや》で待たせてもらうしかない。

鍛冶屋に戻ると受付にドワーフの親方が立っていた。

ということは、作業は完了したということだろう。普通に考えれば板金仕事を片付けたにしては早すぎだが、生産スキルというのはそういうものだ。

親方はにやりと笑うと、顎《あご》をしゃくって奥の部屋を示した。

親方に付いて部屋に入ると、作業場のような空間の真ん中に、鈍く輝く全身鎧《よろい》が仁王立ちしていた。その隣にはたくさんの小さな金属板を革紐《かわひも》でくくりつけて作られた、いわゆるラメラアーマーがある。

全身鎧はギル用、ラメラアーマーはウェイン用だろう。

さっそく着用してみる。

親方がベルトや金具を調整してウェインたちの体型に合わせてくれた。

ギルの全身鎧は思ったほど厚くはなく、打ち出した形状によって構造的に強度を出しているようだった。フリューテッドアーマーというのだったか。そのおかげで見た目ほど重くはないようで、STRとVIT《体力》の高いギルは軽々と着こなしている。

しかし防御力は以前の比ではないらしく、今朝までウェインが腰に佩《は》いていた鉄の剣では傷ひとつけられない。

ウェインのラメラアーマーは逆に見た目より若干重く感じる。小さな金属片とはいえ、使われている量も多いし、革の分の重さもあるせいだろう。しかし防御力は見た目以上で、単純な斬撃や刺突などに対しての防御はギルの鎧と遜色《そんしょく》ないほどだ。

こちらは脇や股下《またした》、ひじやひざの裏は動きやすさ重視のためにやや大きく開けられており、立ち回りには注意が必要だが、今のウェインならうまく攻撃をいなすことができるだろう。

「……すげえなこれ」

「……ああ」

親方にサイズの微調整をしてもらいながら、呟《つぶや》いたギルに同意する。

まさに一流の素材に、一流の仕事と言えるだろう。

「おっと、こっちを忘れてもらっちゃ困るぜ！」

親方が作業台に載っている剣と盾を親指で指す。

二本の剣のうち、一本はやや小さめの、ブロードソードというものだ。片手用の剣で、盾と合わせて運用するための剣である。これはギルのものだろう。

もう一本はロングソードだ。片手でも扱えるが、柄《つか》がやや長めにとってあり、両手で握ることもできる。バスタードソードと呼ばれることもあるタイプである。

盾はスクトゥムなどと呼ばれる、歪曲《わいきょく》した四角い大型のものだ。本来は木製や革製であり、このように総金属製で作ってしまえば重くてとても持てたものではない。しかしこの世界の傭兵や騎士のようにＳＴＲやＶＩＴが高ければ十分活用できる。もちろんギル用だ。先ほどの全身鎧と同様に、盾には鉄の剣では傷一つ付かない。

新しい剣の切れ味も試したいところだが、ここにはちょうど良い的がない。

「試し斬りはそこらの魔物を斬ってみるしかないかな」

「その薪《まき》を使え！　縦に切ってくれりゃ、薪割りの手間が省けらあ！」

無茶を言う。割るのなら確かにできるかもしれないが、薪など剣で切るようなものではない。

「縦割りは自分でやれよ。横にだったら……」

ギルが上段に剣を構えた。そこへ親方が薪をとり、山なりに放る。

本来なら宙に浮いた薪が剣で打たれれば、傷はつくとしても断たれはせずに地面に叩《たた》きつけられるはずだ。

しかし当のギルが一瞬怪訝《けげん》な顔をするほど音もなく剣は振り抜かれ、薪は地面に叩きつけられることなく普通に落ちた。

落ちた薪は真ん中あたりで二つに分かたれている。

「……うおお。鳥肌立ったぜ」

横で見ていたウェインも言葉が出ない。おととい、というかメンテナンス前まで毎日見ていたギルの剣閃《けんせん》だ。今突然技量が上がったというわけでもない。

「お前もやってみろよウェイン」

ギルが落ちていた薪を山なりに放る。薪はギルによって半分にされているため、ギルが行った試し斬りより難易度が上がっている。

ギル同様上段に構え振り下ろしのタイミングを計る。

「フッ！」

あまりにも抵抗なく通り抜けてしまったため、剣先を地面に当ててしまいそうになり必死で止めた。

ＳＴＲもある程度上げていたからこそそんな無様は晒《さら》さずに済んだが、気をつけなければ下手をすると自分の足を斬ってしまう。この期に及んでそんなルーキーのようなミスはできない。

「……すごいな、これは……」

床に落ちた薪はさらに半分に断たれていた。刃先を確認してみるが刃こぼれひとつない。まさにファンタジー金属だ。

これなら魔物も骨まで一息に断てるだろう。

「問題ねえみたいだな！　いやあ！　いい仕事をさせてもらったぜ！」

「ありがとう親方！　これは素晴らしい装備だ」

「おう！　俺たちもだいぶ強くなった方だと思っちゃいたが、これじゃ装備に負けてんな。もうちょいと鍛えないと」

ウェインとギルは親方に最大限の礼を言い、古い装備も受け取った。ギルの分は下取りを、ウェインの分はそのまま処分をするか聞かれたが、今回のようなことがあるといけないので引き取った。

それを見て明太リストが満足げに締めに入る。

「さて！　ふたりとも満足できたならよかったよ。それで、支払いのほうだけど」

「それなんだがよ。

今回、預けてくれた材料だが、まだ余りがあってな。お前さんらがよかったらだが、あれをそのままウチに置いてってくれるんなら、作業工賃はタダでいいぜ」

ウェインとギルは明太リストを見る。あれはもともと彼の所持品だ。

「……僕らから、というか傭兵《ようへい》から買い取ったという事を口外しないならそれで構いません。独自ルートで偶然仕入れることができたとか」

「ああ、まあ心配しなくてもそんなこと聞いてくる奴《やつ》なんて稀《まれ》だけどな！　なにせ素材だけあっても加工できなきゃ意味ねえからな」

「まあ、僕らのことが漏れないならなんでも。ところで、本当にそれだけでいいんですか？　結構な技術を盛り込んでくれたように見えるけど」

作業時間が実質半日程度とありえない短納期ではあったが、品質は間違いなく最高のものだ。生産系スキルなどのファンタジックな能力で仕上げたのだろうが、普通は品質を落とさずに納期を縮めればコストは上がる。

「それは親方が喜んで勝手に品質を上げちゃっただけなので、お客様が気にされなくても大丈夫です。それに残りのアダマスを買い取る金額を考えれば、そんなに差はないはずです」

受付にいた女性が作業場に顔を出し、そう答えた。経理は彼女が担当しているようだ。扉が半開きだったため聞こえていたらしい。

「そういうことなら、ありがたくそうしてもらうよ」

こうしてウェインとギルの装備更新は完了した。

しばらくは装備の方に使われているような感覚が消えないだろうが、その期間が少しでも短くなるよう努力すべきだ。

それに結局、今回の持ち出しはすべて明太リストの懐からになってしまった。

あの受付嬢の言い方からすれば、素材自体が相当な金額になるようだし、ウェインはおろかギルでさえ完済には時間がかかるだろう。

「まあ、そこは気にしなくてもいいと思うけどね。あの王都の時点から僕としては、すでにこのパーティで行動していたつもりだったし。ドロップ品拾いもパーティとしての仕事のうちだ。

どうしても、というなら、現物で返してくれればいいよ」

「……わかった。装備も整ったことだし、そろそろヒルスにアタックをかけよう。

まずは様子見も兼ねて、エルンタールという街を目指すとしようか。確かあそこも災厄の配下によって壊滅させられていたはずだ」

「ゾンビと赤いスケルトンがいるんだったか？　それと巨大なクワガタだな」

「簡易地図で見ると大した距離に見えないけど、ウェルスからだとあの高地を迂回《うかい》していかなければならないからね。大まわりになるけど、こればっかりは仕方ないか」

そろそろ、この街周辺の難易度では経験値も頭打ちになってくる頃だ。

新装備の慣らしや経験値稼ぎも兼ねて旧ヒルスを目指して移動し、例の転移サービスとやらが実装されたらそれでゴールまで飛べばいいだろう。

ウェインたちは新たな目標として旧ヒルス王都攻略を掲げ、旅の計画を練り始めた。

第二章　邪道をゆくもの

〈ボス、お待ちしておりましたぜ〉

火山への遠征を決めたレアは、白魔をターゲットに『召喚』で飛んだ。

白魔には目的地のそばへ行っておくよう指示しておいた。しかしいざ到着して周りを見てみると森の中だった。気温は高めのようだが、あまり火山地帯というイメージにはそぐわない。

「暑いなこの森。白魔たちには慣れないいんじゃないか？　『召喚』」

ケリーたちを呼びながらねぎらう。

白魔は笑って首を振った。

スコルに転生した際に得た熱に対する耐性はかなり高いようだ。スコルは太陽を追い天を駆けるとされる伝説上の生物だ。熱に弱いのでは務まらないためだろう。

同様の耐性をハティである銀花も得ている。ということは、このゲーム世界ではハティは月を追う者ではなく、太陽の前を走る者という解釈なのかもしれない。ならば月を追う者としてマーナガルムが別個に存在している可能性がある。

これは一般論だが、たいていの場合、友達の少ない若者は北欧系の神話に詳しいものだ。レアも例外ではなかった。

「さて。では行こうか。と言ってもどっちに行ったら何があるのかもわからないわけだけど」

「鎧坂《よろいざか》さんはよろしかったのですか？　ボス」

「どうしようかと思ったんだけどね。鎧坂さんには災厄第一形態として王都でふんぞり返ってもらっているから。それに君たちがいれば問題ないかと思ったからね。頼りにしているよケリー」

ケリーはすまし顔で軽く頭を下げた。しかし耳がピクピクしているし、尻尾《しっぽ》がうねっている。可愛《かわい》いものだが、もしかしたら傍《はた》から見たらレアの翼もこう見えているのかもしれない。人の振り見て我が振り直せとはまさにこのことである。レアはケリーにひそかに感謝した。

〈ボス、目的の火山はあちらのほうです〉

銀花が鼻先で方向を示した。木々しか見えないが、銀花が言うならそうなのだろう。

先頭を銀花、それからケリーとライリーが続き、真ん中にレア、その後ろにレミーとマリオン、最後尾には白魔という隊列で進み始めた。

とは言っても、森の中を進むには銀花や白魔はあまりにも大きい。都合よくこの隊列が通れる道があってよかったな、と思ったら、木々がなぎ倒された跡が見えた。つまりこれは、かつてのリーベ大森林の浅層と同様、白魔たちが無理やり作った獣道なのだろう。

〈襲いかかってくる魔物はいましたぜ。返り討ちにしたというか、ねぐらまで探し出してリーダーを食い殺してやりましたが。そら、そこの横道から行ける先にリーダーの元ねぐらがありますが〉

今歩いている獣道よりは荒い、数度しか通っていないような枝道が確かにある。

「……もともとの目的は、この火山周辺の領域の制圧だ。白魔たちがすでに倒した魔物というのがこのあたりの魔物のボスだと言うならもう用事は済んでいるとも言えるわけだけど」

〈ああ、それはありません。食い殺したのはアンデッドでしたから。例のいべんと、というやつの

仕込みでしょう〉

アンデッドを食べても大丈夫なのか。

いや、スケルトン系だったのかもしれない。犬は骨を噛《か》んだりしゃぶったりするのが好きであるということはレアも知識として知っている。

「ということは、この領域では新たに発生したアンデッドのボスと、もともといた領域のボスが衝突しなかったということかな。なぜだろう」

同様のケースとしてはトレの森が思い当たる。

あの森もエルダーカンファートレントとジークは争っていなかった。その理由としてお互いの活動時間の差や、絶望的な相性の噛み合わなさがあったためだが、この森も同様の問題を抱えているということだろうか。

「とにかく一度見てみなければわからないな。とりあえず今火山に向かっているわけだけど、もともとの領域のボスは火山にいるんだろうか」

〈火山の方にも行ってはみやしたが、そこまで近づいてはいないんでわかりやせん〉

〈白魔は行きたがっていましたが、私が止めました。勝手なことをしてボスの機嫌を損ねるのも問題なので〉

別にその程度のことで機嫌を損ねたりはしないが、銀花は褒めてほしそうに鼻をぴくぴくさせていたため、背伸びして顎《あご》を撫《な》でておいた。

森の中にボスがいないのなら火山にいると考えるのが妥当だろう。

火山に向かうという方針は変えず、一行は再び進み始めた。

しかし考えてみれば、魔物の領域にはボスがいるものだというのも先入観だと言えなくもない。

レアが知っているケースとしては実のところリーベ大森林とトレの森だけだ。

強いて他の例をあげるならブランのスポーン位置のアブオンメルカート高地だが、そこに住まうボスは吸血鬼の伯爵である。聞いた話だけでも、おそらく他とはちょっと格が違う。


やがて木々がまばらに散り始め、火山が見えてきた。

ここまでくるとかなり暑い。マリオンが先程から魔法で周囲を冷やしているが、それがなければ全員汗だくだった。

「火山に例えばボスがいるとして……」

ただ岩だけがある山を見上げる。

「この一帯のどこにいるのだろう……」

とてもまともな生物が生きていけるようには見えない。

先頭がケリーたちになるよう隊列を変え、火山を登り始めた。

まっすぐ登れれば話が早くていいのだが、切り立った岩などもあるため、ジグザグに岩を避《よ》け、ときに真横に進むようにして徐々に登っていく。

登山とは言っても、高いステータスのおかげで平地を歩くのと変わらない。

というかレアだけならば飛べば済む話であるので本来歩く必要すらない。

ふと思い立ち、白魔と銀花のスキルを眺める。

以前転生させた際は、後がつかえておりあまり時間がなかったことと、主目的は環境に対して少しでも強くならないかという点だったこともあり、そこまでチェックしきれていなかった。

しかしよくよく調べなおしてみれば、やはりあった。空を飛べる系統のスキルだ。彼らの種族の伝承を考えれば当たり前ではある。

『天駆』という名のそれは、正確には天を駆けることのできるスキルだった。『飛翔《ひしょう》』であれば取得後は特に条件がないため、翼をたたんでいても飛ぶことができるというマジカルなスキルだが、『天駆』は「天を駆けることができる」という効果のため、空を飛ぶにはおそらく足が必要だ。

何の意味があって分けてあるのかと一瞬考えたが、あるいは『天駆』には空中で踏ん張ることができる効果もあるのかもしれない。仮に現在のレアが『飛翔』中に空中で直接攻撃をしようと思えば、普通に殴ると自分の体が回転してしまう。

となるとこの先、空を飛ぶ系統のスキルを配下に取得させていく際には、このあたりは注意が必要だ。他のプレイヤーにもそういうスキルを手に入れる者は増えてくるだろうし、NPCで言えばすでに天使という空飛ぶエネミーの存在が確定している。空中戦は避けては通れない。

〈ボス！　こりゃすごい！〉

〈何もない空中を踏むという状況には慣れが必要ですが、これは素晴らしい力です！〉

「気に入ってもらえて何よりだよ」

スコルとハティは太陽の後ろと前を走る狼だ。空を駆けることができなければ名前負けしてしまう。

そう思って二頭に早速取得させた。

最初はおっかなびっくりだったが、野生のカンなのか何かしらの能力値のおかげなのか、すぐに慣れて空中を駆け始めた。

レアは自前で飛べるため、前をゆく銀花にケリーとライリー、後ろにつく白魔にレミーとマリオンを乗せ、空から探索することにした。

太陽の前を走るとされるハティと、太陽を追いかけるとされるスコル。白魔たちがそれを意識して隊列を組んでいるのかは不明だが、もしそうなら、レアを太陽に見立てているということになる。

「火山には岩場しかありませんね。動く者は見えません」

目の良いライリーからの報告でくだらない思考を断ち切る。

「上空からでは確認できないタイプの魔物なのかな。このあたりには特に空を飛ぶような魔物はいないようだし、上空からの視点に対して擬態する必要があるようにも思えないけど」

魔物には稀にマジカルな生態を持つ者もいるため、そう合理的なばかりではないかもしれない。

「念のため、時々降りて探りながら行こう。手間だけど、ずっと歩いていくよりは早いはずだ」

◆◆◆

「……まいったな、本当に何もいないぞ」

それからしばらく火山を探索したが、それらしい魔物どころか、動く者さえ見当たらなかった。

火口部分は調べていないが、熱とガスのせいで近寄ることはできなかった。もっと強力な耐熱スキルと、呼吸不要かそれに類するスキルが必要だ。

「火口に何かいるとすれば、今すぐはどうにもならないな」

仮に何かがいたとして、現状でレアたちでは近づくことさえできない環境で平気で生存している魔物に対し、有効な攻撃手段というものは思いつかない。

いったん地表に降り、他のメンバーの意見も聞いて、退《ひ》くか粘るか決めることにする。

とりあえず目についた、最初に歩いて登山していた時に大きく迂回した岩盤の上に立つ。

「さて。ではどうしようか。このままここで探索を続けて益はあるかな」

「どうでしょうか。今はマリオンや白魔、銀花が魔法で周囲の気温を下げていますが、これを行い続ける限り、この三名のＭＰは減り続けるままです。止《や》めてしまえば全員のＬＰ《ライフポイント》に影響を受ける可能性がありますし、長期間この山で活動をするのはそもそも避けた方がよろしいかと」

ケリーの言うことはもっともだ。ここまで暑いとは考えていなかった。レアの認識として、全体的にこの大陸を甘く見ていたことは否めない。大いに反省する必要がある。

初期大陸とはいえ、中盤以降に開放されるような難易度のエリアもあるだろうし、例えばこの火山周辺で言えば、周囲の森までは通常の難易度で、この岩山エリアから適正レベルが跳ね上がるという可能性もある。

「……公認ダンジョンのシステムが実装されて、経験値をより稼いでから来た方がいいかな」

災厄とまで呼ばれる種族であるレアだが、ブランの保護者の伯爵の反応や、前精霊王のアーティファクトの力に全く抗《あらが》えずに死亡してしまったことなどを考えれば、とてもそこまでの力が現在の自分にあるとは考えられない。

転生したてでまだまだ赤子同然ということなのだろう。

「……よし、今日のところは――」

「ボス！　何か来ます！」

今日ずっと静かだったレミーが叫んだ。白魔と銀花も体を強張《こわば》らせている。

この組み合わせということは——

「音か！」

すぐにレアたちにも聞き取れるほどの音が響いてくる。

あまりに迫力ある音のため、まるで地面まで揺れているかのようだ。

「ようだ、じゃないな！　足元が揺れている⁉」

この段になってようやく気がついたが、足元の巨大な岩盤がうっすらと魔力を帯びていた。そしてそれは徐々に濃くなってきている。

「こいつ、岩じゃなくて魔物だったのか！」

すぐさま白魔と銀花にケリーたちを乗せ、上空へと退避する。ほどなく眼下の岩の塊ははっきりと魔力を帯びたものへと変わり、地響きを立てて立ち上がった。

「巨人……ちがうな、これはゴーレムか！　初めて見た……」

このような過酷な環境でどんな生物が生存できるのかと考えていたが、そもそもまともな生物ではなかった。

さらにこの大型ゴーレムの起動に呼応するように、周囲の岩石も次々と立ち上がる。

視界の範囲内にあるすべての岩石がゴーレムというわけではないようだが、それでもかなりの数がいた。

「この体勢では、白魔や銀花も接近戦をするというわけにはいかないな」

彼らは背中に、落とすわけにはいかない荷物を背負っている。

騎乗戦闘ができるようなら話は変わってくるが、騎乗戦用の装備もなければノウハウもない。

上空にいる限り攻撃されることはないだろうが、こちらからの攻撃手段も魔法による砲撃に限られる。

「あるいは航空兵と砲兵を呼べば蹂躙《じゅうりん》できそうだけど……。ここに呼んでここで隊列を組ませるというわけにもいかないしな」

岩の塊に有効な魔法といったら何があるだろう。

『地耐性』を得ることができるのは確か『氷魔法』だった。

「アリたちは氷が苦手だったな。アリは強いて言うなら地属性が強めの種族だろうし、試すだけ試してみればいいか」

「じゃあ、わたしが」

マリオンが白魔の背から氷の塊をいくつも降らせていく。単体魔法かと思ったが、そういう形の範囲魔法のようだ。

サイズ差のせいか、大型のゴーレムには大したダメージは与えられていないようだが、周囲の小型ゴーレムには効果は抜群のようだ。小型と言っても普通の人間よりはかなり大きいが。

岩が氷より柔らかいとは思えないが、氷が当たったゴーレムはその部分が砕け、大きなダメージを受けている。

マリオンはリキャスト待ちを兼ねてしばらくダメージの観察をしていたが、攻撃が有効なことがわかった後は、断続的にその魔法を降らせ続けた。リキャストを待つ間は白魔や銀花が同様の魔法を放っている。これならばほどなく雑魚は片付けられるだろう。

上空から一方的に攻撃できるというアドバンテージはすさまじい。

「いや、さすがにそんなことは許してもらえないか……！」

いったん攻撃をやめるんだ！　散開！」

大型のゴーレムが足元の岩を握ったかと思えば、それを上空に放り投げた。

かなりの速度だ。当たれば地面にたたき落とされてしまうだろう。

「対空攻撃まで備えているというわけか。彼がエリアボスなのかな」

どうであれ、現時点で一般的なプレイヤーが太刀打ちできるかといえば疑わしい。少なくともレイド級であるのは間違いない。

白魔と銀花をさらに上空へ逃がし、一人で対峙《たいじ》する。

レアはこれまでまともに空中戦をしたことがない。相手は地面に立っているが、対空攻撃をすることや相手のサイズも考えれば空中戦と言ってもいいだろう。

いつかまた来るかもしれないプレイヤーたちとのレイド戦に備え、レアが単身で戦うケースの訓練も必要だ。

「白魔たちは、周囲の雑魚を狙って欲しい。このボスはわたしが相手をしておこう」

「ボス……」

「大丈夫だよ。今日はまだほとんど何もしていないし、いざとなれば『キャスリング』なんかもある。死ぬことはまずない」

死亡した時のために経験値のストックを残しておくという保険も大切だが、その前に死なないようにするという保険も必要だ。『キャスリング』は本来そのためのものである。瞬間的に使えるよう、対象はオミナス君に決めておく。これを使うということはレアでさえ死にかねない攻撃を受けるということで、そのレアと入れ替わるオミナス君は確実に死ぬことになる。彼には申し訳ないが、他に適任者がいない。他の者は大抵何かの仕事をしているからだ。

「さて、ではまずは『氷魔法』の――うわ危な！」

紙一重でかわしたはずの投石から突然手足が生えた。危うく攻撃を受けるところだった。

大型ゴーレムが投げているのは彼の足元の岩だが、その中にも一定の確率でゴーレムが交じっているようだ。投石の危険度がさらに増したと言える。

「これを考えてやってるなら非常に厄介なんだけど。どうなんだろう。判断がつかないな」

適当な『氷魔法』で牽制《けんせい》を行いながら有効な手段を考える。

「『フェザーガトリング』」

ごく小さな穴が無数にゴーレムの体に空いた。痛覚がないのか全くひるまないが、それなりに深くまで穿《うが》っているようで、投石の軌道をずらすことはできた。しかしそれも何度か繰り返しているうち、最初に穿った穴はいつの間にか消えてしまった。自動回復で修復されてしまったらしい。

「このゲーム、大型でＬＰが高いボスってそれだけで面倒なんじゃ……。最初から短期決戦狙いというか、弱点に総攻撃とかじゃないといつまで経《た》っても戦闘が終わらないぞ」

ボスモンスターのＬＰが割合で自動回復されるのはきつい。それ自体はすべてのキャラクターが大なり小なり持っている基本の能力だが、レイドボスでそれをやられるとプレイヤーの心が折れる。

『フェザーガトリング』を連続して撃ち続けられればいつかは削りきれるだろうが、どれほど時間がかかるかわかったものではない。それにこれのコストはLP消費だ。最悪はポーションを使用しながら戦えば可能だろうが、魔王が栄養ドリンク咥《くわ》えて消耗戦というのは少し外聞が悪い。

『魔眼』から魔法を連携し、『ダークインプロージョン』を放つ。王都でも使ったこれは範囲内の全てのキャラクター、オブジェクトをひとまとめに握りつぶし、闇の彼方へ消し去る『暗黒魔法』だ。消費MPも大きい上にリキャストタイムも長いが、これまでこの魔法をまともに受けて生き延びた者はいない。具体的なダメージ量こそわからないが、現在レアの持つ手札の中で最も攻撃力が高いと言える。

「あれ？」

しかし不発に終わってしまった。MPが消費されるところまでは進んだが、その後の発動には至らなかった。何か発動条件を満たせなかったため、工程が進まなかったという感じだ。範囲魔法であるため対象は指定した範囲ということになるのだが、どうやら範囲内に収まりきらない何かがある場合、不発に終わるようだ。何かの一部分だけを切り取って爆縮させるようなことはできないらしい。

「さすがにそんなうまい話はなかったか」

ならばおとなしく『氷魔法』やそれに近い魔法で地道に削るしかない。『氷魔法』の上位の『スノーストーム』や『大寒波』、『風魔法』と『氷魔法』の上位の範囲魔法を両方取得してからでなければアンロックされない『ダウンバースト』を大型ゴーレム中心にばらまき、削っていく。

「おや？」

しかしこれは予想以上の効果があった。

明らかに想定より大きなダメージを与えている。

「もしかして体が大きいキャラクターは、ＬＰにボーナスがある代わりに範囲魔法で多段ヒットするとかのデメリットがあったりするのかな」

リキャストを待つ間、『フェザーガトリング』で敵の自然回復分を削りながら考える。

確かにそのくらいの何かがなければ、巨大なエネミーに人類サイズのキャラクターが対抗するのは難しい。

「顔がないからどのくらいのダメージを与えているのかわかりづらいな」

このゲームでは相手のダメージが数値として見えるわけではないので、たいていは表情や損傷度などで推測するしかない。

あるいはダメージやＬＰが数値や視覚的な情報でわかるスキルもあるのかもしれないが、今のところレアは把握していなかった。

眼下の大型ゴーレムの動きはかなり鈍ってきている。しかし気温低下によるバッドステータスなのか、蓄積ダメージによる行動力低下なのかはわからない。

「ならまだまだＬＰは残っているということかな。多段ヒットしたとすれば、かなりのダメージをすでに与えていると思うんだけど」

ＬＰの多さは驚異的だが、敵として恐ろしいという程ではない。

有効そうな攻撃方法はすでに割れているし、あとは投石を避《よ》けながら魔法をばらまくだけの簡単なお仕事だ。合間に回復阻害程度の牽制を行うことも忘れてはいけない。

レアが常に滞空していられるために相手の攻撃手段を投石に限定し、こうして楽ができているが、地上で戦うとなっていたらもっと面倒だっただろう。敵がこのサイズでは、踏みつけなどの通常物理攻撃でさえ回避困難な範囲攻撃となる。

動きはそう速いようには見えないが、それはレアが距離をとって戦っているからだ。あのサイズで普通に動いているように見えるということは、人間の数十倍の速度に他ならない。

空を飛んだりできない場合、何らかの詰み状態にして一方的に攻撃するか、あるいは相当自分たちを鍛えてからでないと太刀打ちできないだろう。


それからしばらくの時間を要したが、ついに大型ゴーレムが膝《ひざ》をつく時が来た。

「余裕があれば他の属性の魔法が効くのかを試してもよかったけど、こいつはダメージが顔に出ないからね。まあ氷でなんとかなったならそれでいいか」

大型ゴーレムはまだ死亡していない。そもそも生きているといっていいのか不明だが、LPが完全にゼロになったわけではない。膝をついた今も腕や足を踏ん張り、立ち上がろうとしていることからもわかる。

「ここまでやれば、わたしに屈したと言えるのではないかな。さあ、もう諦《あきら》めてわたしのものになりたまえ。『使役』」

そのままではゴーレム系には『精神魔法』が通らない。『魂縛』によりストックしてある魂を使って『精神魔法』をかけることも考えたが、今回はレア自身の戦闘能力の確認を優先した。

『精神魔法』の有用性についてはすでに実証されているが、他の攻撃魔法による戦闘力についてはいは十分かはわからない。『精神魔法』に抵抗するような格上に対しては為《な》す術《すべ》が全くない、という状況は避けたい。

また経験値を稼ぎ、レア自身を強化する機会が得られれば、これからも逐次試していくべきだろう。

感覚的にまだ少し抵抗するような意思を感じたが、「角」のボーナスの前では無力だった。この状態になっていてもわずかでも抵抗力があったとなれば、万全の状態では『使役』は通らなかったかもしれない。かなりのMND《精神力》の高さだ。

「種族名は……エルダーロックゴーレムか。では周りの小さいのがロックゴーレムなのかな」

使役関係にあるわけでもないらしく、エルダーロックゴーレムを眷属《けんぞく》にしても周りのゴーレムたちが配下になった感覚はなかった。それ以前にエルダーロックゴーレムは『使役』を持っていなかった。もっとも周りの小型ゴーレムも白魔やケリーたちの攻撃によって大半がただの岩になっているが。

ゴーレムならばドロップは死体ではなくアイテムだというような書き込みをSNSで見た気がするが、地面に散らばるこれが死体なのか、岩をドロップしたのか判断がつかない。

「エルダーということは、歳《とし》を重ねたゴーレムは自然と巨大化していくのかな？　マリモみたいな生態だな」

鍾乳石《しょうにゅうせき》や珊瑚礁《さんごしょう》のようなものなのかもしれない。

「世界樹はエルフに使役されることで生まれたけど……。こいつはなんだろう。ドワーフに使役されれば転生条件を満たしたりするのかな」

賢者の石を使用して強制的に転生させてみてもいいが、また四桁《けた》も経験値を要求されたりしたら困る。今は持ち合わせがない。

「させるにしても、もっと後かな。収入の目処《めど》はまだ立っていないのに支出予定ばかりが増えていってしまうな」

旧ヒルス王都やラコリーヌにはぱらぱらとアタックをかけてきているプレイヤーがいるらしいが、毎日ではない。

本格的に転移サービスによるダンジョン振興プロジェクトが始まるか、課金アイテムでクイックセーフティエリア作成アイテムが発売されるまでは儲《もう》けにならないだろう。

「まあ、いいや。とりあえず、君はここでこれまで通り暮らしていてくれ。周辺の小さなゴーレムたちも支配下に入れておきたいところだが……。特に理由がなければ同種同士で争わないって？　なら放っておいてもいいか」

意外と温厚な種族のようだ。生きるのに他生物を捕食することもないし、放っておけば大きくなるため、争う必要がないからだと思われる。

普段は何をしているでもなく岩に擬態して動かずにいるだけらしい。

この山に来たプレイヤーに攻撃する為《ため》だけに存在するかのような魔物である。

敵性というほどでもないが、従わない魔物はまだ多くいるため、火山地帯を完全に制圧したとは言えない。しかしこの大型ゴーレムを支配下においたなら、ひとまず目的達成と言ってもいいだろう。

「よし、帰るか。アンケートの集計が終わるまでは各領域の開店準備に努めよう。ヒルス王都、ラコリーヌ、トレにリーベか。それぞれの領域のボスを決めて、そのボスに運営させるとしよう」

◆◆◆

白魔と銀花はリーベ大森林に送った。ここは現在スガルの後をクイーンベスパイドが継ぎ、アリたちを使って牧場の管理をしている。ちびたちは牧場で牧羊犬のまねごとをしているようだ。言うことを聞かないことはだいぶ少なくなり、最近では役に立ちたがるというか、手伝いをしたがる傾向にあると聞いている。順調に成長しているようでなによりだ。他にもクイーンビートルやクイーンアラクネアも数体おり、研修も兼ねて配下を生み出したり森の管理を手伝ったりしている。

同様の研修はトレの森でも行われており、あちらにも女王級が数体いる。領域の広さや元々の難易度からいえばこれらの森は過剰戦力もいいところである。

「甲虫は熱耐性がアリよりは高いな。火山には入れなくとも、そのふもとの森なら管理できそうかな。リーベで研修が終わったクイーンビートルがいれば派遣しよう」

研修も一通り終わっているというクイーンビートルを火山地帯の森——地図にも名前が載っていないため不明だが、これは勝手に名前をつけてもいいのだろうか——へ送り、そこで巣を作り配下を増やし、森の管理をするよう伝えた。

次にラコリーヌに寄り、スガルに状況を確認する。

〈こちらは順調です、ボス〉

すでに瓦礫《がれき》の丘という印象は全くない。

緑と廃墟《はいきょ》が調和する、実に幻想的な森に成長している。時おり上空を巨大な蟲《むし》が飛行している。甲虫にもアリにもクモにも見えないが、あれはなんだろうか。

〈あれはメガサイロスという種族です。女王種はいないため、一体ずつ私が直接産み出すことしかできませんが、それだけに戦闘力は他と比べて高めです〉

その姿を一言で表すと、身体《からだ》がムカデのヘビトンボだろうか。名前からすると古代昆虫のメゾサイロスがモチーフだと思われるが、面影はほとんどない。

「ラコリーヌは女王級も何体かいるんだっけ？」

〈ひととおり揃《そろ》っております。もう任せても大丈夫なレベルです。トレントも同様でしょう。可能な範囲で増えていっているようです。

航空兵たちがリーベ大森林から蟲系の魔物の餌として、繁殖させやすいネズミ系の魔物を運び、すでに繁殖にも成功しています。ネズミの餌はトレントたちの実ですが、これはＬＰ消費で生み出せるものですので問題ありません〉

それならばスガルがいなくても問題ないだろう。

確認を終えたレアはスガルと共に旧ヒルス王都へ飛んだ。

◆◆◆

「はじめ、王都を拠点にするつもりはなかったんだけどね。立地やダンジョン経営のことを考えれば、ここを拠点にするというのは悪くないと思って」

嘘《うそ》ではないが、真実でもない。

一番の理由は、ブランの領主館やライラの王城を見ていて若干羨《うらや》ましく感じたためだ。

もちろん実利的な理由もある。

レアの支配地の中で、プレイヤーが最重要目標として狙うとすればこの王都だろう。王都を制圧した経緯《いきさつ》も考えれば、第七災厄としていかにも象徴的な場所と言える。

足掛かりとしてラコリーヌなども狙われることになるだろうが、あちらも十分な戦力を揃えている。女王級が三体といえば、かつてのリーベ大森林以上の戦力だ。しかも森を形成する木々はそのほとんどがトレントである。

「本当は王都外周にもトレントたちを植えていきたいところなんだけど……。アンデッドと絶望的に相性が悪いんだよね」

トレの森で行われていたように昼と夜で役割を分けてもよいのだが、夜にアンデッドが活発になった時、トレントは別に消え去るわけではない。瘴気《しょうき》にあてられ休眠しているだけだ。

「さすがに配下にそんなブラックな労働環境を押しつけるわけにはいかないからね。

まあ、ブランのエルンタール同様、昼間は蟲に頑張ってもらおう」

〈では、のちほど女王級を何体か産み出しておきましょう〉

「頼むよ。本当に経験値はいくらあっても足りないな」

女王級の創造には他と違い経験値を消費するため、痛い出費だ。

自分自身の成長にも経験値を使いたい。

「これから稼いで帳尻《ちょうじり》を合わせるしかないな」

レアは玉座に飛び乗るように腰かけた。

以前に座った玉座より座面位置はかなり高くなったものの、それ以外は座りやすくなったなと思っていたら、鎧坂《よろいざか》さんの膝だった。指示通りレアの代わりにここに腰かけ、じっとしていたようだ。

鎧坂さんは厳密には生物ではないため、動かずにいても体が固まることもないし、本人としても特に苦はないらしい。

「じゃあ膝掛《ひざか》けをかけてあげよう」

インベントリから大型の魔獣の毛皮を取り出し、鎧坂さんのひざにかけた。

これでレアが膝に座ってもお尻《しり》が痛くならないだろう。


「……さて。では『神託』とか言われているスキルについて考えよう」

ようやく考察する時間ができた。

オーラル王都にいるのだろう総主教のスキル画面を呼び出しながら考える。配下のスキルをいじることについて、距離は関係がない。自分の配下リストから目的のキャラクターを選び、脳裏に専用ウィンドウを開くだけだ。

総主教から軽く聞き取りをしたところでは、厳密にはどのスキルの効果によって神託を得たのかわからないということだった。

というのも「神託」という名のスキルは厳密には存在せず、またアナウンスが聞こえるという事態も彼にとって今回が初めてだったからだ。

ただレアが見た限り、怪しいと判断したスキルはある。

それが『霊智《れいち》』である。

確認してみたところ『霊智』のツリーの一つ目である『人智』の効果は「世界全体に発信されるアナウンスの一部を受信することができる」というものだった。

内容から言ってもこれで間違いない。

アナウンスの「一部」とあるからには、聞こえる情報には偏りがあるのだろう。

それを決めているものがあるとすれば、おそらく『人智』の次の『真智』だ。

このスキルはそれ単体で効果があるものではなく、別のスキルの性能キャップを外すようなタイプだ。『魂縛』の副次効果のみのようなイメージである。

その内容はそのまま「『霊智』において受信できるアナウンスを拡大する」というものだった。

総主教の『霊智』ツリーは『真智』までしか開放されていないため、これが災厄と認定するものとそうでないものを選別する内容になっているのかはわからない。

「……もしかして、とりあえず災害クラスの存在の誕生はわかるけど、それを人類の敵認定するかどうかは聞いた人の匙《さじ》加減ということなのか？」

この大陸の以前の支配者は精霊王だった。

彼が生まれたとき、このアナウンスが聞こえた者が宗教関係者にいたはずだ。その後精霊王が大陸を支配すれば、アナウンスの示した存在が精霊王だとわかるだろう。

仮にかつての宗教関係者が精霊王の誕生をアナウンスによって知ったとする。

精霊王は人類国家の支配者だが、それなりに長い間、大陸を統治していたようだ。

その統治の中で、アナウンスによって知らされた「精霊王の誕生」は人類にとって悪いことではないと認識されていったはずだ。

しかしその統治が終了する頃――ブランが伯爵から聞いた話が本当ならばだが――に大天使が誕生している。SNSにあった情報からすると、大天使と精霊王は近しい陣営にあるのではないかとのことだった。

このことから、当時あったワールドアナウンスは精霊王と大天使で同様の内容だったのではないかと推測できる。アナウンスでは具体的な種族がわからないであろうことは、レアが一度もNPCから「魔王」と呼ばれていないことからわかる。

その上で大天使だけが「災厄」認定されているということは、同じ内容のアナウンスであっても個体によって危険度が違うと人類は認識しているということになる。

にもかかわらず、レアに対しては一発で「人類の敵」認定だ。

SNSに投稿された各国のプレイヤーの話からも、特に話し合っていないのに各国の一致した意見としてそう扱われているようだった。

「……これは一度、実際にどう聞こえたのかを確認する必要があるな」

スキルさえ得られればいいと考えていたため、総主教たちは支配下に置いてからライラに丸投げで放置だったが、そういうわけにもいかないようだ。

◆◆◆

フレンドチャットでライラに予定の確認をし、問題なさそうだったので総主教を旧ヒルス王城謁見の間へ『召喚』した。

本来であれば『使役』したあの時に済ませておけばよかったことではあるが、あの日は数日ぶりのログインであり、ブランにあいさつをするだとか、他にもしたいことがあったために結局後回しにしたのだ。

「わかりました、主よ。神託が聞こえた際の内容ですね。私としても初めてのことでしたので、よく覚えております。

――邪道ルートのレイドボスがヒルス王国リーベ大森林にて誕生しました――

と、そのように聞こえてまいりました。

これは私以外の主教たちには一部のワードや場所などは聞こえていなかったそうですので、内容は個人で差がある可能性がありますが」

もし仮に、言葉の意味的に精霊王たちの際のアナウンスが「正道ルートのレイドボス」などであり、それが代々伝わる文献などに記してあった場合、確かにレアは怪しいことこの上ない。

「……君はオーラル聖教会の総主教ということだが、ではオーラル王国においてその『邪道ルートのレイドボス』を人類の敵というか、災厄認定したのは君だということなんだろうけど、それはなぜかな?」

「申し訳ありません！」

「いや、そういうの今はいいから」

「聖教会に伝わる門外不出の文献におきまして、『れいどぼす』なる者についての言い伝えがございます。

いわく、ある時は人類を導く慈悲深き指導者であり、ある時は人類に仇《あだ》なす恐るべき災厄であると。さながら人間のように、良き者もいれば悪《あ》しき者もいると。

そうでありましたので、実際には初めて聞くお言葉ではございましたが、『れいどぼす』となればそのどちらであるのかを見極める必要があると考えました。しかし見極めると申しましても、もし災厄であればこれは接触するだけで国家存亡にかかわる事態になります。おいそれと会うわけにも参りません。

ただ今回の神託においては、『邪道るーと』なる形容が付いておりました。これはこのオーラル聖教会で言えば、私にしか聞こえておりませんでしたので、これはもしや修行の成果によって得られた『真智』により、見極めるまでもなくその真贋《しんがん》がわかったのではないかと」

ポンコツか、とまでは思わない。

これは仕方がないだろう。ここは現代の法治社会ではないのだし、疑わしきは罰せずではなく、疑わしきは滅せよで行動するのが道理である。

しかしこれでワールドアナウンスについての概要が把握できた。

陣営によって別々のスキルなどはない。

ただ聞こえたアナウンスを解釈する者がそれぞれいるだけだ。

「しかし邪道とは……」

つまりいわゆる人類勢力というのが正道で、魔物勢力というのは邪道だということだろうか。

「わからないでもないけど。心情的には納得しがたいな」

倫理的な事を言うつもりはないが、一個の生物として見た時、例えばヒューマンとゴブリンの間にはさほどの差はないように思える。

そもそもヒューマンを創造したのもゴブリンを創造したのも開発・運営であり、その彼らによって種族的に「正道」、「邪道」と分けられてしまっているというのは強い違和感を覚える。プレイヤーと違ってNPCは自身の種族を選べないのだ。

彼らに選べるとしたらせいぜいが転生先くらいのもので、それも普通に成長していったとしたら基本的に正規のルートでしか――

「うん？　正規のルート……正道……」

もう一度、ワールドアナウンスが聞こえたケースを考えてみる。と言ってもレアにはスキルはなかったため、自分に関わるものだけだ。

まずレア自身の「魔王」だ。転生時のアナウンスには「特殊条件を満たしています」とあったはずだ。この時は「特定災害生物」などと言われていた。人類の国家に知れ渡ったのもこの時だ。

総主教の言葉からすれば、魔王というのは「邪道ルートのレイドボス」ということだろう。

次にディアスとジークの転生だ。この時は「条件を満たしました」としかなかったが、アンデッドが感情の高ぶりによって条件を満たすという状況自体普通に考えればおかしなことだ。もともとディアスたちは感情を持ったアンデッドだったため、産まれた瞬間から特殊だったとも言える。

そんな彼らの転生に際するアナウンスも「特定災害生物」だった。いや、アンデッドなのだし生物ではないだろうから、何らかのカテゴリとしてそういう分類だというだけだろうが。

そしてスガルのクイーンアスラパーダへの転生。この時は賢者の石グレートと経験値だけで転生した。特殊な条件などもなく、おそらく正当なルートだったのだろう。そしてアナウンスは「災害生物」だ。

「正道というのはもしかして、正規のルートで転生した者という意味で、特殊な条件による転生種族はすべて邪道ルートということなのか?」

それであれば、正道、邪道と言われても納得できないでもない。正規のルートと脇道という意味であれば言葉の意味としても許容範囲であるし、邪道を選んだのはその者自身の選択なのだから、心情的にも理解できる。

「だとすればスガルが転生したときに、もしアナウンスがあったとしたら『正道ルートのレイドボス』とか呼ばれていたってことか」

これはライラに賢者の石を使用させる場合でも同様のアナウンスがある可能性があるため、そのうち検証できるだろう。

つまり、最初にレアが考えていたように、人類側、魔物側、中立、というくくりでは無かったことになる。

「しかしそれ系のスキルがひとつしかないのなら、わざわざ今取得を急ぐ理由はないな。なにしろここに持っている眷属《けんぞく》がいることだし」

結局アンロックする条件がなんだったのかは確定していない。主教たちに聞いても誇らしげに修業のたまものとしか言わないため、どれがアンロック条件なのかもわからない。

「ああそうだ、せっかくだし、君にだけは教えておこう――」

総主教にインベントリとフレンドチャットを覚えさせ、ライラの元に送り返した。

目玉が飛び出さんばかりに驚き、またしても五体投地をしようとしたので止めた。キツく口止めをし、さらに不安だったのでＩＮＴとＭＮＤに多少経験値を振っておく。また決してフレンドチャットをしているところを他人に見られないようにも言い含めておいた。


再び鎧坂さんの膝《ひざ》に座り、考える。

今まで気にしていなかったが、レア自身のことだ。

レアはエルフからハイ・エルフへ転生し、おそらくダーク・エルフ、魔精を飛ばして魔王になった。

賢者の石グレートの効果が「対象のステージを二段階まで上げる」というような内容だったことを考えれば、ダーク・エルフはハイ・エルフと同格で、一段階上が魔精、二段階上が魔王なのだろう。

ということは、ダーク・エルフに転生が可能というメッセージが出た時点で邪道ルートに入ったということである。「その条件ってなんだろう。全く心当たりがないんだけど」

その不明な条件を満たしていなければ、ここにいたのは精霊王だっただろうし、おそらくヒルス王国と正面からぶつかったりはしていなかった。

ヒルス王国を襲撃するという行動は変わらなかったろうが、プレイヤーのレイドパーティと戦うことはおそらくなかった。あれはレアが災厄だったために召集されたパーティだ。

「こればかりは、心当たりがなさ過ぎて検証しようもないな……」

スキル構成が理由というのは考えづらい。今でこそ『闇魔法』や『暗黒魔法』にはたいそう世話になっているが、当時はそんなもの持ってはいなかった。

配下にアンデッドがたくさんいるからだろうか。あるとすれば、これがもっとも可能性が高そうではある。

しかしブラン経由で聞いた伯爵からの情報によれば、魔王は配下をあまり持たない種族だということだし、だとすると配下の保有数という条件は考えづらい。

「……まぁ、いいか別に。わからないなら、これからも生まれてこないということだし」

万が一、レアの後輩ができた場合は、その後輩を捕まえてレアとの共通点を探ればいいだけだ。

第三章　ダンジョンコンバージョン

第二回公式イベントの正式なリザルトが発表された。

「……まあ、わかっていたけどね」

ＭＶＰは防衛ポイント――初耳の単語だが、マスクデータとしてそういうポイントが設定されていたらしい――の獲得量の部門でギノレガメッシュが一位、アマテインが二位、ＴＫＤＳＧというプレイヤーが三位だった。

それ以下の順位は発表されていないが、個人宛《あて》には順位は通達されるようだ。

レアの元にも「選考対象外」という結果が届いている。

一方侵攻ポイントの部門では一位はブラン。二位はライラで、三位はバンブというプレイヤーだった。

レアはこちらも「選考対象外」となっている。

「クーデターなんて起こしたものだから、きっちり侵攻側にライラの名前が載ってしまっているじゃないか……」

イベントではあくまで防衛側、侵攻側として獲得したポイントで順位が集計されている。本人の種族は関係がない。ライラとブランはレアと手を組み、オーラル王国を転覆させたといっても過言ではないし、現在オーラルの国家元首はライラの配下だ。そのあたりでポイントを稼いでしまい、ランキング入りしてしまったのだろう。

「ライラには顔だけでなく名前も隠して生活させないとな……。ＮＰＣからはヒューゲルカップ卿《きょう》とか呼ばれているんだったかな？　ならわたしたちが人前で呼ばなければ大丈夫か」

ブランもそうだ。彼女がプレイヤーだと割れてしまっても、面白くないことになるだろう。

「それはおいおい注意しておくとして。このバンブというプレイヤーが例の街を制圧したゴブリンなのかな？　だとしたらライラよりは少なくともポイントを稼いでいると思ったんだけど……」

例の、というのは、イベント中盤でペアレ王国のノイシュロスという街がゴブリンの群れに襲われ壊滅した件だ。ライラのクーデターはほとんど無血革命に近かったので、配下のゴブリンを使って街を壊滅させたこちらの方がポイントは高いように思える。

「とりあえず別の国のことだし放っておこう。最悪、上空でウルルを『召喚』して街ごと潰《つぶ》してやれば、何者なのかわかるだろうし」

ウルルというのは、あのエルダーロックゴーレムに付けた名前だ。一体しかいないなら世界樹のように個体名で呼んでもいいのだが、いかんせん種族名が長い。ちなみに【ウルル】とはオーストラリアにある有名な一枚岩のことである。旧世紀には「エアーズロック」とも呼ばれていたらしい。

しかしその破壊工作を行うにしても、ウルルを転生させてからの方が良いだろう。現状のウルルを街の真ん中に落としても討伐されてしまう可能性もある。


それより、まずは報酬だ。

レアの特別報酬は公開されているイベントＭＶＰの三位報酬のものよりやや少ない程度だった。

選考対象にならずにそれが受け取れると考えれば大きすぎる見返りだが、参加していれば一位も狙えたかもしれないことを考えれば惜しいような気もする。

「……それはちょっと自意識過剰か」

特別報酬は「魔法金属ミスリルのインゴット」が三本だった。

実のところ、そう言われてもそれがどのくらいの価値がある物なのかさっぱりわからない。よく使っているアダマンなんとかがかなり上位の金属だということはわかるが、それと比べて良いのか悪いのかも知らない。

もっともまともに外部と取引をするつもりがないレアにとって、市場での価値など意味はない。使えるのかどうかが価値基準の全てだ。

「なにか思いつくまで死蔵しておこう」

何にしても、事実上ほぼ報酬のなかった第一回イベントに比べれば報酬があるだけ随分マシと言える。

そしてレアにとっては報酬よりさらに楽しみな事がある。

限定転移サービスの実装、つまり公認ダンジョンの開放だ。これは短期メンテナンスが終わる明日には実装されることになっている。

この日、ログイン直後に受け取ったシステムメッセージでは、具体的な仕様の説明とプレイヤーの意志の最終確認が行われた。

具体的な仕様とは、主にデスペナルティの変更の内容だ。

その内容は「自身の支配するフィールド内で死亡した場合、ゲーム内で三時間リスポーンが出来ない」というものだった。

はっきり言って重い。考えようによっては経験値一割のほうがマシだったくらいだ。

ゲーム内三時間ということはリアルでは二時間である。これは別にいい。

しかしログインできないと言うならまだしも、リスポーン出来ないということは、三時間は死亡状態のままだということだ。したがって配下の眷属は四時間は死亡したままになる。

そんな長い間死亡状態になってしまえば、死体を残すタイプのアリやトレントたちからは素材は取り放題になるだろうし、リビングモンスターたちにしてもドロップ素材をその場に残したまま誰も居ないエリアを開放することになる。

支配エリアの復旧には膨大な時間を必要とするだろうし、レアの復活時に目の前にプレイヤーの集団でも居たら最悪だ。

一度リスポーンポイントが割れてしまえば、三時間のうちに準備と人数を整えて、作業のように狩り続けられることになるだろう。なにせプレイヤーたちはどこからでも転移して来られる。

「絶対に死ぬことはできなくなったわけだけど」

加えて言えば、対象エリアが「自身の支配するフィールド」となっている部分もいやらしい。たとえば王都はダンジョンにするがリーベはしない、というような個別の設定ができない。

以前に考えていたように、承諾してしまえばマイホームを作ることは二度と出来ないということだ。ダンジョンボスに安らぎの地はない。

しかしそれでもレアは承諾をした。

レアの支配する街に手軽にカモが押し寄せてくるというメリットを捨て去ることが出来なかった

からだ。

自分の支配地にいる限り、どうせデスペナルティによる経験値ロストは気にする必要がない。

そのためレアは残った全ての経験値をつぎ込み、メイドやワイト、輜重兵《しちょうへい》アリなどの頭脳系の配下のＩＮＴとＭＮＤを上げられるだけ上げた。

「頭脳系の責任者、って決めてワイトとセットで上げてしまったけど、冷静に考えたら別にメイドにそれほど賢さは要らなかったな」

レアの独り言に給仕をしていたメイドレヴナントがショックを受けたような顔をした。

しかしレアは知っている。これは演技だ。まさにいらぬ知恵だけ付けたと言える。

「やってしまったことは仕方がない。眷属にデスペナルティが無いということは、与えた経験値を減らすこともできないってことだし、基本的に眷属の成長は後戻りできない」

さらにメンテナンス前、最後に王城のダンスホールに集まり、入念な打ち合わせと、各責任者間でのフレンドカードの交換なども行った。

これまではレアが一方的にカードを渡すだけで済んでいたが、眷属同士のみで会話させようと思ったらそうはいかない。いちいちレアを介していたのではレアがログアウト中に対応できないおそれがある。

アリ系の魔物は断続的に、しかもそれぞれを数分という短時間の睡眠で活動することができる。

その生態を備えているスガルを総監督とし、スガル直属の配下を各エリアに配置した。有事の際はスガルが現場に『召喚』で飛び、直接指揮したり、直接戦闘することもできる。これはレアでも同様にしてあり、召喚ターゲット用の眷属はスガルの配下とレアの配下が常にペアで行動するよう義務付けている。

とは言えリスクを考えれば、レアやスガル、そしてジークが直接戦闘に参加することはほぼ想定していない。この三名が倒された場合の被害は想像を絶するためだ。それ以外の女王級やアンデッド、トレントなどが全て倒されてしまった場合のみ直接戦闘を許している。そんな事態になったら、もうレアたちだけが残っていても変わらないからだ。配下が全てやられた上に自分たちだけ逃げるというのも格好がつかない。

それより心配なのはブランのことだ。

事前に説明していた通り、リスクは大きいから気をつけるように連絡をしたが、そのときにはすでに承諾の返事をした後だった。

デスペナルティが三時間の休憩になるならラッキー、とまで言っていた。

よっぽど直接乗り込んで説明してやろうかと思ったが、あちらにはディアスを置いたままだしクイーンビートルもいる。それにヴァイスというブレーンもいる。彼らに任せておくしかないだろう。

「人の心配より、まずは自分だな。どこからでも転移できる、ということは距離的な問題は無いということだし、ブランよりもわたしの方がプレイヤーの来客は多いだろう」

◆◆◆

短期メンテナンスも予定通りの時間に終わり、いよいよ転移サービス実装となった。

多くのプレイヤーが大挙して押し寄せてくることも考えていたため、王都上空にオミナス君を飛ばし視界を借りていたのだが、そういう影は今のところ見えない。

「……誰も来ないな？　わたしの他のフィールドは……。どこにも来ていない……？」

というかここに来て初めて気がついたが、そもそも転移サービスで開放される転移先というのがどこのことなのか、確認していなかった。この期に及んでレアの支配地が入っていないというのは考えられないが、他にもっとプレイヤーにとって魅力的なアトラクションがあるのかもしれない。

「しまったな。確認するのを忘れていた。というか確認する手段がもしかしてわたしには無いな……？」

説明では転移サービスで主に初心者用のエリアに飛ばす、ということだったけど、それってどこのことなんだ」

レア自身に確認する手段がないとなれば、他に聞くしかない。

しかし状況としてはブランも同様だろうし、ライラも国家運営でそれどころではないだろう。

となれば、客目線でＳＮＳを覗《のぞ》いてみるのが一番手っ取り早い。

◆◆◆

【アップデート】おまえらどこいく？【ダンジョン実装】

001：サーモス
ダンジョン実装記念立て

おまいらどこのダンジョンいくのけ？
どこの街からでもどこにでも行けるらしいから、このスレはマッチングに使ってもおｋとする
以下は転移先リストに出るダンジョン
たくさんあるからメモ推奨
……
【ペアレ王国】
ノイシュロスの街　☆☆☆☆
……
【その他】
旧ヒルス王都　☆☆☆☆☆
リーベ大森林　☆☆☆☆☆
ラコリーヌの森　☆☆☆☆☆
トレの森　☆☆☆☆
エルンタールの街　☆☆☆
アルトリーヴァの街　☆
ヴェルデスッドの街　☆

002：ノーギス
めちゃめちゃいっぱいあるんですね……
>>001　さんお疲れ様です
ところでこの☆マークって何ですか？

003：アロンソン
>>002　難易度
運営の説明によれば、ダンジョンクリアに必要な難易度って意味じゃなくて、ダンジョン内でとりあえず行動が可能な戦闘力の目安って意味らしい
それと予告なく難易度が変更される可能性もありますだってよ
どのみち行ってみないことにはわからん

004：アマテイン
現状で難易度の基準になるとすれば、災厄が確実にいるだろう旧ヒルス王都だな
あの災厄がいる王都で戦えるレベルというのは、この間のイベントの防衛側ランキング上位のプレイヤーレイドでちょうどいいくらいだという考えで間違いないだろう

005：カントリーポップ
旧ヒルスは難易度の落差が激しいな

てか、地域【その他】ってなんだよ。ヒルスじゃないのか

006：サーモス
>>005　転移先リストにそう載っていたのでそのまま転載
もう滅亡したから国じゃなくてその他の地域になったんじゃない？

007：マニホ
>>004　難易度の基準が最大値の☆5ってどういうことだよ
何の参考にもならないよ
初心者用向けコンテンツとはいったい……

008：丈夫ではがれにくい
もし☆5つがカンストなら、旧ヒルス王都とかは「実際はそれ以上だけど5までしか表示されないから5になってる」って可能性もあるよね
正直災厄がいるようなエリアで数人のパーティで気軽に狩りができるとは到底思えないし

009：名無しのエルフさん
先行実装されてたリーベ大森林でもダンジョン内に長く居すぎると謎の攻撃で死亡とかあったし、そういうシステムをよりゲーム的に再現したんだとしたら、長く居すぎると遭遇率が上がる、絶対

勝てない徘徊《はいかい》ボスとして災厄がうろついてるとかもありそう

010：アマテイン
>>009　有り得ないでもないな
まあヒルス王都は様子見だな
アタックするにしても、ダンジョンの仕様がおおよそ判明してからでも遅くはないだろう
星の数から言っても直接関係がありそうなリーベも避けた方がいいだろうな

011：カントリーポップ
それ考えたら同じ難易度になってるラコリーヌの森とかトレの森とかいうところも行きづらいな
デスペナも復活してるしあんまりリスクの高いフィールドはちょっとな
運営の思惑としては、☆1、2あたりが初心者用で、☆3、4くらいで中堅用、☆5はチャレンジ用とかなんじゃないか？

012：ノーギス
初心者が行くならこの☆1のフィールドがいいってことですね

013：蔵灰汁《くらあく》
でも☆5とかのフィールドでも、雑魚一体だけでも倒せれば経験値稼げるんじゃない？

入り口付近でそうやって釣って狩りすれば比較的安全にやれそうだけど

014：丈夫ではがれにくい
>>013　出来るかもしれんが、出来なかったら痛いよな
一体だけとはいえヒルス王都の雑魚狩れるレベルとなれば中堅以上のパーティが必要になるし、仮に中堅以上のパーティが全滅ってなったら相当な経験値ダメージだぞ

015：アロンソン
経験値ダメージって初めて聞いた
お財布にダメージみたいに言うな

016：おりんきー
でもかつてはルーキーに大森林先生と慕われたリーベ大森林が☆5かあ……
お祝いしてあげたいような、さみしいような……

◆◆◆

「……なるほど理解した。難易度までご丁寧に表示してくれているのか。それは来ないわけだ」

イベント期間中などのデスペナルティが緩和されている期間ならともかく、死ぬ危険がある場所

に片道切符で突撃する者などそういまい。

レアの支配するフィールドはどこも☆の数が五つであり、見た限りでは最高値だ。いきなり客が来るはずがない。

「わたしの頑張りすぎというわけだな……。しかし王都の難易度は下げるわけにはいかないし、トレの森も世界樹があるからあまり奥まで立ち入ってほしくはない。リーベ大森林も牧場とかあるし、チビどももいるからね……。ラコリーヌの難易度を少し下げるか」

ラコリーヌはもともと街だったが、今は表記上森になっているようだ。確かに現在のあの場所を見て街だと思う者はいないだろう。運営の柔軟な対応には驚きを覚える。

「しかし火山地帯やその周りの森と思われるフィールドは載っていないな。現行の全てのエリアが対象というわけではないのだろうけど、少なくとも承諾の返事をした以上はプレイヤーの支配地はすべて対象になるはずだけど」

ということは、あの火山地帯はレアの支配下には無いということになる。

周囲の森を眷属《けんぞく》の虫たちで固め、火山中腹にはウルルがいる。

他のゴーレムや生き残ったアンデッドたちがいるためだとしても、その程度の条件なら牧場のあるリーベや餌の魔物を放してあるラコリーヌでも同じはずだ。

「やっぱり他に何らかの支配者がいるということなんだろうね。火口とかに」

火口に仮に何かがいた場合、現在あのエリアはその何者かとウルルの二者によって支配されているとも言える。システムメッセージにあった「単一の勢力」には当たらない。

どのみち今はお手上げだ。

レアはラコリーヌの管理をしているクイーンアラクネアに連絡をし、難易度を下げるよう指示した。スガルにもあのメガサイロスとかいう大型の蟲《むし》や他の強めの眷属を王都へ引き上げさせるよう命じる。

スガルは若干残念そうにしていたが、プレイヤーたちが自信をつければすぐに王都までちょっかいをかけにくるだろうし、活躍の機会はくるだろう。

ラコリーヌから、最下級のクモやアリなどを残して強力な配下は移動させていく。移動先は半分が王都で半分はトレの森だ。

SNSを随時確認しながら作業を行わせていたのだが、しばらくしてついに難易度が☆3になったことを報告するプレイヤーの書き込みがあった。

「間接的にしか難易度をチェックできないのは痛いな。まあNPCのダンジョンボスならそんなことさえできないのだろうし、これは仕方がない」
☆3といえば客観的に見てブランのエルンタールと同程度ということだ。
あの街はあの街でディアスやクイーンビートルがいるため、そう簡単に落ちるとは思えないが、領主館まで行かない限りディアスたちは出ては来ないだろう。

街なかで戦う際の難易度を☆の数であらわしているという説明が正しいなら、主に甲虫系のセンスターーやスパルトイと戦うくらいの難易度まで低下したとみていいはずだ。

ラコリーヌの難易度が急に下がった件については、SNSでは転移先を分散させるための運営のテコ入れのひとつという見解で落ち着いたようだ。

確かにSNSを見る限りでは、プレイヤーたちは☆1から☆3までのフィールドに集中している傾向がある。

この様子ならば、ラコリーヌにもほどなく客が来るだろう。

「ラコリーヌに直接行って様子を見たいところではあるけど……。それで難易度がまた戻ってしまっても面倒だし、オミナス君を送っておこう」

オミナス君一匹なら増えたところで難易度は変わるまい。

レアはラコリーヌのクイーンアラクネアの元へ『術者召喚』で移動し、オミナス君をそこへ『召喚』すると再び王都の謁見の間へ戻った。

「今の一瞬だけ難易度が跳ね上がったとかは……。特に書き込みはなさそうかな」

別にずっと監視しているプレイヤーがいるというわけでもないだろうし、仮に見られたとしても一瞬だけなら見間違いだと思ってくれるだろう。

◆◆◆

「おお。ラコリーヌにお客様がいらしたな。これは……王都方面からでもエルンタール方面からでもないな。わたしの知らない方角に新セーフティエリアがあるのか」

ラコリーヌはさまざまな街道が交わる交通の要所だった場所だ。

王都方面は当然知っているし、かつてブランを見送ったエルンタール方面もどの方向かは知っている。そのどちらでもない方角に向かう街道沿いに、おそらく新たに運営が設定したセーフティエリアがあるのだろう。

ＳＮＳの先ほどのスレッドには待ち合わせなどの書き込みは見当たらなかったため、この現れたプレイヤーたちはマッチングしてできた急造パーティではなく、普段から組んで行動しているメンバーだと思われる。

「このタイミングで現れたという事はおそらく初ダンジョンなのだろうし、それでいきなり☆３にアタックするくらいだから、さぞ腕には自信があるんだろうね」

難易度調整をしていたせいで多少時間は経過しているが、それにしても他の☆１や☆２のエリアを覗《のぞ》いてきたにしては現れるのが早すぎる。

新たに作られたセーフティエリアへの転移は一方通行とされているため、その場所からさらに別の場所に転移するということはできないようになっているはずだ。

それができたら簡単に国家間などの長距離移動ができてしまうことになり、運営も懸念しているだろうプレイヤーによる流通の破壊につながってしまう。抜けがあるとは思えない。

「お手並み拝見と行こう」

ある程度自分に自信のあるパーティならば、それなりに宣伝もしてもらわなければならない。

このランクのプレイヤーたちが気持ちよく狩りをし、死に戻りをしたとしても収支としてはプラスだったなと感じられる程度にはお楽しみいただく必要がある。

リーベ大森林で初心者相手に行っていた時よりは難易度は高いが、こちらも経験値を人材にかなり投資しているし、ノウハウも蓄積されている。やれるはずだ。

五人からなるそのパーティは、タンク系の戦士が一人、槍《やり》を持つ戦士が一人、弓を持つ戦士が一人、魔法使い系が二人という、対応力という意味ではこれ以上ないほどにバランスを極めた者たちだった。

プレイヤーたちは弓兵を先頭に森の中を進む。

周囲の木々に時おり傷をつけ、罠《わな》や奇襲を警戒しながら徐々に奥へと分け入っていく。

どうやら弓兵は斥候《スカウト》も兼ねているようだ。藪《やぶ》や小枝なども払い、魔法使いの服などが引っかからないよう気を使っている。ずいぶん熟《こな》れたパーティだ。

しかし残念ながらここではほとんど意味はない。

罠など仕掛けてはいないし、木の幹に傷を付けているのは進入ルートの記憶のためなのだろうが、木々のほとんどはトレントであるため、数分もすれば自動回復で傷が消えてしまう。小枝を切りはらったりした部分も同じだ。

先頭の弓兵が手を挙げる。一同はそれを見て足を止めた。

「っと、小型の魔物だ。たぶんネズミ系。☆3の割には小物だな。始めたばっかりの頃のウサギとかあのへんと同レベルだと思う」

「俺がやろう。矢の消耗は避けたい」

一歩後ろに位置していた槍兵が前に出て、素早く槍を突き出しネズミを貫いた。

確かに弓兵の彼の言った通り、あれは序盤にいるようなネズミを連れてきて増やしただけの魔物だ。虫やトレントの餌も兼ねている。

「よし。で、どうするこれ。ネズミの素材なんて今さらだけど」

「……本当にただのグレイラットだな。放っておこう。売るのも手間だ」

インベントリがあるため持って行っても何の問題もないだろうが、確かに捌《さば》くとすれば手間になる。解体という意味でも売却という意味でも。

レアにとってはありがたい限りだ。あのネズミは餌であるので、生きていようが死んでいようが大差はない。死体をそのあたりに放っておいてくれるなら後でアリなりクモなりが回収して餌にするだろう。

「ネズミしかいない……わけはないよな。☆3で」

「まあ、まだ入ってからいくらも歩いてない。そのうち……っと、来たみたいだぜ。音がする。少なくともネズミよりはデカい」

弓兵が耳に手を当てた。『聴覚強化』を持っているらしい。

森の木々はほぼトレントのため、アリやクモはその気になれば音を立てずに移動が可能だ。障害物であるトレントの方が音が鳴りそうな枝葉を避《よ》けてやるだけでいい。しかしわざわざ音を立てているということは、おそらく監督のクイーンアラクネアのサービスだろう。

「……くるぞ……きた！　こいつは……クモか！」

「でか過ぎて一瞬何なのかわかんなかったぜ！　タランチュラか！」

「糸に注意しろ！」

現実でもゲームの魔物でも、クモはどの種も糸を分泌することが出来る。

ゆえにリーダーらしきタンクの男性の警告は間違ってはいない。いないのだが、少し足りない。

毛の多いツチグモ系のクモの中には、稀《まれ》に腹の毛を飛ばす種の物がいる。フサフサのクモを見かけたらまずそれを警戒すべきだ。その毛は刺激毛などと呼ばれ、触れると炎症を起こす。

現実のクモは足で腹を蹴《け》って毛を飛ばすが、魔物であるこのレッサータランテラは特に何の原理もなく急に毛を飛ばしてくる。理不尽に思えるが、レアの『フェザーガトリング』なども方向性としては同類のため、考えないことにしていた。

そしてその毒性も、炎症を起こすなどという可愛《かわい》らしいものではない。

「うお！　なんか飛ばしてきた！」

「うぐっ！　……毒針だ！　食らうと毒状態になる！」

「大丈夫か⁉　『解毒』！」

後衛の魔法使いのうちのひとりはヒーラーだったらしい。

毒を受けたらしいスカウトに近寄り、『解毒』を発動させ回復している。

『解毒』は『治療』のツリーにあるスキルで「あらゆる毒状態を解除する」というマルチでマジカルなスキルだ。毒自体はゲーム内にも神経毒や出血毒、筋肉毒など多くの種類が存在しているが、スキルで言えばこの『解毒』だけがあれば事足りる。

このレッサータランテラの毒は筋肉毒の一種である。筋肉細胞の隙間に浸透し、細胞を破壊する。症状としては筋肉痛に似ているが、放っておくと痙攣《けいれん》や呼吸不全などを起こして死亡する。

ゲーム的に言えば、継続ダメージを与えつつ時間経過で即死効果を付与、ということになるだろうか。それで言えば出血毒はより継続ダメージに特化した毒だと言えるし、神経毒はダメージと麻《ま》痺《ひ》を与える状態異常と言えるだろう。

このレッサータランテラの毒については、痛みやダメージなどは毒状態にさせさえすれば与えることができるが、最後の即死については別途ＶＩＴ判定がある。初心者ならば死ぬかもしれないが、このランクのプレイヤーには普通に抵抗されて終わる程度だ。

「っと！　これ、そう強い攻撃じゃないな！　抵抗できたぜ！」

「それ以前に、刺さりもしねえぞ」

レッサータランテラは歩兵アリなどよりはかなり強いが、言っても低級のアリと比べられる程度だ。☆3に自信満々でアタックをしかけるプレイヤーに太刀打ちできるほどではない。

槍兵には毒針は刺さりはしたようだが毒状態にはさせられなかったようだ。タンクに対してはその皮膚を破ることさえできていない。彼の素のＶＩＴで弾《はじ》かれてしまったらしい。

「オラよっ！」

あまつさえ、弓兵のナイフで止《とど》めを刺されてしまった。

これでもおそらくかつてリーベに来ていた初心者たちなら余裕で全滅させていただろう魔物だ。

それを思えばこのプレイヤーたちの強さも際立って見える。

レアは自分の事を棚に上げ、プレイヤーのインフレも甚だしいなと感じた。

「このクモのモンスターは見たこと無いな。持って帰るか」

「待て、タランチュラはたしか食えるぞ」

「お前こそ待てや！」

和やかに談笑しながらインベントリへレッサータランテラの死体をしまい、パーティは再び進み始めた。

「にしても、ずいぶん近づかれるまで気づかなかったもんだな」

「ああ。なんかこの森、ずっとサワサワ言ってて、音が聞こえづらいんだよ。風が吹いてるって感じでもないんだけどな」

それはおそらくトレントの仕業だろう。

クモやアリたちの移動に音を出さないのと同様に、誰も居ないところに音を出す事も出来る。

この弓兵のように『聴覚強化』に頼った探索をする者を騙《だま》すことなど造作もない。

その後も断続的にクモやアリが、時に集団で襲いかかるが、どれもおよそ危なげなく対処していく。

彼らの自信はその確かな実力や経験に裏付けされたものであるらしい。

そうしている間にも、どうやら他のプレイヤーたちが続々と集まってきているようだ。

SNSを覗いてみれば、ラコリーヌで待ち合わせというワードも散見されるし、マッチングパーティも多い。

とりあえず他のパーティの監視はクイーンアラクネアたちに任せ、レアは引き続きこの記念すべき最初のパーティの最期を見届けることにした。

格下相手に五人がかりとはいえ、その総討伐数を考えればそれなりに経験値も素材も稼いだ頃だろう。

今回は様子見の意味合いが強かったらしく、彼らはそろそろ引き上げるようだ。

しかしこのままただで帰してしまうわけがない。

「……マズいかもしれね」

「なんだ、どうした？　どのみちそろそろ引き上げようってところだし、問題があるならとっとと帰ろう」

弓兵の言葉にリーダーのタンクがそう返す。しかし弓兵の顔は晴れない。

「……いや、すまん。マジでヤバい」

「なんだよ、どうした？　なんか聞こえるとかか？　クソでかいモンスターの動く音とか」

「違う。……帰り道がわからねぇ」

「はぁ⁉　いやいや、なんか印つけてたろ！　それ辿《たど》ったら良いんじゃ――」

「待って！　よく見てよ。この木。さっき彼が傷を付けたのはこの木だった。でもほら、傷がどこにもない」

槍兵が叫ぶも、冷静に魔法使い――彼は確かヒーラーの方だった――ヒーラーが木を指して言う。

確かにそこにつけたハズの傷は綺麗《きれい》サッパリ消えている。

トレントが自然治癒したのだ。

「くっそ。せっかく稼いだのにデスワープなんてごめんだぜ」

「悪い……くっそ俺のミスだ」

「初めて来る場所だ。ここはそういうダンジョンだったということだろう。いい情報を得られたと思っておこう。現時点でこれを知っているのはおそらく俺たちだけだ。お前のせいじゃない」

実に人の出来たリーダーだ。槍兵の悪態もただつい口にしてしまっただけらしく、弓兵の肩を叩《たた》いている。

「……待て。え？　確かこっちから来たよな？　あれ？」

しばらく、来た道を戻っていった彼らだったが、いくらも行かないうちに立ち止まることになった。

当然だ。彼らの通ってきた道はすでにそこにはない。

ラコリーヌは森である。ゆえにその「道」を構成しているのは木々であり、その木々はトレントだ。

ある程度プレイヤーが遠ざかったトレントたちは、周囲に気づかれないようゆっくりと移動し、彼らが通った獣道を閉ざしたのだ。

道中で捨て置かれたネズミなどの死体もすでに回収されている。

彼らの記憶にある、あらゆる痕跡《こんせき》はすでに残っていない。

「……明らかに道が変わっている。そういうことか……！　☆3と言うには、敵が弱すぎると思っていたんだ！　ここはおそらく、モンスターの難易度ではなくギミックの難易度で☆3と判定されてるダンジョンだ！」

「迷いの森……ってところか……」

「なんか、足元の草っていうの？　伸びてきてないか？」

ただトレントたちが移動しただけでは、その隆起した地面によって気づかれてしまう。

それを誤魔化すために、要所要所に配置されたエルダーカンファートレントが断続的に弱めの『祝福』をバラ撒《ま》いている。世界樹の『大いなる祝福』ほどのふざけた効果は無いが、足元の草を多少成長させるくらいは出来る。

無策でこの森から脱出するのは困難を極める。

加えて言えば、☆3の割に敵が弱く感じたというのなら、おそらく難易度の判定基準になっていただろう無数のトレントが戦闘に参加していなかったためだろう。

「……詰んだなこれは」

「くっそ、死に戻りするしかねえか」

「俺たち入ってから結構経《た》ってるし……。ああやっぱりだ。ここにアタックしてるパーティ、それなりにいるわ……」

「今更遅いかもしれないが、一応注意喚起をしておこう」

注意喚起は構わない。どうせすぐに万人の知るところとなる。

だが自死による死に戻りはいただけない。

それではレアに経験値が入らない。

周囲から大量の糸がパーティ目がけて吹きつけられた。

「うわ！　なんだ!?　糸!?」

「クモか！　いつの間に！」

「嘘《うそ》だろ!?　何の音も……」

「まずいぞ！　囲まれている……！」

経路の変更などの、トレントたちが動く音はおそらく気づいていなかったはずだ。なにせ常にそういう音を出すようにしている。その音に紛れて、クモたちは気づかれないよう包囲したのだ。

そして包囲しているクモはレッサータランテラではない。グレータータランテラだ。サイズはふたまわりは大きく、体色も濃い。

「さっきの奴らじゃない！　くそ……糸が！」

タンクの彼は糸を引きちぎって防御しようとするが、一瞬遅かった。毒毛針を鎧《よろい》の隙間に受け、苦しみだした。

毒で苦しむと言っても実際の痛みほどは感じていないはずだが、麻痺も併発しているのかもしれない。ふたたび糸を吹きかけられているが、今度は振り払おうとしない。

「頼む、解毒を……」

しかしヒーラーはそもそもタンクのように最初にかけられた糸も引きちぎれていなかった。あっという間に糸に絡め取られ、すでにタランテラたちの元へ引き摺《ず》りこまれている。

これはもうひとりの魔法使いも、そして弓兵も同じだ。

槍《やり》兵は糸からは脱出したようだったが、タンク同様毒針で行動不能になっている。

グレータータランテラと言っても、一体や二体であれば彼らに容易に倒されていただろう。

しかし多数で包囲し、奇襲で行動阻害をしかけ、状態異常をばら撒きながら安全圏から一方的に攻撃すれば、熟練パーティでも刈り取れる。

クモたちが糸に巻かれたプレイヤーに順々に止めを刺し、リスポーンによって死体が消えたことを確認したところで、レアはオミナス君から視界を戻した。

◆◆◆

「素材を得ることもできただろうし、経験値もたぶんプラスだったろうし、彼らにとってはなかなかいい初ダンジョンだったと言えるんじゃないかな。

敵が強くて攻略できないということではなく、脱出できないことが問題だと認識してくれたのなら、きっとまた挑戦してくれるだろう。あまり強いエネミーで詰んでしまうようだと、どこかで経験値稼ぎでもして強くなるまで再挑戦はしてくれないかもしれないからね」

具体的に対策が浮かばなかったとしても、そういうダンジョンだとわかっているなら、浅層で狩りをしてすぐに脱出するなどのやり方でちまちま稼ぐプレイヤーも増えてくるかもしれない。

そうしたプレイヤーをいかにうまく奥へと誘導するかも腕の見せ所といえるが、宝箱的なアイテムを奥の方へ用意するなど、やり方はいろいろある。

「他のパーティもだいたい同じようなものかな」

急場のマッチングパーティでも先の彼らと同様に、それなりの成果を上げた後退場している。すでにSNSに注意喚起がされていたため、必要以上に警戒しているパーティもちらほら出てきていたが、そういうパーティにはグレータータランテラをけしかけたりはせず、そのままお帰りいただいたりもした。

入ったパーティは例外なく全滅するという噂《うわさ》にでもなったら問題だし、調子に乗ったら全滅する、という程度の認識が一番都合がいい。

とはいえこちらとしても使用料金はいただきたいので、たまに不意を突いて一人か二人はキルしたりしている。

「実装直後のコンテンツとしては順調な滑り出しと言っていいんじゃないかな」

しかしサービス開始直後であるし、顧客の反応というのは重要だ。

◆◆◆

【旧ヒルス】ダンジョン攻略報告スレ【その他】

001：蔵灰汁《くらあく》
地域ごとのダンジョン攻略目的の情報共有スレ
他の地域は
【オーラル】ダンジョン攻略報告スレ
【ペアレ】ダンジョン攻略報告スレ
【シェイプ】ダンジョン攻略報告スレ
【ポートリー】ダンジョン攻略報告スレ
【ウェルス】ダンジョン攻略報告スレ
にどうぞ

002：マニホ
>>001　おつ

003：タット

旧ヒルスって誰かどっかアタックしてるの？

004：ノーギス
>>003　☆1のアルトリーヴァって街にいます。今から入ります。

……

122：ノーギス
☆1アルトリーヴァ
ちょっとだけ入ってみましたが、ゾンビしかいないです。ただ数だけは多いので、囲まれると死ぬと思います。
昼間は家の中にいるみたいで、建物の中に入らなければ探索し放題ですけど、探索しても別に普通の街なので特に意味はなかったです。

123：アロンソン
>>122　報告おつかれ
ボスみたいなやつは夜になったら出てくるのかな

……

231：ホワイト・シーウィード

旧ヒルスのダンジョン報告はここでいいのか
☆3のラコリーヌについて報告というか、警告だ

232：アロンソン
警告とは穏やかじゃないな
なんかあったのか

233：ホワイト・シーウィード
ラコリーヌの森は☆3にしてはモンスターはそう強くはないと思う
これは他の報告なんかを見て比較しただけだから正確なところはわからんが、たぶん間違ってない
でも他のダンジョンと違って、この森はルートが常に変わる
それで脱出できなくなって、最後は囲まれてやられた
この森に行くときは注意してくれ

234：アロンソン
ランダムダンジョンなんてもんまであるのか

235：ホワイト・シーウィード
>>234　そんな生易しいもんじゃない

言い方が悪かったかもしれん
入るたびに変わるんじゃなくて、常に変わってるんだ
侵入したルートで戻ろうとしたら、道がなくなってたし、景色もがらりと変わってた
木に付けた目印も消えてたし、道中放置した魔物の死体も無くなってた
森の中はずっと枝が揺れるような音がしていて周囲の状況がつかみづらいし、太陽もはっきり見えないから方角もわからなくなる

236：クランプ
迷いの森って感じか

237：タット
でも他のところでそんなの聞いたこともないし、運営も特別に力入れてんのかな
確かもともと街があったところにいきなり森ができたんだろ？
もしその森をクリアできれば、なんかのカバーストーリーみたいなのもわかるかもしれんな

238：マニホ
なるほどダンジョンごとのカバーストーリーか！
そりゃ熱いな

239：丈夫ではがれにくい
災厄といい、国家滅亡といい、高難易度のダンジョンといい、そのランダムダンジョンといい
ヒルス王国ってなんか恵まれてない？

240：サーモス
プレイヤーにとっては、だけどね
ＮＰＣにしてみたら、国家滅亡したのに恵まれてるとか言われたらキレそう

◆◆◆

「悪くない反応じゃないか。

もっとヒルスの……ああ、旧ヒルスの方へたくさんプレイヤーが引っ越ししてきてくれれば、わたしの懐も潤うというものだ」

ラコリーヌはいいとして、最初の方に少し出ていたアルトリーヴァというダンジョンは確かブランのエリアだ。

特に何かしたなどの話は聞いていないため、おそらく街中の住民をゾンビに変え、そのまま放置しているのだろう。もしかしたら忘れている可能性すらある。

しかしそのすべてはブランの眷属《けんぞく》であるはずだし、倒されても一時間でリスポーンする。初心者が経験値を得るにはちょうどいいフィールドと言えるだろう。

「運営が意図していたのはもしかしてブランのような放置ダンジョンなのかな……。なにもない荒野にいきなりトレントの森を作って、そこにアリを放したりしたら領域として認識されるのかな？」

王都やラコリーヌなど、レアの支配領域に接している転移ポイントのすぐ側《そば》にそういう低難易度の森を作ってやれば、初心者から中級者、果ては上級者まで幅広く利用できる転移ポイントとして人気が出るかもしれない。

「試すだけ試しておこう。宣伝する手段は……ちょっと思いつかないが、まぁそのうち誰かが気づくだろう」

〈では手配しておきましょう〉

「よろしく頼むよ」

スガルに丸投げすることにした。

そうこうしているうちにも、続々とプレイヤーたちはラコリーヌへ集まってきている。

どうやらＳＮＳの、ランダムダンジョンやカバーストーリーとかいう妄言が人を集めているようだ。

丘を覆うほどの街を、さらに全て覆い尽くして余りある森だ。よほど突き抜けた強さのプレイヤーでも居ない限りは十分に対応できる。

「――おや？　こいつは見たことがあるな」

オミナス君の視界を通して、あるエルフの女が見えた。

「見たことがあるということは、おそらく例のレイドパーティのメンバーだったということだな？ならばぜひ、直接遊んでやりたいところだが。

……わざわざラコリーヌまで出ていって相手をするというのはリスクが大きいな。わたしが王都とラコリーヌを行き来できたり、ラコリーヌの様子を監視できるという事実に気づく者でも現れたら困る」

レイドボスとはそういうものだと思ってくれているうちはいいが、そうではないと誰かが感づいたら一気に面倒が増える。

〈でしたら、頃合いを見てクイーンアラクネアをけしかけましょう。我らがボスに土を付けるくらいですし、奴は上級プレイヤーなのでしょう？　ある程度の実力者にはそれなりのボスが出てくるギミックがある、と思われる分には問題ないかと〉

悪くない案だ。

もとより生きて帰すつもりはない。レアを倒して得たであろう経験値を少しでも返してもらう。グレータータランテラたちで倒せるような者でもないだろうが、クイーンアラクネアなら勝算は十分だ。念の為《ため》にクイーンビートルやクイーンベスパイドも近くに控えさせておけばまず始末できるだろう。

「そうしよう。トレントたちも使って全力でキルしてやりたいところだが……。迷路のオブジェクトだと思われているものが魔物だと知られてしまうのはマズいしね。蟲《むし》たちだけで片付けてやれ」

〈了解しました〉

自分の手を下すことができないのは残念だが、久しぶりのリベンジとなりそうだ。

実際にクイーンアラクネアと戦闘に入ったら、視界はオミナス君ではなくクイーンアラクネアに移したほうがより臨場感を得られるかもしれない。

◆◆◆

「ちょっと騒がしいって言えば騒がしいけど……。思っていたより普通の森ね」

名無しのエルフさんは森を見渡し呟《つぶや》いた。

ここは旧ヒルス王国の、ラコリーヌの街跡にできた巨大な森だ。運営による公称では「ラコリーヌの森」となっている。

これまではポートリーで活動していたのだが、あの国は☆1のダンジョンと☆4、5のダンジョンしか存在しない。

名無しのエルフさんは一応トップ勢と呼ばれることもあるプレイヤーであるし、今更☆1ダンジョンで初心者たちの狩場荒らしをするのも憚《はばか》られる。

かと言って、いきなり☆4や☆5のダンジョンに突撃するほど向こう見ずでもない。一応ポートリー用の攻略スレは覗《のぞ》いていたが、少なくとも中堅くらいの実力はあると思われるプレイヤーパーティでもろくに結果を残せず全滅していた。

名無しのエルフさんたちのパーティならばもっとやれるだろうが、浅層の雑魚の情報しかないダンジョンに行くくらいならば、傾向がわかっている☆3のダンジョンにアタックしたほうが実入りがいいだろうという判断だ。

「クモ系の魔物ってポートリー《地元》の領域にはあんまり出ないのよね。☆4とかの森にはいるみたいだけど、浅層で雑魚だけ狩って退散っていうのもね」

「いや、☆3の情報がある程度出揃《でそろ》うまで様子見っていうのも大概なんじゃ……」

パーティメンバーのハルカがそう突っ込む。

このパーティは前衛が三枚、後衛が一枚の四人パーティだ。

後衛はもちろん魔法職の名無しのエルフさん、前衛はハルカ、くるみ、らんぷの三人。全員がエルフの女性という華やかなチームである。

前衛は明確にタンクというロールがいるわけではなく、三名の近接物理職が常にスイッチしながら攻撃し、三名で交代でヘイト管理をすることでタンクとアタッカーを兼任している珍しいタイプのパーティだった。

非常にテクニカルな立ち回りが要求されるが、即死級の攻撃が少ないこのゲームにおいては一定の結果を出している。

以前の災厄とのレイドボス戦では、前衛三人は名無しのエルフさんをポートリーから運ぶことに注力したため、参加はしていなかった。

「災厄みたいに、攻撃全部が即死級とかのぶっ壊れた敵が出てきたらウチらじゃ抑えきれないし、ある程度の情報収集は必要でしょうよ」

「そうねぇ。あたしたち装甲は紙だしぃ」

くるみとらんぷの言い分ももっともである。彼女たちの防御力や回避能力を疑っているわけではないが、専門のタンクに比べれば見劣りしてしまう。

「まあ、そうなんだけどさ」

「ハルカも納得したところで、本格的に攻略を始めましょう。

SNSを見る限り、中堅くらいのパーティで十分戦えるみたいだし、私たちには意外と戦いやすいフィールドかもしれないわ」

常に内部が変動するというダンジョンの攻略法自体はまだ見つけてはいない。

ただ脱出できたプレイヤーパーティは方角だけはきっちりと管理し、たとえ迷ったとしても入ってきた方角にとにかく進み続けることで生還したというケースが多い。

その過程でメンバーが死亡してしまったパーティも多いが、彼らと比べれば名無しのエルフさんたちのほうが地力は高い。うまくすれば被害を出さずに脱出できるだろう。

より方角を正確に知るため、あらかじめポートリーで方位磁針を購入してある。

航海用の羅針盤しか販売されていなかったので非常にかさばるが、確認する時だけインベントリから取り出せば問題ない。金額もそれなりにしたが、この森のクモから取れるらしい糸などの素材を売れば十分にペイできるだろう。

もともとこの森へはそのクモの素材を入手するために来たようなものだ。

前衛の三名の装備は革素材と金属素材を組み合わせた、コートオブプレートのような造りの防具である。毛皮が取れる魔獣は様々な難易度帯に存在するため、革素材は比較的自分の実力に見合ったものを選びやすい。金属素材も資金次第で調達可能だ。

しかし名無しのエルフさんが着るローブに使われているような、防御力の高い布の素材はほとんど流通していない。

今回この森で発見されたクモは、ポートリーの奥深い森にいるとされるクモ型モンスターの下位種と思われ、貴族たちの間で高額で取引されているというクモ糸素材の廉価版が取れるという話だ。

廉価版と言っても流通量が少ないため、現在は性能に見合わぬ高額で取引されている。

さらにこのラコリーヌの森では上位種のクモ型モンスターの存在も確認されている。

警戒すべきは奇襲だけ、タンク同様に専属のスカウトもいない名無しのエルフさんのパーティにはむしろありがたい。

最低限邪魔になる枝葉や藪《やぶ》を払いながら、足元の木の根を引っ掛けないよう気をつけつつ進む。

進行速度は森歩きにしてはかなり速いほうだろう。浅層で出てくる魔物はおおよそ知られているし、その魔物以外には意識を割かなくてもいい。

「あ、なんかいるね」

「情報が正しければ、アリかクモかな」

アリはかつてリーベ大森林が初心者ダンジョンだった頃、それなりの量の素材が売りに出されていた影響で、市場ではややダブついている。流通の最大手であったヒルス王国はすでに無いが、強《したた》かな商人たちは他国にもいくらか持ち出していた。

「クモの方がありがたいけど、まあアリでもいいかな。売れないことはないし」

茂みから現れたのは、果たしてクモだった。

現れるなり毛針を飛ばしてくる。

「『ガスト』」

しかし事前に知っていれば対処は容易だ。

『風魔法』の低級魔法の『ガスト』で吹き散らす。

突風を吹かせるだけの攻撃力のない魔法だが、今のように小型の飛翔《ひしょう》物なら吹き散らすことができたり、あるいは足元の砂を巻き上げ目くらましにしたりと、専属魔法使いにとっては中々使える魔法だ。ＭＰ消費もわずかであり、リキャストタイムもほぼ一瞬だ。

「はっ！」

「えいぃ！」

左右からハルカとらんぷが切りつけ、クモは絶命した。

くるみは後続を警戒しているが、どうやら単体のようだ。

「……オーバーキル感あるね。一撃でいいかも」

「そうねぇ。この程度なら集団で襲われても平気かも？」

前衛三人は片手剣に丸盾と、攻撃にも防御にも一定の比重を置いたスタイルだ。もちろん回避も重要なため比較的軽量な鎧《よろい》を身に着けている。つまり全てが平均的に高く、突出した攻撃力というものはない。念の為初見の敵は二人以上で攻撃すると決めていた。

「殲滅《せんめつ》速度が予定より速くなる分には問題ないでしょう。さ、その死体をしまったら進むわよ」

出てくる敵がアリでもクモでも問題はない。

最初以降は一体で出てくるということもなく、常に複数で、時にはアリ、クモの混合の集団などにも襲われた。

森を進んでいくにつれ、敵の数は徐々に増えていく。

つい今しがた全滅させた集団に至っては木々の間から滲《にじ》み出《で》るように次々現れ、終わりがないかのように思われたほどだ。ちょっとしたモンスターハウスである。

ただ、それも名無しのエルフさんのパーティにとっては脅威というよりカモでしかなかった。

「……面倒だけど、まー狩り効率はいいっちゃいいかなぁ」

「アリとクモが共存してるってことかしら？　餌として森に侵入する人間を狙っているために共闘している？　それともそういう話とは関係なくダンジョンだからってことかしら」

「なっちゃんさあ。ゲームでいちいちそんな事気にしてもしかたなくない？」

「なっちゃん言うな」

確かに理不尽というか、非合理的というか、ゲームらしい謎生態の魔物もいることはいる。

しかし、獣や虫などの現実の生物をモデルにした魔物などは意外と生態系を作っていたりするのがこのゲームだ。こういう考察は馬鹿にならない。

「そんなことより、なんかＳＮＳで書かれてたより難易度高くない？　こんなに集団エネミーとのエンカウント率高くなかったイメージなんだけど。妙に数が多いっていうか」

確かにそれもある。

「最初に出てきた……まあネズミとかは別として、最初に出てきたモンスターがともに一体のクモだった事を考えると、少なくともその時点では同様の難易度だったはずよね。

そこから徐々に私たちだけ難易度が上がっていったということかしら？　だとしたらもしかして、挑戦するプレイヤーの戦闘力を測りつつ、それに合わせてエンカウントする魔物も変わっていくということ？　中身が変動するダンジョンって聞いてるけど、まさか難易度さえも変動させられるというの……？」

だとしたら恐ろしい話だ。

「自分の強さに応じて敵の強さが変わるゲーム、大昔にあったよね」

「災厄ってリアル女王とか言われてたっけぇ？　それが出てくるゲームがそうじゃなかったぁ？」

「配下アリだし、そうなのかも。アンデッドとかクモとかはよくわかんないけど」

前衛三人組の呑気《のんき》な会話はともかく、もしこれが事実なら見通しが甘かったと言わざるを得ない。

中堅パーティがひとりふたりの脱落で脱出できたなら、自分たちなら被害なしで脱出できるはず。

そういう目論見《もくろみ》でアタックしたのだ。

こちらが強ければそれに合わせて相手も強くなるというなら、無傷で脱出できる保証は無くなる。

「……今日はそろそろ撤退しましょう」

「え？　まだやれるよ」

「そうそぅ。ＬＰもＭＰも減ってないしぃ」

「空腹度ってか、スタミナとかも十分だし」

「いえ、とりあえず新たにわかったこともあるし、進行ペースと時間から考えて相当深く入ってしまっているはずよ。予定の時間まではまだあるけど、戻りながらでも狩りはできるし、続きは次回にしましょう」

「まあ、なっちゃんがそう言うなら」

「なっちゃん言うな」

三人共性格は違うが、基本は素直だ。パーティリーダーである名無しのエルフさんが決定したことには基本的に従う。呼び方だけは別だが。

しかし、来た道を戻るとは言っても、その道はすでに無かった。

これがルートが変動するということだろう。

プレイヤーたちから近い位置、見える範囲で変化があるわけではないようだが、少し分け入って進むともう変わっているようだ。大掛かりな魔法のようなものでもかけられているのだろうか。

大掛かりな魔法といえば、思い出されるのはあの純白の災厄だ。

アーティファクトという強力なイベントアイテムの影響を最大限受けていたと思われるにもかかわらず、奴の魔法はどれも即死級の威力を秘めていた。前衛を務める選ばれし少数のプレイヤーには耐えていた者もいたが、弱体化させていなければ問答無用で即死だっただろう。タンク職が即死する範囲魔法など悪い冗談だ。

第一回イベントの優勝者も大概な魔法の使い手だったが、今の自分なら近いことはできる。

あの災厄に対してもいずれそう感じる日が来るのだろうか。

この森の場所に元々あった街を壊滅させたのはその災厄だったという話だし、災厄がなんらかの魔法をかけて森を造り、ダンジョン化させたという可能性は十分考えられる。本当にあるのか不明だが、カバーストーリーのようなものがあればその辺りの事情もわかるだろう。

「いつか公式のサブストーリーまとめムックみたいな電子書籍とか出るのかしら？　ゲーム内アイテム付属とか」

「あーアイテム付が出るんだったらあれがいいな。エステアイテムみたいな。ちょっとこの、アゴのラインとか弄《いじ》りたいんだよね」

「私はぁ髪色変えたいなぁ」

「いや、髪色変更だったら普通にありそうじゃないか？　錬金アイテムとかで」

四人は雑談をしながらも警戒は怠らない。

有志によるＳＮＳの書き込みによれば、引き返し始めたこのタイミングで囲まれたということだった。

論理的に考えれば、彼らは木々のざわめきに紛れて常に魔物の集団に尾行されていたと判断するのが妥当だ。だから引き返してすぐに前方を押さえられ、もし進んでいたら出会っていたのであろう集団に背後を押さえられた。

では、今回はどうか。

「――やっぱりね！　『サイクロン』！」

やはり、想像通りに背後を取られた。前方からも何かが来ているのが見える。

とりあえずまずは範囲魔法を後方に放つ。これで後ろからの糸や毛針は吹き散らせるはずだ。

振り向くと思惑通り背後の敵の飛び道具は無力化できていた。前方からの攻撃は前衛の三人がうまく盾と剣を使って防いでくれたようだ。

ほどなくクモたちが現れる。情報通り、一回り大きく体色の濃いタイプだ。上位種だろう。

「まずはこの包囲を脱せるかどうかが第一関門というところかしら……」

さらに立て続けに範囲魔法をばらまいて、まずは後方の数を減らすことを第一に考える。前方は前衛の三人が抑えているため、ひとまず任せておくしかない。そちらに魔法を撃っても味方を巻き込んでしまう恐れがある。

クモたちは確かにこれまで戦った下位種よりは耐久力があるようで、魔法によっては一撃で落ちない者もいた。

強力な魔法で攻撃すると素材が傷ついてしまい、実入りとしては良くはない。しかしまずは生還することのほうが重要だ。

範囲魔法を数発ばらまいたおかげで幸い上位のクモも倒すことができたようだ。

前衛の様子を見てみれば、こちらも順調に数を減らしているようだ。

「はっ！」

ハルカが糸を掻《か》い潜《くぐ》り、クモの腹を斬りつける。一撃では倒せなかったようだが、その直後に放たれた毒毛針は盾を利用しつつうまく回避していた。

牙《きば》による攻撃は剣で弾《はじ》きつつ、隙をみて盾で下から殴りつける。

上体が浮いたところで横から突き出された剣がクモの腹、それもハルカがつい先程攻撃した位置に突き刺さった。

隣で戦っていたくるみによる援護だ。そして倒れ伏したクモの頭胸部にハルカが剣を突き入れ、確実に止《とど》めを刺した。

ハルカはすぐにらんぷが戦っていたクモを横から盾で殴り、体勢を崩させた。

この三人は息のあった連携で前衛を支えるのが仕事だ。単一のエネミーではなく、それぞれが別のエネミーを攻撃している際でもそれは変わらない。

そして三人の前衛が前線を支えている間に敵に止めを刺すのが名無しのエルフさんの仕事である。

「『ブレイズランス』！」

リキャストタイムがあらかた片付いたため、援護として単体用の魔法を撃つ。敵の増援を警戒し、今度はリキャストを残さないよう、連続して撃つようなことは避ける。

体感的にかなりの時間、そうして戦い抜いていき。

「……いまのが最後、かな？」

「みたい。ふーっ。なんとかなったね」

上位種のクモの奇襲は乗り切った。

事前の情報があったおかげだ。

それがなかったら糸や毛針で出鼻《でばな》を挫《くじ》かれ、ペースを奪われていたはずだ。

「……増援を警戒しつつ、撤退を再開するわ」

インベントリから羅針盤を取り出し方角を確認する。これから進もうとしていた方角は、本来進むべき方角とは微妙にズレていた。

「なかなか厄介ねこれは……」

森の中で方向を知ることの難しさはよくわかっている。ゆえに普段は目印などを付けることによって帰路を確保しているが、この森ではそれは通用しない。

「一直線というわけにはいかないけど、最短距離で脱出するわよ」

羅針盤が重くかさばるが仕方がない。方角は逐一チェックする必要がある。

一行は時折立ち止まり、方角を修正しながら森を進む。密集する木々だけでなく、大きな瓦礫《がれき》なども迂回《うかい》する必要がある。もともとあったらしい大きな瓦礫の隙間を縫うように木が生長している場所などは、かなり大きく進路を変えなければならなかった。

往路ではこんな景色はなかったはずだ。ということはダンジョン内部の構造が変化した結果、このようなルートになったと考えるべきだろう。

この森は入っていくのは容易《たやす》いが、出ていくのは難しい、ということだ。

「アリ地獄みたいなダンジョンね……」

アリが運営するアリ地獄など笑えない。

「なっちゃんちょい待ち！」

「なっちゃん言う……な……」

失策だ。羅針盤に、方角に気を取られ過ぎていた。

立《た》ち塞《ふさ》がる瓦礫や木を迂回し、回り込んだつもりだったが、その先は袋小路だった。

しかもただの袋小路ではない。ちょっとした広場ほどのスペースがある。この一角だけ不自然に木々が生えていない。

「いったん戻っ――」

振り返るが早いか、重たい音が響いた。どこからともなく落ちてきた大きな瓦礫によって、今通ってきた獣道が塞がれてしまう。

「いやマジでどっからこんなものが……」

見上げてみるが、上はただ木の枝が絡み合って空を塞いでいるだけだ。

「何かしらのモンスターが私たちをここに閉じ込めるために退路を塞いだ……って考えるべきかしら」

「さすがなっちゃん。正解っぽいよ。あれ見て」

もはや呼び名を訂正している場合でもない。

くるみの指す方向、つまり広場の中央付近へ振り返ると、そこには巨大なクモがいた。

「……ボス戦かー……」

「……そりゃ逃げらんないわけだわ。ボス戦ってそういうもんだし……」

他のダンジョンの攻略報告などからは、ボスとの戦闘から逃走が可能かどうかはわからない。なにせ現時点ではボスらしきモンスターと遭遇したという報告自体がないからだ。

「うちらが一番乗りかなぁ」

「倒せれば、だけどね」

ハルカの皮肉はしかしもっともでもある。

バランス型のパーティではなく、バランス型の前衛を集めただけのパーティである名無しのエルフさんたちにとって、初見の強敵というのは分が悪い。

相手はこれまで戦った上位のクモよりさらに大きい。脚は細長いように見えるが、単にサイズが大きいためにそう見えるだけのようだ。よく見れば太さはこれまでのクモよりも若干太いかもしれない。

脚の形も丸っこくずんぐりしていたこれまでとは違い、シャープで節々が棘《とげ》のように伸びている。色もこれまでの暗い単色ではなく、黄色や赤などが入っており、本能的に危機感を掻き立てられる色合いだ。

なによりその頭部のあるべき場所からは、代わりにヒト型の上半身が生えていた。

とは言っても人間の上半身がそのまま生えているというわけではない。クモのパーツを使用してヒト型に成形したという感じだ。

これまで戦ったクモのさらに上位種というよりは、同じクモでも全く別の種のように見える。

「クイーンなんとかって名前だよこれ絶対……」

一部のアリなどの魔物には、下位種を統括する女王のような魔物が存在していることは知識としては知っている。

このクモのクイーンがボスであるのはおそらく間違いない。

しかしこのダンジョンが開放されたのは今日だ。もしかしたらまだそこまで成長しきっていない可能性もある。

「いやー……。女王アリも弱いうちは弱いアリしか生み出せないって話だけどぉ、さっきの少し強めのクモがいるって時点でもう手遅れ級じゃないかなぁーって」

「ですよねー……」

ざわざわという木々の音に紛れ、瓦礫や木の上から次々とクモたちが現れる。

さらに地面からはアリたちが這《は》い出してきた。

「雑魚もいるのかよ！」

「これは詰んだかもね……。しょうがない、全滅するにしても、できるだけ倒して経験値を稼いでから死ぬわよ！」

先ほどの上位のクモとの戦闘で稼いだ分もある。おそらくここで死んでも経験値的にはトントンといったところだろう。

仮に経験値が多少の赤字だったとしても、これまで得られた素材を思えばまるっきり損をしたというほどでもない。

やはりこのダンジョンは、挑戦者の戦闘力によって難易度が変わると見て間違いない。☆3というのはあくまで平均、目安に過ぎないと考えるべきだろう。

中堅くらいまでは経験値稼ぎができるかも、と考えていたが、もしかすればそれ以上、最上級の難易度にも対応している可能性がある。

それはこのボス部屋に湧いた雑魚を見て改めて気づいたことだ。

この部屋のボスが女王クモであることは間違いない。

では今這い出してきたアリは一体何者が生み出しているのか。

クモたちのボスとして女王クモがいた。

ならばアリたちのボスとして、女王アリが少なくともいるはずだ。

もし仮に名無しのエルフさんたちのパーティがもっと強かった場合、ここに女王クモと女王アリが共に出現していた可能性がある。

このダンジョンの難易度調整は、まだ上方修正が可能だということだ。

「……とりあえず、しばらくはこの付近でプレイできそうでよかったわ」

拠点を変えた甲斐《かい》があるというものだ。


「っ来る！」

開戦の合図は女王クモの飛ばした毒毛針だった。

「『サイクロン』！」

しかし吹き散らしてやるつもりで放った魔法では、軌道を逸《そ》らすことしかできなかった。

被害はゼロに抑えられたが、やはりこれまでのクモよりも厄介だ。

「悪いんだけど魔法でガードするのは厳しいかも！」

こうなれば飛来物のガードは前衛にまかせ、魔法は確実に敵を倒すために使った方がいい。周囲の取り巻きのクモたちめがけ、『火魔法』の範囲魔法を放つ。

木々に燃え移ったりしてこちらが煙にまかれたり火に囲まれたりしてしまえば自分たちの首を絞めることになりかねない。そのため森の中では『火魔法』は自重していたが、この広場ならば多少はいいだろう。取り巻きたちが毛針や糸を飛ばしてきても空中で焼きつくせないかという狙いもある。

炎にあぶられたクモやアリたちはほとんどが即死し、無残な姿をさらしている。素材としての価値は絶望的だが、とにかく数を減らすことを優先に考えるしかない。

普段であれば前衛の三人がボスを抑えている間に名無しのエルフさんが雑魚を掃討し、雑魚が片付いたらボスと本格的に戦闘に入るという流れにするところだ。今回もそのつもりで攻撃を続けていたのだが、いつまでたっても取り巻きが減っていかない。

倒せていないわけではない。経験値はかなり入ってきている。次から次へとどこかから湧いて出てきているのだ。

本来魔法使いとは決戦兵器であり、こうした波状攻撃に対抗するのには向いていない。次第にリキャストタイムも重なっていき、取れる手段が少なくなってくる。

そろそろＭＰの回復とリキャストタイムの処理のための休憩時間が必要だ。

前衛のハルカたちは何とか女王を抑えてくれている。雑魚を始末しきれないのは面目が立たないが、強がっても意味はない。

名無しのエルフさんもＶＲゲームの経験はそれなりに長い。魔法特化ビルドと言っても、いざという時のための近接武器は持っているし、その扱いにも慣れている。スキルがなくとも剣は振れる。

ＳＴＲは低いが、攻撃をしのぐだけなら不可能ではない。

「雑魚の処理間に合わない！　ごめん！」

「じゃあ諦《あきら》めよう！　せめてボスだけは倒そ！」

「わかった！」

「了解！」

「おっけぇー！」

リーダーは確かに名無しのエルフさんだが、咄嗟《とっさ》に次の方針を出さなければならない時などはこうして誰かが案を出し、他のメンバーがそれを追認することでパーティの行動が決まることがある。今回はハルカの発言に全員が乗ることにした。リーダーだ何だと言っても結局はただの仲良し四人組だ。実際のところは誰が音頭を取っても問題ないのだ。

範囲魔法はほとんどがリキャスト中だが、単体魔法は全く使っていない。ボスだけ倒すのなら、雑魚の攻撃をいなしつつ、ボスに魔法を撃てばいい。

とは言うものの、かなり難易度は高い。

何とか雑魚の攻撃を見切りつつ、意識は女王に向け、魔法に集中して放つ。

「『ブレイズランス』！」

生み出した炎の槍《やり》が女王に向けて飛んでいく。

「――」

しかし女王の前方に突如同じく炎の槍が現れ、こちらに向かってきた。

「嘘《うそ》！　魔法⁉」

二つの炎は吸い込まれるように両者の中央付近で衝突し、爆発した。

周囲に『ブレイズランス』二発分のエネルギーがばらまかれ、取り巻きのクモたちが炎に焼かれる。

「くっ！」

「あづっ」

それはハルカたちも同様だ。女王の背後にまわっていたらんぷだけは無事だったが、それ以外のふたりは軽度の炎ダメージを受けている。

虫系の魔物が魔法を使うなど聞いたことがない。別の国にいるとされる女王アリのモンスターも主に物理攻撃しかしてこないという話だったはずだ。ＮＰＣの騎士が討伐した記録があるとかで、どこの国だったか定かではないが調べたプレイヤーがＳＮＳに情報を上げていた。

「――」

しかし呆《ほう》けている余裕はない。女王の前には次の魔法、おそらく『氷魔法』の単体魔法がスタンバイされている。

「ええとええと、『フレアアロー』！」

しかしこれでは弱い。完全な相殺までは持っていけないだろう。かといってこの短時間では『ブレイズランス』はまだリキャストタイムが終わっていない。近い属性の魔法ではまた相殺時に周囲に被害が出てしまうため、選択肢は事実上なかったと言っていい。

「うぐっ！」

案の定、やや小さくなりはしたが、氷の槍は炎の矢を突っ切り、名無しのエルフさんに直撃した。

魔法の撃ち合いはこちらの負けだ。そもそも、相手は仲間の被害を全く気にしていないが、こちらはそういうわけにもいかない。最初からフェアな勝負ではなかった。

「……っていうか、虫と魔法戦とか、そもそも想定外なんだけど……」

『治療』でダメージを回復しつつ、移動しながら次の手を考える。ほかのメンバーも回復してやりたいが、名無しのエルフさんは『回復魔法』までは取得していない。他の魔法とリキャストが被《かぶ》るのを嫌ったためだが、こんなことなら取っておけばよかった。

「仕方ない！　ちょっと大きいの撃つから避《よ》けて！」

「おっけ！」

返事を返したのはくるみだけだが、全員が頷《うなず》いたのを確認し、魔法を放つ。

撃つのは『雷魔法』の『ライトニングシャワー』だ。範囲魔法であり、女王を発動起点にするため、仮に女王が相殺しようともその被害は女王自身が最も大きく受けることになる。

またこの魔法は範囲魔法の中でも効果範囲が狭い。ハルカたちもすぐに移動すれば十分に範囲外へ離脱が可能だ。

「『ライトニングシャワー』！」

「よし避けっ……!?」

「あだっ！　何ぃ!?」

「うそ!?　足が！」

ハルカたちは何故《なぜ》か突然その場ですっ転び、逃げようとしなかった。

しかし魔法はすでに発動してしまっている。

そして女王は倒れ込む三人を見下し、その場から大きく飛びのいた。本来『雷魔法』は発動が早いため、見てから避けるというのはほとんど無理なのだが、あらかじめ声をかけていたことと、ハルカたちが離脱しようと動きを見せたことで警戒させてしまったようだ。

「うぐっ」

「きゃあ！」

「しびび」

結果、名無しのエルフさんの魔法は仲間にだけダメージを与え、何の成果も得られずに終わった。

「ごめんっ！　大丈夫⁉」

しかし女王が飛びのいたのなら、仲間たちのもとへ近寄ることもできる。そうすれば『治療』でダメージを回復させてやれるだろう。ポーションと併用すれば戦闘継続可能なＬＰまでなんとか持って行けるはずだ。

女王が魔法を使い始めてから取り巻きのクモやアリたちは女王の方へあまり近寄ろうとしていないし、今なら邪魔をされずに治癒できる。

「『治療』……と、ポーション。あと念のため私もＭＰポーションを」

「ありがと。……でもこれ、もう詰んだかもよ」

「どういうこと？」

「私たちがぁ、転んだ理由よぉ」

「あたしたちの足元、見えづらいけど、地面に固定されてんのよ。たぶん、女王の糸だと思う。戦いながらちょっとずつ出してたんじゃないかな」

それを聞いた名無しのエルフさんは咄嗟に立ち上がろうとしたが、立ち膝《ひざ》でしゃがんでしまったため、接地した膝が上がらない。

このクラスのボスと戦う場合、前衛の三人の仕事はヘイトコントロールと攻撃の受け流しだ。こちらがどのように動くかはボスの行動次第ということになる。もし仮に、ボスが狙って彼女たちを誘導しようと考えたとしたら、それも不可能ではない。

これがPvPならハルカたちも警戒していただろうが、相手は所詮《しょせん》虫系の魔物だ。彼らは総じて知能が低い。

「……魔法を使った時点で気づくべきだったわ。魔法に関する行動判定の多くはINTを参照する。ということは、魔法を使えている時点である程度のINTはあると考えて行動すべきだったのね」

さらに言えば、名無しのエルフさんの『ブレイズランス』とほぼ同威力の魔法を撃ったということは、最低でも彼女と同程度のINTがあるとみるべきだった。モンスターのINTと思考能力に関連性があるのか不明だが、INTとはインテリジェンスの略であり、普通に考えたら知性のことだ。STRを上げたら重い物が持てるようになることは証明されているため、INTを上げれば思考能力が上がっても不思議はない。

思い返せば、クモの女王だと言うのに全く糸を吐いて来なかった。

違ったのだ。糸はきちんと出していた。ただ間抜けな名無しのエルフさんたちが気づかなかっただけだった。

こんなボスが、しかも複数で支配しているのなら、この森の生還率が低いのも当然だ。

しかし魔物にしてみればプレイヤーを生きて帰すメリットは全くない。プレイヤーが強かろうが弱かろうが常にこの女王たちが出張っていれば、生還率は低めどころかゼロだったはずだ。

やはり普段はシステムか何かに行動が制限されているのだろう。一定以上の実力のプレイヤーが、おそらく一定数以上の魔物をキルした時にだけ、この悪夢たちが開放される。

ドヤ顔でアタックしてくる上位プレイヤーには女王のお仕置きが待っているということだ。

もはや動けない名無しのエルフさんたちにわざわざ近寄って攻撃する気はないらしい。

飛びのいた先で女王クモが巨大な火球を生成しているのが見える。あのクラスの範囲魔法を立て続けに撃ちこまれれば、おそらくこのパーティでは耐えきれるものはいない。

「まあ、タネは割れたし。次……はまだわからないけど、そのうち攻略してやるわ」

炎が、氷が、雷が、風が。

名無しのエルフさんたちに襲いかかり、最後は岩塊に押しつぶされて、水に流された。

第四章　早速悪用される新サービス

旧ヒルス王都、その玉座のある謁見の間。

玉座に座る鎧坂《よろいざか》さんの膝の上で、レアはゆっくりと目を開いた。

「……ふふ。すっきりした」

実にいい気分だった。

あのエルフの女は、確かレイド戦でレアを指して魔法特化だと思ったとか何だとか勘違いをしていたプレイヤーだ。

そんなに魔法が好きならと、最後は魔法で片付けてやった。これで彼女も満足だろう。

あのエルフパーティと戦ったクイーンアラクネアはレアが操作していた。

初めは視覚や聴覚だけ借りておくつもりだったのだが、道中の彼女らの戦闘を見ているうちにウズウズしてきてしまったため、無理を言って身体《からだ》まで借りたのだ。

精神をまるごと眷属《けんぞく》の中へ『召喚』しその制御を奪ったとしても、その状態で使用できるスキルはその眷属のものだけだ。

クイーンアラクネアに取得させていた魔法はそれほど強力でもない各属性の単体・範囲の攻撃魔法のみだったため、能力値の上昇分を見込んでもエルフ女の魔法と相殺させるのが精一杯という威力だった。しかし糸によるトラップを駆使することで一方的に殴ってやることができた。

クイーンアラクネアにとってもいい勉強になったことだろう。彼女たちはＩＮＴを優先的に上げている。数値に表れない、学習による成長は馬鹿にならないはずだ。

ＳＮＳの旧ヒルス王国攻略スレを覗《のぞ》いてみれば、先ほどのエルフと思《おぼ》しきプレイヤーが早速書き込みをしている。彼女が時折ＳＮＳで見かける「名無しのエルフさん」だったらしい。ふざけた名前だ。

おおむねレアの希望通りに、難易度可変ダンジョンであるという自説を賢《さか》しげに披露している。管理自体はクイーンたちに丸投げだが、方針としては「名無し」の言うとおりに進める予定だ。その点で彼女の書き込みは間違ってはいない。

ただ特定の挑戦者に対してだけは、レベルに関係なく難易度がカンストする場合があるというだけだ。

レアの支配地域のダンジョンは実に順調と言える。初日としては素晴らしい滑り出しだ。

もっとも今のところラコリーヌにしか客は来ていないが。

「……☆４くらいだったらお客もくるかな。トレとリーベは重要拠点だから譲れないけど……。王都は多少下げても問題ないかな？　わたしが居るのに☆４というのは不自然かな？　そもそも下げられないか」

レアが王都に居なければ問題ないかもしれない。

しかしその場合は、ＳＮＳに直接書き込むことなくそれをプレイヤーに周知させる必要がある。

ＳＮＳでアピールできないとなれば、どこか目立つ所に「災厄」として出現してみせるしかない。

今、一番目立つ場所と言えばダンジョンだろう。

そこそこ人気がありそうな適当なダンジョンに姿を見せ、なんならそのダンジョンを制圧し、しばらくはそこに居座る。

並行して王都の難易度を☆４になるよう調整し、プレイヤーの来客を促す。

「ならまず最初の問題はどのダンジョンに行くかだな」

ダンジョンと言っても、別に入り口からしか出入りできないとか、内部は隔離された空間であるとか、そういう効果は一切ない。そもそも「ダンジョン」自体、公式の呼称ではない。

洞窟《どうくつ》型ならいざ知らず、森や街などのオープンなフィールドなら、エリアボスがいそうな場所に上空からアプローチしてしまえば話が早いだろう。

「だったらやっぱりウルルを落下させてやりたいな。派手だし」

どんなダンジョンだったとしても、おそらくそれで攻略できる。

いや違った。目的はダンジョンの攻略ではなかった。

レアが目立つことで、旧ヒルス王都には災厄は不在だというアピールをすることが主目的だ。

そうなると新設セーフティエリアの近く、つまりプレイヤーたちにとって一般的な入り口からエントリーするのがよいだろう。普通にダンジョンを攻略したほうが目的には沿っていると言える。

「では次に、どういう動機で『災厄』がそこらのダンジョンにアタックをかけるのかという理由付けだね」

どうやらプレイヤーの皆さんはカバーストーリーというのが好きらしいし、それらしい動機を持って行動したほうがいいだろう。

それ自体は別にわざわざ公開する必要はない。ただ聞かれたら答えるという程度で用意しておき、聞かれなければ答えない。不思議に思えばあちらで勝手に深読みするだろう。

SNSに挙げられている転移先リスト、そして旧ヒルスとオーラルの地図を眺めながら考える。

ヒルスは特徴がないというか、特に突出したものはないが、立地や環境的な不安要素もない恵まれた国だ。いや恵まれた国だった。国土も平均的な広さと言える。

それに比べるとオーラルは少し国土が広い。大陸の中央部を押さえているのはオーラルだ。かつてどういうやり取りがあってこの国が旧統一国家の首都を治めることになったのかは不明だが、それゆえにほとんどの国と隣接している。とはいえ国境には魔物の領域が広がっているケースが多く、国土が広いだけに国内の魔物の領域の数も接している領域の数もヒルスよりも多い。

その領域の脅威度も高めであり、それに伴ってか騎士もヒルスより優秀な者が多いという話だ。

現状その騎士のほとんどを掌握しているライラは、国家運営の一環なのか何なのかは不明だが、SNSに挙げられていた転移先に載っていない領域を攻略すべく軍を向かわせているとか。リストに載っていない領域ならプレイヤーにバレることなく制圧できるだろうという考えらしい。

「もしわたしとライラの容姿が似ているということがバレた場合、元々血縁関係だったとかそういうストーリーにするんだったかな。ライラがヒューゲルカップの領主であるなら、その付近のダンジョンにちょっかいをかけるというのは何らかの動機として成立するか……？」

「もともとがライラ様と姉妹であるということでしたら、失われた肉親の温《ぬく》もりを無意識に求めて、というのはどうでしょう」

ジークの提案だが、聞いている途中からすでに眉間《みけん》に皺《しわ》が寄ってしまっているのを感じていた。

心情的には納得しがたいが、一定の説得力はある、ように思える。

「……ディアス殿がいたらお小言のひとつも飛んできかねないお顔をされておりますよ。もうひとつ申し上げるなら、確か人間たちには、リーベ大森林を出た『災厄』はほぼ一直線に西へ向かいこの王都を攻め落としたと、そう認識されていたかと思います。

であれば、もともとの目的はこの王都ではなく、さらに西のオーラルの領土だったのだと思わせてやれば、ここより西の方角にあるダンジョンを攻撃する理由になるのではないでしょうか」

悪くない案だ。

ウェインたちには確か「ヒルス王都が美しかったから手に入れたくなった」と説明していた。

それ自体は別に嘘《うそ》でもないが、そもそもなぜ王都が見えるようなところまで移動してきたのかについては特に聞かれなかったため答えていない。

レアはプレイヤーであるため、実際のところ大した理由はない。出来そうだからやってみた、とかその程度だ。

しかしこれがNPCであったなら、もっと強い動機があった方がいいだろう。

それが「西へ向かう」という目的であり、その過程でたまたま王都を見かけて支配下に置いた。

そういうことにすれば、「災厄」の行動にそれなりの一貫性を持たせることができる。

肝心の西へ向かうこと自体の目的であるが、気は進まないが暫定的にライラの元を目指していたということでいいだろう。

「……わかった。ジークの案を採用しよう。ヒルス王都から西のダンジョンというと……。

オーラル領土に入る前にひとつあるな。近くに街もあるようだ。リストによればここは☆1の低難易度ダンジョンのようだけど……。わたしがNPCだとしたら難易度によって襲う場所を選別するのも不自然だし、順番に潰《つぶ》していくしかないかな」

ついでに街も滅ぼしてしまってもいいが、この☆1の領域を今後レアが管理するのなら、ここに普通の街があってくれた方が都合がいい。なにしろもうご近所に普通の街がない。

「ダンジョンの名前は【テューア草原】か」

始めたばかりの初心者プレイヤーが、この街——リフレの街を拠点にテューア草原で稼ぎ、実力と自信をつけたら他の街へと巣立っていく。

かつてはリーベ大森林やそのそばの草原でも行われていたことだ。あの草原は特に名前が付けられていたわけでもなく、今やエリアとしては大森林に統合されて魔境と化している。

この上さらに初心者フィールドを制圧してしまうというのはいささか心苦しいと思わないでもない。

しかし第二回イベントの三日目以前からゲームを始めていたプレイヤーなら、あのイベントで大陸のパワーバランスがめちゃくちゃになったことは知っているはずだ。

言うまでもなく最もめちゃくちゃになったのはヒルス王国である。プレイヤーたちは今さら旧ヒルスの初心者フィールドに甘い期待などしていまい。

転移サービス実装以降に不幸にもこのダンジョン目指して飛んできたプレイヤーはいるかもしれないが、わざわざ【その他】のダンジョンを選んで飛んできたなら自己責任と言ってもいいだろう。

レアが言うのもなんだが、非常にわかりやすいレイドボスのいる国だ。来る方が悪い。

もっともレアとしてもずっとその草原にいるつもりもないため、用が済んだら適当に弱い眷属に管理を任せてまた☆1に戻してやるつもりではある。いっとき多少蹂躙《じゅうりん》してしまったとしても、戻してやれば文句はあるまい。

大昔には三秒ルールなるしきたりもあったと聞いているし、一瞬だけならギリセーフと言えるのではないだろうか。

◆◆◆

遠征には鎧坂さんを着ていくことにした。

王都から災厄が離れたということを強調したいのなら、ここに影武者を置いておいても意味はないからだ。

他の同行者は悩んだ末、スガルを連れて行くことにした。
☆1のフィールドに災厄級が二体というのも過剰戦力極まりないが、スガルはずっとリーベ大森林で留守番をしてもらっていた。このように出かけたことがほとんどないし、たまには良いだろう。
それにスガルなら単独で飛行が可能だ。どういう旅程になったとしても対応できる。

すでに日はとっぷりと暮れている。

ラコリーヌの森についてはクイーンアラクネアに任せて問題ない。

目立つのが目的のため到着してもダンジョンにアタックするのは日が昇ってからになるが、街や領域周辺の様子も見ておきたい。早めに行って観察しておくとしよう。

リフレの街についたのはまだ夜明け前だった。この街は距離で言えばラコリーヌより近い位置にある。飛行することで直線移動ができるならさほど時間はかからない。

上空からはところどころ街灯らしきものがぽつぽつと見えている。

肉眼でも魔眼でも明るく見えているため、あれはおそらく魔法的なアイテムなのだろう。

「街灯が設置されているとは感心だな。随分治安の良い街のようだ」

街の向こうに広がっている広大な土地がおそらくテューア草原だ。

レアの知識にある中でもっとも近いイメージをあげるとすれば、雨季のサバンナだろうか。ただこの地方に乾季があるとかいう話は聞いたことがないため、おそらく年中この様子なのだろう。

街からも草原からも少しだけ離れた場所に夜営の準備をする。と言ってもそれが必要なのはログアウトするレアだけで、鎧坂さんもスガルも睡眠のためにそこまでの準備は必要ない。スガルはもともとアリだったため断続的な数分の睡眠で十分だし、魔法生物である鎧坂さんもどうやら同様らしい。

鎧坂さんは全く動かず静止していても疲れもしない。食事などもしない。これらのことから考えれば本来睡眠も必要ないはずだ。それでもそういう睡眠の設定がされているということは、おそらくリスポーン地点の登録などのために、このゲームにおいて「睡眠」という行為が重要な意味を持っているためだろう。察するに、その数分の睡眠というのがゲーム内での睡眠の最小単位なのだ。

適当に『土魔法』で地面に穴を開け、そこにすっぽりと鎧坂さんを座らせる。

レアは鎧坂さんの内部に入ったままログアウトだ。

翌朝、ゲーム内で日が昇るころにログインした。

穴から出る前に『迷彩』で姿を消しておく。

スガルの姿はどうしようもないが、例えば上空でレアが鎧坂《よろいざか》さんごと『迷彩』を使い、その背中にスガルを隠してしまえば地上からは見えない。上からは丸見えだが。

明るくなった街並みを上空から俯瞰《ふかん》する。

夜は『魔眼』で視《み》ていたが、鎧坂さんの中にいるなら鎧坂さんの視界で見ればいいため、『視力強化』も相まって非常によく見える。

朝も早いと言うのに早速草原にアタックをするプレイヤーたちがいるようだ。

熱心で実に結構なことだが、よく見るとその流れは二種類ある。

街なかから草原へ向かう者たちと、街の外から草原へ向かう者たちだ。

街の外から来ている者たちは、おそらく転移サービスで追加されたセーフティエリア【テューア草原】から来ているのだろう。

転移先がこの街であるならリストの名前は【リフレの街】になっているはずだし、リストでテューア草原となっていたからには街とは別にセーフティエリアが新設されているということに他ならない。

「——うん？　ということは」

テューア草原への転移は仕様通り一方通行なのだろうが、リフレの街からは他のダンジョンへ行くことが出来るはずだ。

つまり、テューア草原に転移してきた者は、リフレの街まで少し歩けばそこからさらに別の場所への再転移が可能ということになる。

インベントリから地図を取り出す。

ＳＮＳに書き込まれていた転移先リストと旧ヒルスの地図を見比べてみれば、そういう条件に合致している街はこのリフレだけだった。

さらにライラのところから失敬したオーラル王国の地図から読み取れる限り、同様の街はオーラルにもひとつだけ存在している。

「こうした街同士でなら、お互いの間で転移し放題だ。プレイヤー次第だけど、下手したら王都以上に栄えるなこれは」

まさに運営によって繁栄を約束された街と言える。

旧ヒルスにもオーラルにもひとつずつ、ということは、おそらく初心者というか、低ランクのプレイヤーに対する救済やサービスのつもりで設定された、例外的な措置なのだろう。

しかしいつの時代でもどんなゲームでも、こういう初心者救済目的の調整というのはたいていガチ勢に悪用されて地獄絵図が出来上がるものだ。

二日目にしてこの街に気づけたのは幸運だった。

他にも気づいているプレイヤーは絶対にいるだろうが、ＳＮＳでも話題になっていないということは気づいた者は黙っているのだろう。

システムメッセージの文面から運営が流通の破壊を懸念しているのは明らかであり、本来転移先から再度転移ができない仕様はそれを嫌ったためだと思われる。

しかしこの街と同様の立地条件の街が各国にひとつずつあるとすれば、容易に密輸が可能だ。

誰かが大々的にそれを行えば修正案件になるかもしれない。気づいたプレイヤーはそうならないよう口をつぐんでいるとも考えられる。

「……あとでレミーとライリーあたりを呼んで、この街の物件を押さえさせておこう。いや、もうケリーもマリオンも呼んで四人総出で地上げをしてもらおうか。資金は王都の貴族屋敷とかから回収したものがあるし、マネーパワーでこの街を掌握だ」

またしてもレアだけ違うジャンルのゲームというパターンだ。いや、すでに察したプレイヤーがいる可能性を考えればレアだけとは限らない。

しかしまだプレイヤーよりNPCの方が圧倒的に経済力が高い今、借金して土地を買うとしても、数ヵ月前に突然この世界に現れたようなプレイヤーの信用度など知れている。それほど多くは借りられまい。

いくらかはすでにプレイヤーに押さえられていたとしても、たかが知れているということだ。それ以外の全ての土地を買い上げてしまえばいいだけである。

今すぐ土地や建物が必要な訳ではないため、金貨を積んで権利だけ買い取り、住民にはそのまま賃貸物件として継続して住んでもらってもいい。手放してもそのまま住めるんです、というやつだ。向こう数十年の賃料よりも売値のほうが遥《はる》かに高ければ迷わず売ってくれるだろう。

なんなら住民を眷属《けんぞく》化しても良い。もちろん全て眷属化してしまうと別の問題が出てしまうため、ある程度の人数に抑える必要があるが。

ダンジョンアタックの前にすることが出来てしまった。ケリーたちに連絡を取り、概要を説明して城の宝物庫からありったけの金貨を持ってこさせなければ。

◆◆◆

「では、なるべくぷれいやーという者たちに悟られないようこの街を陰から支配すればよろしいのですね？」

「陰から支配っていうか、そこまでするつもりはないんだけど。でも土地を押さえるってことはそういうことになるのかな」

ケリーたちを『召喚』で呼びつけ、あらましを説明した。

ついでに昨日一日で得られた経験値もつぎ込んで四人に『使役』まで取得させた。

こんなことに使う予定ではなかったはずだが、先行投資だ。仕方がない。

「やり方は任せるよ。『使役』メインで金貨は節約してもいいし、普通に金貨をばらまいて地上げしてもいい。ああ、でも領主とその周辺の者たちは一応支配下に置いておこうかな。領主はこの後わたしが支配してくるから、他は好きにしていい」

「了解しました」

「プレイヤーにバレないように、と言っても、そもそもどのくらいプレイヤーがこの街にダンジョン以外の目的で滞在しているのか不明だからね。まあ努力目標でいい。

絶対に知られてはならないのは君たちがわたしの指示で動いているということだ。わたしとの繋《つな》がりさえ悟られなければ、正直あとはどうでもいいかな」

できれば他の国の同様の街——便宜上ポータルと呼ぶが、他の国のポータルもある程度支配してみたいが、どこにあるのかわからないし、さすがに手が回らない。

各国につきひとつという想定が正しければ、この街を押さえれば大陸のポータルの六分の一を押さえられるということだし、それで満足しておくべきだろう。

国としての形は失ったが、幸いプレイヤー間での旧ヒルス王国の需要は高い。わかりやすいレイドボスが存在することや、特殊なダンジョンのおかげだ。つまり全てレアのおかげである。

ならばこのポータルはレアが支配をするのが筋であろうし、そんな地域のポータルを支配できるならそれで良しとすべきだろう。

「さて。ではダンジョンに行く前に領主に挨拶《あいさつ》に向かうかな」

旧ヒルスの貴族はオーラルの貴族よりだいぶ物わかりがいいようで、『魅了』だけですぐにおとなしくなってくれた。

ライラの話が本当なら、貴族一家ということは全員がノーブル・ヒューマンのはずだ。

領主、その妻、娘と息子の四人を『使役』し、ついでに家令と思われる初老の男性も『使役』しておいた。領主に『魅了』をかけるレアの姿を見られたためだ。

始末してもよかったが、もし本当に家令だったら、彼がいなくなっては領主の仕事や屋敷が維持できない可能性がある。

屋敷の主人一家と家令を押さえておけば、この家は支配下に置いたと言っても過言ではないだろう。

「やあスガル。おまたせ。そろそろダンジョンに行こうか」

〈ご用はお済みになりましたか？〉

「わたしがする分はね」

あとは領主とケリーたちに任せておけばいい。

よそ事をしていたせいでかなり出遅れてしまったが、逆にそのおかげでダンジョン周辺にはプレイヤーが増えてきている。これだけいれば数人はＳＮＳに書き込みをしてくれるだろう。

「さて行くのはいいんだけど。ダンジョンの制圧って具体的にどうすればいいんだろう」

〈上から魔法で絨毯《じゅうたん》爆撃をしましょうか？〉

「いや後からここウチの管理下に置くつもりだし」

せっかくの草原が焼け野原になってしまう。

「普通に歩いて踏破してみよう」

入り口として認知されているらしい、領域の端のプレイヤーが多く集まっている場所に着地した。

『迷彩』は上空で切っておいた。

目立つためにあえて勢いよく落下したせいでかなり重い音がした。土煙も舞い上がり、鎧坂さんの姿を隠している。

そのすぐ後にスガルが鎧坂さんの前方に静かに着地した。

スガルは背中の羽を震わせ、周囲の土煙を晴らす。

視界が良くなると、驚くプレイヤーたちが見えた。

突然三メートルにもなる全身鎧と蟲《むし》の魔物が上空から落下してきたら、それは驚くだろう。スガルも二メートル近くの身長がある。かなり威圧感のある姿だ。

「……え、何これ。誰？　モンスター？」

「何かのイベント？　誰が起こしたん？　心当たりあるやついる？」

プレイヤーたちは呑気《のんき》な様子でレアたちを眺めている。

（ヒルスを滅ぼした災厄だというのに全く気づきもしないとは）

そう思ったが、このフィールドは初心者向けだった。レイドボスの外見をこの時点から気にするようなプレイヤーは少ないのかもしれない。

あるいはレアが鎧坂さんから出てやれば気づく者もいるかもしれない。

しかしそれはなんというか、少々主張しすぎな気もする。端的に言えば、さすがにちょっと恥ずかしい。

〈わずらわしいですね。片付けますか？〉

〈いや、放っておこう。こちらに攻撃するそぶりを見せたら始末していいけど。とりあえず行こう〉

このプレイヤーたちも、このフィールドに出現するであろう魔物も、今さらキルしたところで大した経験値にはならない。相手するだけ時間の無駄だ。

この領域を支配し、それについてこのプレイヤーたちがＳＮＳに書き込めば、災厄を知っている者なら勝手に察して騒いでくれるだろう。今ここでわざわざ自己紹介をするほどでもない。

スガルとレアはプレイヤーたちを無視して歩き始めた。

まだイベントか何かだと勘違いしているのか、入り口付近にいたプレイヤーのほとんどはレアたちの後を付いてきている。ダンジョン攻略のマナー的にこういうのは有りだっただろうか。たしかハイエナ行為とかそういう呼び方をされていたように思う。

しかしレアとしては、別にこのダンジョンで得られるものに興味がない。おこぼれを狙う者がいてもいなくてもどうでもよい。

少し歩くと地中から何かが飛び出してきた。

大きめのカピバラかと思ったが、よく見たらモグラだ。

スガルが無言で鎧坂さんの前に立ちはだかり、素手で叩《たた》き落とした。

モグラは身体《からだ》を深く切り裂かれ、血塗《ちまみ》れで草原に叩きつけられ絶命した。

〈地中にはこの生物が掘った穴が無数に空いているようです〉

触角のようなものを震わせながらスガルが報告してくる。あれで地中の様子がわかるということだろうか。アクティブソナーのようなものか。

〈なるほど、このモグラのせいでまともに木が育たないということなのかな？　モグラのスケールが大きすぎるせいで木は根を張れないが、逆に草ならモグラの穴の上に根を張って繁殖できるとか〉

それならモグラを駆逐すればここを草原ではなく森林に変えてやることも可能かもしれない。

あるいは地中の穴をそのまま利用し、草原全体をアリの巣にしてやってもいい。

〈意外と我々向きのフィールドかもしれないな。よし工兵アリあたりを何匹か放ってみよう〉

〈かしこまりました〉

スガルが五匹のエンジニアーアントを『召喚』する。

〈行きなさい。もし敵リーダーと思われる個体を発見した場合は手を出さず、報告しなさい〉

工兵アリたちはすぐに地中に消えていく。穴を見つけたのかどうなのか不明だが、あっという間にこの付近からいなくなった。

同様にもう五回、合計で三〇匹の工兵アリを草原に放ち、スガルはレアに一礼した。

〈ご苦労様。ところでどうして敵のリーダーは残したの？　別にやれそうならそのままアリに始末させてもいいと思ったんだけど〉

〈……私のわがままなのですが、私は実のところ、ほとんど戦闘したことがありません。ですので、格下とはいえ領域の主《あるじ》となるほどの魔物なら、腕試しにちょうど良いかと思いまして〉

忘れていた。そういえば転生だけさせて、スガルの戦闘能力を調べていなかった。

このエリアのボス程度では力不足もはなはだしいが、何もしないよりいいだろう。

〈じゃあせっかくだし、お出かけしている間の戦闘はすべてスガルに任せるとしよう。プレイヤーたちもキルしていいよ〉

ちょうどその背後のプレイヤーたちから戸惑った声が聞こえる。

「やべえ、全く理解がおいつかないんだけど、どういうイベント？」

「何、どういうこと？　アリの親玉が草原に攻めてきたってこと？」

「じゃああの鎧《よろい》はなんなんだよ。どう見てもアリじゃないぞ」

「アリを引き連れた大鎧……なんかどっかで見たフレーズなような」

背後を振り返る。するとプレイヤーたちはザッと一歩下がる。

「……こっち見てるぞ……」

「……あっマジかこれやばいやつだ」

「えっなになになになに」

「今フレンドに聞いた。これあれだ。レイドボスだ。ヒルス王国って国滅ぼした奴だ」

「ＳＮＳに書いてあったやつか！　マジかよ！　なんでこんなところにいるんだよ！」

本当なら最初に登場したときにこの反応が欲しかったところだが、仕方ない。

彼らには突然で申し訳ないが、ここでレイドボス戦だ。

人数的にはいつかの王都と同じくらいだ。問題ないだろう。

「スガル。この騒がしい者たちを始末してくれ」

わかりやすく開戦の合図をするべく、あえて声に出して命令した。

〈かしこまりました〉

「げえ！　いきなりレイドバトル⁉」

「なんだよ！　誰だよイベント起こした奴！」

「誰でもいいだろ！　そんな事言ってる場合か！　とにかくやるぞ！　タンクの人は前に来てくれ！」

初心者ばかりかと思ったが、中級者らしきプレイヤーもちらほら交じっているようだ。

知り合いの後続組のサポートか何かだろうか。

このゲームは明確にパーティやアライアンスのシステムがないため、比較的ゲーム内での指導がしやすいと言える。パーティ内での経験値の分散がないからだ。上級者が初心者について行っても、戦闘に全く手を出さなければ経験値は初心者が総取りできる。危険な時だけ助けてやればいい。

この中級者らしき者たちもそういう目的でここにいるのだろう。

タンク職のプレイヤーがドタドタと前へ並ぶのをスガルは律儀に待ってやっている。この程度の敵相手に、奇襲で勝っても仕方がないという考えだろう。

並んだタンクたちが盾を構え、攻撃に備えた。

まずはスガルの攻撃を防御して、それから攻撃の隙を探すというつもりか。

急造チームであるし、初見のボスに対して慎重になるのはわかるが、いささか消極的に過ぎる。

攻撃を防ぐのも大切だが、情報がない相手に勝つつもりなら、そもそも相手の攻撃の機会を奪うことをまず考えるべきだ。

一方のスガルは防御など大して気にした様子もなく、無造作にプレイヤーたちに近寄ると、先ほどモグラを切り裂いた時のような一閃《いっせん》を前衛に浴びせた。

「うぐ！」

「重てえ！」

吹っ飛ぶほどではないが、攻撃を受けた前衛は衝撃で後ろに倒れ込んだ。

完全に盾が切り裂かれてしまった者と、傷はついたが防ぎきった者とがいる。盾の素材の違いだろうか。それとも何らかの防御スキルでもあるのか。

攻撃直後の硬直を狙ってか、スガルに魔法が数発飛んでくる。

炎系の単体魔法だ。単体魔法は命中率が高めであり、射程内の目標を狙う限りたいてい当たる。

しかし必中というわけではない。あまり見たことはないが、魔法の速度より対象の移動速度の方が速ければ当然避《よ》けられるし、障害物に隠れられて当たらないこともある。

今回はその両方というべきか、スガルは足元で倒れ込んでいる盾を失ったタンクを引《ひ》っ掴《つか》み、そいつの体で魔法を受けた。

「ぎゃああ！」

盾にされたプレイヤーはスガルに放り捨てられると、ほどなく光になって消えていった。

茫然《ぼうぜん》とそれを見つめるタンク職の生き残りのひとりをスガルが踏《ふ》み潰《つぶ》す。

他のタンクはあわてて立ち上がり、距離を取った。

「――」

何を発動したのかは不明だが、下がったタンクたちを灼熱《しゃくねつ》の炎が襲う。スガルの範囲魔法だ。声を出さないタイプのキャラクターの魔法発動キーはどうなっているのだろう。

スガルはほとんどオープンβ開始当初から付き従ってくれているキャラクターだ。

実験的に経験値を振ってみたこともあるし、配下を強化する関係で能力値にも多めに振ってある。種族の格もレアと同格と言っていい。レアの配下でさえなければ今頃一〇体目くらいの災厄になっていたはずだ。

初心者か、よくて中級者程度のプレイヤーには、そんなスガルの放った魔法に耐えられる前衛は居なかったようだ。少し後ろで様子を見ていた近接アタッカーらしきプレイヤーたちとともに消し炭になって消えていった。

「マジでレイドボスじゃねーか！　イベントアイテム無いと勝てないやつだろこれ！」

「まてまてまて違うだろ！　レイドボスは後ろで腕組んで見てる奴だろ！　こいつ前座だぞ⁉」

「ていうか、虫なのに炎攻撃してくるの……？　じゃあ水系の魔法の方が良いのかしら……？　それとも氷の方が？」

「とりあえずSNSで拡散した！　ちょっと耐えれば暇なトップ層が来てくれるかもしれない！」

転移サービス開始からもう二日目になる。トップ層のプレイヤーは多くがどこかのダンジョンにアタックしているか、少なくとも付近のセーフティエリアに転移済みだろう。そこからの再転移が出来ない以上、すぐにここに来られるとは思えない。

しかし来てくれるというのなら当然歓迎してやる気持ちはある。トップ層ということは前回のレイド戦のメンバーも来るかもしれないし。

〈スガル。お客さんが他にも来るようだよ。ゴブリンなどがよくやる「なかまをよんだ！」とかそういうやつだ。少し待ってやろうじゃないか〉

〈はい、ボス〉

鎧坂《よろいざか》さんの中で密《ひそ》かにSNSをチェックする。

拡散した、というのは本当らしく、彼らは結構いろいろなスレッドに書き込みしていた。

（あまり芳しくはないな）

どのスレッドの反応でも、先ほどの書き込みに対してそれほど好意的なものはない。

中には複数スレッドに同時投稿している点を指摘し、荒らし認定しているプレイヤーもいる。

この分では新たなプレイヤーがここへ現れる可能性は低そうだ。

あの時、ウェインの呼びかけに対して多くのプレイヤーが、それもトップ層と言われるようなプレイヤーが集まったのは、やはりイベントだったからなのだろう。

今の状況はどうかといえば、まずイベント中と違い、死んでしまえば経験値を失うことになる。

しかもイベントアイテム――とプレイヤーたちが思っているアーティファクト――は無いため、勝率は低い。

襲われているエリアも初心者向けの低難易度ダンジョンである。傍《はた》からは魔物同士の縄張り争いにしか見えず、放っておいたとしてもプレイヤーや人類側NPCには直接被害は出ない。

強いて言うなら今戦闘しているプレイヤーは全員死に戻りすることになるだろうが、ゲームを始めてそれほど経《た》っていないなら失った経験値もすぐに稼げるだろう。合理的に考えてデスペナルティがきついベテランプレイヤーが命をかけてまで救うに見合う損害とは思えない。

最悪の場合は☆1のダンジョンがひとつ失われるか、あるいは難易度が爆上げされる可能性はあるが、☆1ダンジョンなど他にも相当の数がある。わざわざこの場所に固執する意味は薄い。

（この街とダンジョンの価値に気づいているものは状況が動くのを嫌がるかもしれないな）

しかしそのような計算ができる者なら、勝率が低いことは考えるまでもなくわかるはずだ。ここは損切りを決断するのが賢い選択といえる。

「……攻撃が止《や》んだぞ？」

「……何で？」

「何でもいい！　ＳＮＳはどうだ⁉」

「荒らし認定された！　くそ！　誰か擁護《ようご》してくれ！」

待ってやっている間に態勢を整えるなり、戦略を組むなりすればいいと思うのだが、彼らはとにかく上位プレイヤーの助けを待つのを最優先にするようだ。

明確なレベルのないこのゲームでは、どのようなビルドをしているのか、その手札を使ってどう立ち回るかがそのキャラクターの強さを決める。経験値の総消費量である程度判断できると言っても、それもあくまで目安に過ぎない。

このプレイヤーたちは果たして、いつまで自分を「助けられるべき初心者」と定義しておくつもりなのだろう。

〈待つのはよろしいのですが、今この場にいる者たちは必要なのですか？〉

〈……生きていた方が必死に呼びかけをしてくれるだろうし、その意味では効果はあるだろうけど。そもそも必死に呼びかけたところで誰も来そうにないんだよね……〉

「……文脈から察するに仲間でも呼ぶのかと思ったが、誰も来る様子がないな？　友達がいないのか？」

見かねたレアはそう話しかけてみた。

「ぼぼぼぼっちちゃうわ！」

「おい、モンスターの挑発に乗るなよ！」

しかし、特に意味のある会話にはならなかった。

「……助けが来ないなら待ってやっても時間の無駄だな」

「――」

レアの言葉を受け、スガルは先ほど氷がどうとか呟《つぶや》いていたプレイヤーの方へ氷系の範囲魔法を放った。『氷魔法』なら有効か、という独り言に対する反論のつもりなのだろう。

残っている彼らはほとんどが後衛の魔法職たちの集団だ。前衛のタンクたちでさえ耐えられなかった魔法に、彼らが耐え切れるわけがない。

次々と凍りつき、砕け散っていく。

「……くっそ、何でいきなり強制負けイベなんて」

「マジ誰がトリガー踏んだんだよ……」

もはや残っているプレイヤーは数名、一パーティ分くらいしかいない。

スガルの両手──一番上の両手から糸が放たれる。

思わず二度見してしまったが、クイーンアラクネアもこのスガルが生みだした魔物なのだし、その配下のクモたちに可能なことならスガルに出来ても不思議はない。転生時の自動取得スキルか何かだろう。

「糸⁉」

「アリじゃねーのかよ！」

「よく見たら手足合わせて八本あるじゃん！　クモじゃねーか！」

「クモは翅《はね》生えてねーよ！」

これについてはレアも共感しないでもない。スガルは脚の数にしても翅にしても既存の生物のどれとも一致しない。一体何なのか。

それはそうと、手から糸を出したということは吐糸管が手にあるということだ。編み物がはかどりそうな生態である。

〈クイーンアラクネアも、腹の先とヒト型上半身の両手から糸を出すことができますよ〉

不思議に思ったレアの思考を汲《く》み取ってか、スガルが答えてくれた。

そうであるなら、トレの森で研修中のクイーンアラクネアに『裁縫』でも取得させ、内職をさせてみるのもいいかもしれない。服を必要とするキャラクターはここ数日で何名か増えている。

次にスガルは糸で捕らえたプレイヤーたちに謎の液体を浴びせかけた。

謎の液体はプレイヤーにかかると白い煙を上げて刺激臭を発し、装備はおろか肉体までも溶解させている。

おそらく工兵アリなどの使う蟻酸《ぎさん》を強力にしたものだと思われるが、そもそも一種でここまで様々な物質を溶解させる酸など現実には存在しない。これもマジカル物質だ。

後には拘束に使っていた糸だけがくたりと地面に落ちていた。

「……全部片付いたかな。しかし、あの酸では溶かせない糸か。それだけで相当な需要が生まれそうだが」

〈クイーンアラクネアに生産させておきましょうか？　私の糸はクイーンのものと同質です。それ以下のクモたちでは、数段低ランクの糸しか生成できませんが〉

「そうだな……。でも糸だけあってもね。生産するならクイーンに『裁縫』を与えてからにしよう」

一部の生産系スキルの取得には一定以上のDEX《器用》値やINT値が必要だが、女王級なら問題ない。ついでにクイーンベスパイドに『錬金』や『鍛冶《かじ》』、クイーンビートルに『革細工』や『木工』なんかを取得させておいても面白いかもしれない。

任せてあるダンジョンにプレイヤーが遊びに来たとしても、常に女王が出張るわけではない。配下の数も増やしてある。空き時間は生まれてくるはずだ。何か趣味を持ってもいいだろう。

「工兵アリたちはまだボスを見つけてはいないようだね。草原だけあって広さはありそうだし、これは時間がかかるかも」

〈もう少し、工兵を増やしましょう〉

スガルはさらに三〇匹のエンジニアーアントを投入した。

「ハチも飛ばして、上空から分かる変化点でもあれば——っと、急ぐ必要もなくなったかな。どうやら追加のお客様だ」

セーフティエリアの方角からわらわらわらとプレイヤーが集まってくる。

かなりの人数だ。

しかし、ＳＮＳには特にそういう書き込みはなかった。

にもかかわらず、なぜこれほどの人数がこのタイミングでここに来たのだろう。

見たところ、装備もかなり上等なようだ。

レアは一見しただけで素材のランクがわかるようなスキルは持ち合わせていないし存在するのかも知らないが、彼らの装備は統一感があるというか、デザインが洗練されている。それだけの経費をかけることができたということであり、普通は低位の装備品にそんな金はかけまい。

「居たぞ！　あのデカブツが例のレイドボスだ！」

「……ルーキーたちは全滅してしまったみたいだな。誰も居ない」

聞こえてくる会話からすると、彼らの目的はやはりレアのようだ。

しかし先ほど全滅したプレイヤーたちの知り合いという雰囲気ではない。

ならば少なくともレアのことを知ったのはＳＮＳでということになるが、それならなぜ書き込んでやらなかったのか。そしてそういった書き込みもなしにどうやってこれほどの人数を集めたのか。

ざっと見たところ、王都でのレイド戦よりも人数がいる。少なくとも四〇人は超えているだろう。多すぎる。

いくらシステムとしてパーティやアライアンスが無いとは言っても、限度というものがある。戦争でもあるまいし、単体の敵に対してこれほどの人数が居てはとても連携など出来ないはずだ。

「──さっきの雑魚どものお友達かな？　どうやってこんなに集まったんだ？」

ＮＰＣなら不思議に思ってもおかしくはないだろうギリギリの聞き方で尋ねてみた。この集団のリーダーが誰なのか不明だが、どう答えるとしてもおそらく答えた奴が頭だろう。

「……見た目の割にずいぶんとなんというか、可愛《かわい》らしい声をしているのだな。なあおい、こいつが例の災厄とやらで間違いないいんだよな？　よし。

──我々プレイヤーには貴様たちモンスターでは想像もつかないような連絡手段があるのだ！　あまり調子に乗るなよ！」

集団の先頭、その中ほどにいたタンクらしき立派な鎧《よろい》の男性が声を張り上げた。鎧坂さんの『聴覚強化』があるため大声を出す前の話し声も聞こえているが、それはどうでもいい。

「なるほど？　後学のために教えてもらえないか？　それは一体どういうものなんだ？」

「言ってもどうせわかるまい！　なぜそんなことを気にする⁉」

「……先ほどの雑魚どもは、どこかに連絡をとっているようなことを言っていた。しかし助けは現れず、最期には絶望し消えていった。にもかかわらず、連絡を受けたかのような事を言うお前たちが現れた。どういうことかと思ってね」

これなら不審には思われないだろうか。

おそらく大丈夫だろう。この場で得られた情報から推測可能な事実のみしか言っていないはずだ。

「……うーん、なんて説明したら良いんだ？　ＳＮＳってなんて言えばわかるかな？　ＳＮＳというのは広場で大声で叫ぶようなもので……。それが聞こえたとしても、別に答える必要はないというか……。単にクラン専用に開設した鍵《かぎ》付きコミュで連絡とっただけなんだが、どう答えれば……」

「いや、団長、別に『答える必要はない！』とかでいいんじゃないですか？　実際答える必要ないわけですし。てかなんで律儀に会話してんですか？　声が可愛かったからですか？」

「答える必要はない‼」

「それ俺に言ったんですか？　相手に言ったんですか？」

なんだこいつらは。漫才師か何かか。

しかし概要は知れた。

ゲームシステムとしてはクランなどの機能は無いが、別にプレイヤーが集まって勝手にそう名乗るのは自由だ。外部サービスを利用してコミュニティを開設し、それを使って連絡を取り合い、クランを組織することは不可能ではない。

しかし容易にできることでもない。これほどの人数を集め、リーダーとして纏《まと》め、外部のコミュニケーションツールを駆使し、組織として機能させる。よほどのカリスマか、ノウハウを持っていなければ不可能だ。このお揃《そろ》いらしい防具も仲間意識を高めるために一役買っているのだろう。

いつかFAQでクランについて尋ねていた者がいたが、この人物がそうなのかもしれない。

システムとして存在しないということは悪いことばかりではない。

それはシステムとしてのクランに縛られないということでもある。システムに縛られていないがゆえに、口約束で気軽に参加できるし、クランの活動に積極的でなくても何となく所属し続けていられる。わざわざ脱退などしなくても別の同様の組織に所属するのも自由だ。

ログイン時の挨拶《あいさつ》だってしてもしなくても誰にもわからないし、同調圧力のようなものも薄い。

クランハウスを借りるような話になってくれば金貨も必要になるだろうが、同時に全員を収容しようなどと考えなければ、一部の幹部級たちだけで資金は賄えるだろう。

生産職プレイヤーでも仲間にいれば装備の更新もスムーズになるし、お古の装備をレストアして後続プレイヤーに下げ渡すなどすれば、所属する全員に旨味《うまみ》も出てくる。

そういうクランをこのリーダーは作り、準備を整えここに来た。そういうことだろう。

独自のコミュニティサイトを利用していたのなら、公式SNSに書き込みが無かったことも頷《うなず》ける。

「……一日目無駄にした甲斐《かい》があったな。まさかイベントのレイドボスが出てくるとは」

「……それな。二日目に集合って聞いたときは出遅れるんじゃないかって思ってたけど」

「……いや、それリーダーが『人の多いところに大人数で押しかけて力技で攻略するのは迷惑になるから』つって人の少ないところ探してたんだよ。ほらダンジョン攻略第一号狙ってただろ？　宣伝のために」

「……まじかよ。リーダーさすがだな」

「……だったらSNSに宣伝してから災厄討伐に来たらよかったんじゃ？」

「……それだと負けたとき逆効果だろ」

「……まじかよ。リーダーさすがだな……」

なんというか、このゲームのタンク職のプレイヤーは総じて人の出来た者が多い。ような気がする。

二日目ならば上位プレイヤーはほとんど出払っているだろうと考えていたが、こういう変わった思考のプレイヤーも中には居るようだ。

「答えてくれないなら仕方がないな。わたしを討伐しにきた、ということでいいのかな？」

「言うまでもない！　行くぞ！」

すでにある程度戦略は構築してあるのだろう。「災厄討伐戦」とやらはＳＮＳでも話題になっていたし、チェックしてあったということだ。

この短時間でここまで来たにもかかわらず、すでに作戦が出来ているということは、いずれレアに挑むために普段から打ち合わせをしていたのかもしれない。

レイドボス冥利《みょうり》に尽きるというものだ。

「スガル」

〈はい、ボス〉

このお出かけ中はスガルに任せると決めている。

しかし一応レイドボスの振りをしているところであるし、さきほどの会話の続きではないが多少のロールプレイはサービスしてもいいだろう。

「わたしの片腕、この【蟲《むし》の女王スガル】が相手をしよう。彼女を下すことができたらわたしへの挑戦権を与えてやってもいい。せいぜい頑張ってくれ」

「三二班総員Ｄ二ロだ！」

「『Ｄ二ロ』！」

先制攻撃は相手側からだ。

リーダーの号令一下、後衛の魔法職のうち四名ほどが水系らしき範囲魔法を放ってくる。

三二も班があるようには見えないが、数字のすべてに班が割り振られているというわけでもないのかもしれない。例えば十の位には大まかな役割を当て、一の位には班番号だとか。仮にそういう法則だとしたら、三二班は「三番目の兵種の二つ目の班」とかそんな意味になる。

魔法の発動キーも実に興味深い。リーダーの号令に従って揃って発動しているということは、クラン内で統一して決められたワードであるようだ。

これまで見てきたプレイヤーたちで言えば、ソロメインのプレイヤーは独自のワードを設定する傾向にあり、パーティメインのプレイヤーはデフォルトのワードを使う傾向が強かった。ソロなら自分が言いやすく、かつ相手にわかりづらいワードの方が有利であり、パーティ戦では味方にも何をするのか宣言する必要があるからだ。

しかし目の前の彼らは、クラン内でしかわからない暗号で統一することで、発動キーの短縮と秘匿性、意志統一と連携の全てを成立させている。

発動キーが存在しない『魔眼』の『魔法連携』と違い、発声によるスキル発動ではいちいち脳波判定は行われない。

つまり魔法を発動するプレイヤーは、今自分が言ったキーワードが実際にどの魔法のことだったのかを覚えていなくても問題ないのだ。リーダーの指示に従ってただ鸚鵡返《おうむがえ》しに言うだけでいい。どんなキーワードに変更したとしても、リーダーさえすべてを覚えておけば、魔法使い隊を手足のように動かすことができるというわけだ。

と、呑気《のんき》に感心している場合ではない。プレイヤーたちが放ったのは座標指定型の範囲魔法だ。

スガルと鎧坂《よろいざか》さんの両方を範囲に収められるよう指定して放たれている。

「……スガルを倒したら相手をしてやる、と言ったはずだが」

今さら言うことではないが、このゲームには型に嵌《は》まったルールはない。前座の敵を倒さなければ相手をされないと言ったところで、その場にいるなら攻撃するのは自由だ。それを理解しているからこそレアを巻き込んで攻撃してきたのだろう。ようは挑発だ。

だが挑発に乗ってやる必要はないし、特に対処する必要もない。

やはり彼らにとっては残念なことに、四名分の魔法でも鎧坂さんの耐性を抜くことはできなかったようだ。発動した魔法はただ鎧を濡《ぬ》らすだけで終わってしまった。

スガルの方はといえば、飛行することで被害を最小限に抑えている。しかしこちらもダメージが通っている様子はない。足が少し濡れている程度だ。

「三一班、続けてB二八！」

「『B二八』！」

すると今度はまた別の四名から雷系の範囲魔法が飛んできた。見たところ相当上位の魔法だ。その三一班の全員にこれを取得させているというのはかなり驚くべきことだ。

魔法使いプレイヤーは性質上、パーティの中で最も汎用性《はんよう》が求められるため、なるべく複数の属性の魔法を取得することを望む傾向にある。

『雷魔法』にそれだけ経験値をつぎ込んでしまっては、他の属性はそう上げられない。同レベルまで上げるとすると、取れてあと一属性といったところだろう。

これから先、別の普通のパーティに参加しようと思ったら、討伐目標によっては厳しいだろうが、このクランでやっていく限り需要が尽きる心配はない。

大人数を抱えるクランならではの、実に洗練された戦闘技術だと言えよう。

「……ああ、この為《ため》の『水魔法』だったのか。水濡れ状態なら確かに雷耐性を一時的に低下させられるからな」

そしてそんなクランを作り上げたリーダーである彼の指示もまた、実に理に適《かな》ったものだ。

加えて鎧坂さんは金属鎧がベースのため、属性耐性の中で雷耐性が最も低かった。まあ、元々は、と付くのだが。

現在は前回の王都での教訓を生かし、MNDを上げるついでにINTにも振り、さらに『地魔法』のツリーをいくつかアンロックし『雷耐性』を取得させてある。

水濡れにより多少耐性を貫通されるとしても、大したダメージにはならない。

昨日の名無しのエルフさんを見た限りでは、あの時の彼らも強くなってはいるようだが、それはこちらも同じことだ。

『雷魔法』はスガルに対してもそれほど効果はないようだった。

彼女は攻撃を無視し、相手の上空へ飛んでいった。

「っ！　三三班E二イ！」

「『E二イ』！」

プレイヤーたちは今度は風系の範囲魔法を上空へ向け放った。

あのリーダーの判断力には本当に感心する。

現在スガルは上空で飛行状態だ。

この状態で『風魔法』を受けると、与ダメージに関係なく移動阻害効果が発生する。その抵抗判定に失敗すればしばらくその場に縫い止められることになる。

「一一から一三、防御陣形だ！　三〇番台を護《まも》れ！」

さらにリーダーは『風魔法』の結果を見ることなく指示を飛ばす。

スガルは当然移動阻害の抵抗判定に成功するが、攻撃をしようという時には相手の防御がギリギリで間に合ってしまっている。

しかしそれには構わず、急降下で相手タンク集団へ迫るスガル。三対の手を構え、最前列に直接攻撃をしかけるか、というタイミングで全ての手から糸を噴射し、前衛数人を捕らえた。

相手のタンクは防御に集中していたために糸を切りはらうなどの対処ができていない。

スガルは糸に絡めとられた哀れなタンク職をそのまま引っ張り、今度は急上昇をかける。

一瞬の出来事だ。

誰も反応できていない。

誰にも見られてはいないが、レアも鎧坂さんの中で口を半開きにして見入っていた。

高速で三〇メートルほど飛び上がり、勢いはそのままに上へ放り投げた。

「……なんか似たようなの見たことがあるな。エアファーレンだったかな」

あの時の戦闘にはスガルは参加していなかったが、ハチたちはすべてスガルの眷属《けんぞく》だった。ハチを通して見ていたのだろう。

「……なんだそりゃ……。え、どう対処すればいいんだこれ。落下ダメージなんて食らったこと無いぞ……？　なに耐性で軽減できるんだ落下ダメージって……」

相手のリーダーも混乱している。

彼は運良く捕まらなかったようだが、呆《ほう》けたような声を出し上を見上げている。

しかしスガルは待ってはくれない。

上空から再び急降下し、射程ギリギリから範囲魔法だ。

さらに上へと移動できるスガルと違い、地上のプレイヤーはそれより下に逃げることはできない。

彼我の戦闘距離のコントロール権はスガルだけが握っているということだ。

「……なんか一方的に殴る戦法が好きなように見えるけど、これは誰の影響なのだろうね」

もうレアに意識を向けているプレイヤーは一人もいない。巻き込み攻撃や挑発を狙う余裕もないのだろう。

ＬＰが低めな魔法職は次々と数を減らしている。

タンクはそれを守らんと盾を掲げて耐えているようだが、すべてを盾で防げるというものでもない。焼け石に水だ。

近接物理アタッカーらしきプレイヤーたちは為《な》すすべもなく光になって消えていく。これには少し同情する。

現在のスガルの魔法の威力はかつての王都戦のレアと同程度には高い。一撃で消し飛ばないタンクたちは大した耐久力と言える。装備のおかげだろうか。

スガルは範囲魔法でプレイヤーのタンク以外をあらかた片付けると、今度は高度を落としてふたたび糸を噴射した。

「盾で防ぐな！　剣で切りはらえ！　捕まると持っていかれるぞ！」

さきほど放り投げたプレイヤーはどこか遠くへ落ちたようだ。復帰してこないところを見ると再起不能なのだろう。

相手のタンクたちは吹きかけられる糸を剣で切りはらい、なんとか捕まらないよう立ち回っている。プレイヤーは密集した中でそれを行っているため、非常にやりづらそうだ。

しかしわずかに生き残っていたらしいアタッカーや魔法使いを護るためには下手に散開するわけにもいかない。

その魔法使いも、せっかくスガルが射程内に降りてきているのに攻撃に集中できず、ひたすら糸から身を守っている。

「ぐあ！　なんだ⁉」

「液体⁉　酸か！」

そんな声が不意にプレイヤー集団の中から上がった。

スガルの狙いはこれだろう。

糸に混じって時折酸を噴射している。てっきり口から出しているものだと思っていたが、糸と同じようなところから出していた。

糸だと思って剣で切りつけたプレイヤーがいたが、糸と違い、酸を切っても飛び散るだけだ。

中には運悪く飛沫《ひまつ》が目に入り、目が部位破壊判定になって暗闇状態に陥っているらしきプレイヤーもいる。

タンクの装備している金属鎧《よろい》や盾を溶かすほどの効果はないようだが、近接アタッカーの装備の革部分は被害を受けている。金属板と組み合わせた複合鎧を着ているようだが、革の部分がボロボロになってしまえば鎧としての用は成さない。ぼとりと金属板だけが地面に落下している。

かといって酸を警戒して盾をかざせば、吹きつけられるのは糸だ。今度はすぐに持ち上げるというようなことはせず、周囲のプレイヤーと一緒くたに糸まみれにし、数珠つなぎのようにして全体の行動を阻害している。

もはやスガルに攻撃をしようというプレイヤーはいない。

ただ糸や酸から逃れようともがくだけで、まともな戦術行動をとれるものは皆無だ。

「勝負あったかな……」

もしも本当にスガルを倒せるようならば相手をしてやるつもりだったが、どうやら無理なようだ。

身動きのほとんど取れなくなった集団に範囲魔法を数発叩《たた》き込《こ》むと、プレイヤーたちは光になって消えていく。

リーダーのみが最後まで残っていたが、スガルが放った単体の『雷魔法』に貫かれて死に戻っていった。

◆◆◆

「……さて。もう来ないようだね」

クラン戦を終えた後もしばらくその場で佇《たたず》んでいたが、レア目当てらしきプレイヤーは現れない。

たまにSNSに目を通していないらしい初心者プレイヤーが草原に来たりもしたが、鎧坂さんの姿を見ると一目散に逃げていく。

〈先ほどの戦闘では、ボスにまで被害が及んでしまい申し訳ありませんでした……〉

「いや、被害というほどのものはなかったし、あれは彼らが話を聞いてなかったせいというか、せっかちなだけだ。気にしなくてもいいよ」

ボス戦の取り巻きといえば、考えようによってはそれ自体がギミックの一つと言える。ボス攻略戦においては、確実にギミックを処理してからでなければ勝てるものも勝てない。

もっとも今回は勝てる戦闘でもなかったし、処理できるギミックでもなかったようだが。

「ちょっと条件が足りなかったんじゃないかな。お抱えの生産職プレイヤーが自前でアーティファクト級のアイテムを生産できるようになったら是非また挑戦してほしいものだけど」

アーティファクトなら何でも良いのなら、レアやレミーでさえ作ることが出来る。

ならば他のプレイヤーでも不可能ではないだろう。

別に弱体アイテムでなくとも、例えばアーティファクト級の剣などでもいい。

そんなもので斬りつけられれば鎧坂さんだって耐えられまい。

レアにもダメージが通るだろうし、ダメージが通るということは死ぬ可能性があるということだ。

もちろん食らってやるつもりはないが、そうでもなければ最低限の戦闘の形にさえならない。

「しかしクランか……」

SNSで追えないところで連携されるとこちらには全く情報が流れないため困ったことになる。

プレイヤーたちの動向さえチェックしておけば、あのときのように罠《わな》にかかって無様に負けるようなことはないだろうと考えていたが、チェック出来ない場所で連携されるというのは盲点だった。

より自陣営の強化に努めるべきだろう。

「そのためにも、旧ヒルス王都にお客は来るかな?」

すでに難易度は☆4にまで落としてある。

ジークが居るという時点で☆5から下がらないかとも考えていたのだが、そうでもないらしい。検証した結果、どうやら王都と王城では判定が異なるようだった。ジークが一歩でも王都に出ると一気に☆5に跳ね上がっていた。

システム的に王城が別フィールドと認識されているのなら、王城に直接飛ぶ転移サービスがあってもおかしくないはずだが、そのようなものはない。領域内にある別の領域は転移先には選ばれない、というルールもあるようだ。ボスエリアにはちゃんと手順を踏んでから行けということなのかもしれない。

これはおそらくブランのエルンタールの領主館も同じだろう。あそこもディアスが居るが街は☆3だ。

レアが、災厄がお出かけ中であることはもう十分以上に宣伝してもらっているため、正直これ以上この草原に用はない。

しかしアリたちも頑張っていることだし、この草原はせっかくなのでアリの楽園にしてやろうと思っている。

すぐ側《そば》にポータルとなる街が存在するため、来客には困らないだろう。

☆1から☆2程度に抑えてやれば継続して初心者が来るはずだ。むしろ上げすぎると他の街のポータルとの違いによっていらぬ詮索《せんさく》をされる可能性がある。難易度は☆1固定にせざるを得ない。

〈ボス、工兵が地下で巨大な獣を──。申し訳ありません、報告してきた工兵が死亡しました〉

「おっと見つけたか。では気をつけていこう」

〈はい、ボス〉

工兵アリが倒された場所まで飛行して向かい、そのすぐ側にあった盛り土のようになっている洞《どう》窟《くつ》入り口から地下へ降りた。まるで古いゲームの、地図上の洞窟アイコンのような形状の入り口だ。

入り口も大きかったが地下道も三メートルの鎧坂《よろいざか》さんが立って歩けるほど広い。

先ほど倒したモグラには必要なさそうな大きさだが、エリアボスもここを通ることがあるのだろうか。

全く明かりのない地下の洞窟を歩くとリーベ大森林を思い出す。

大森林の地下大洞窟は工兵アリが建造したため、酸の効果によって壁面はなめらかになっている。対してこの洞窟は土がむき出しであり、今にも崩れそうだ。

この洞窟を掘ったのがモグラたちならそれも頷《うなず》ける。

明かりが全く無くとも『魔眼』によって見えているレアは難なく行動できる。鎧坂さんにはその視界を貸すことが出来ないため、今はレアが鎧坂さんを制御している。

スガルも行動に支障は無いようだ。もともと大森林の洞窟内で行動していたのだし当たり前の話だ。あの頃は触角で壁などを触るようにして移動していたように思うが、今はそんな素振りも見せない。

この触角にソナーのような能力が追加されているためだろう。

〈もうそろそろです、ボス〉

「ああ。見えている。あそこの広間だな？　視認できるＭＰからすると、生まれたての女王アリくらいの強さの、大したことのない魔獣のようだけど」

広間のような場所に出ると、大きなモグラが鎮座していた。

報告と同時にアリが倒されたわけであるし、広間に入ると同時に攻撃されるかと思ったがそんなことはなかった。

「さて。相手はまだこちらに気がついていないようだけど、やってみるかい？」

〈『使役』せずともよろしいのですか？〉

「森系のフィールドと相性が悪そうだしね。虫やトレントたちみたいに簡単に増えないだろうし、似たようなことがアリに出来るなら別にアリでいいかなって」

昆虫は最も種類の多い生物だ。さすがに現実のように一〇〇万種も設定されてはいないだろうが、現時点でさえ相当な種類の眷属を生み出すことが出来る。

全体の多様性で考えても個々の専門性で考えても、蟲《むし》の女王さえいれば基本的に新しい種類の配下は必要ないと言える。

現在は有用なフィールドが支配下に無いため生み出していないが、水棲《すいせい》の昆虫や節足動物をモチーフにした魔物もスガルの『産み分け』リストには増えている。

〈でしたら私にお任せください。先ほどの戦闘で空対地ではそれなりの戦闘力を確認できましたが、地対地戦闘はまだ十分ではありません〉

「まかせるよ」

スガルが歩いて近づいてゆくと巨大モグラもそれに気がついたようだ。

また煩わしい虫が現れた、とでも考えているのか。

しかし触れられるほどに近づいても動こうとしない。確かにそうでなければ工兵アリは巨大モグラを認識する前に殺されていただろうが、こちらの戦力が不明であるにもかかわらずこの態度は、ちょっと大物すぎではないだろうか。

「……必ずプレイヤーが先制攻撃できるようにという配慮なのかな？　いや、いちいちそんな優しい設定をするような運営ではないな。たぶんこのモグラの性格だろう」

他のモグラたちに比べ強大になってしまったために危険に対する感知能力というか、対応能力が鈍化してしまったのだろう。

個別に送られたシステムメッセージでは、確か転移先として「単一勢力による支配地域」を対象にするというようなことを言っていた。

パーティやクランのような、明確な仲間がシステム的に存在しない以上、単一の勢力といえば単一のキャラクターしか有り得ない。領域に多くのモンスターが存在しているにもかかわらず転移先に設定されたということは、そのほとんどを一体のキャラクターが支配しているということに他ならない。つまりＰＣ・ＮＰＣを問わず、ダンジョンのボスは例外なく『使役』を持っている、大勢力の元締めだということだ。

これは仮説に過ぎないが、状況から考えて間違いないだろう。この巨大モグラを倒した後、帰り際にでも他のモグラがまだ生きているのかどうかを確認すればはっきりする。

スガルは先制は相手に譲るつもりだったようだが、一向に攻撃してこないモグラに業を煮やしたのか、両手を鎌状に変化させ斬りつけた。

一瞬何が起こったのかと思ってよく確認してみたが、確かに一番上の腕が鎌状に変化している。

慌ててスガルのスキル欄を確認してみれば、『変態』という項目くらいしか怪しいものはない。

字面が怪しいという意味ではなく、原因かもしれないという意味でだ。

このスキル自体はスガルの転生の際に気づいてはいた。

昆虫で変態といえば、心当たりはある。しかしこのゲームのアリ系モンスターは変態しない。卵から孵《かえ》るといきなり成虫なのだ。だからシステム的に変態という過程は存在しないのだろうと考えており、そのために、もし違う意味だったらちょっと困ると考えて見ない振りをしていた。

しかしどうやら変態自体は存在しているらしい。しかも生態として必要な過程ではなく、戦闘や生産で利用可能な実用的なスキルとしてだ。

その効果は「自身の身体《からだ》の一部、または全部を特定の形状へ変化させる。変化に要する時間は追加でMPを消費することで短縮できる。変化した部位は変化後の形状により一時的にスキルを獲得することがある。効果時間は消費コストによる」というものだった。

そして特定の形状というのはあらかじめ決められているようで、スガルの変態リストには配下として生み出せるだろう眷属《けんぞく》の形質が列挙されていた。

その中には今使っているらしい「鎌」の他に「糸」や「酸」もある。

先ほどのクモの糸やアリの酸も一時的に『変態』で腕の先に生み出したのだろう。

スガルの言った「私の糸はクイーンのものと同質」とはこれのことだろう。スガルはクイーンの吐糸管を『変態』によって再現しているだけだ。

「配下の種類が多いほど本体も強くなる、ということでいいのかなこれは」

配下の種類が増えていけば、こうして本体の戦闘時の引き出しも増えていくことになる。

実力的に格上の存在相手にどこまで有効かはわからないが、実力が拮抗《きっこう》している場合、手札が増えれば勝率は上がるだろう。

「かなり強力な種族だな、クイーンアスラパーダ。節足動物の頂点と考えれば当然といえば当然か。わたしも頑張らなければ」

眼前では突然斬りつけられた巨大モグラが慌ててスガルを潰《つぶ》そうとしていた。

しかしその腕ごとスガルは斬り裂いた。明らかに鎌のサイズを超える斬撃範囲だ。一瞬桃色の光も見えたため、何らかのスキルが発動したのだろう。鎌の形状に付随してきた一時的なスキルという奴か。

腕を斬り落とされた巨大モグラはそこでようやく目の前の虫の恐ろしさを認めたらしい。

ふんぞり返った体勢を改め、後ろ脚で身体を支えながら、残った腕の爪で顔を庇《かば》うように構えてスガルを睨《にら》みつけている。

「おお？　なるほど、ただのでくのぼうというわけでもないのか」

スガルの背後から突然土が盛り上がり、爆発した。

土系の範囲魔法だ。その中でも珍しく座標指定のものだ。

スガルの死角を突き奇襲を食らわせるためにそれを選んだのだろう。

「かつてのスガルは魔法など全く使えそうになかったんだが。このモグラをあの頃のスガルと同格と仮定すると、こちらはクイーンベスパイドに比べ防御力が低い代わりに一部の魔法を覚えているという感じかな。それに加えて、生まれてから時間も経《た》っている分それなりに強くなっていると」

しかしスガルはもうクイーンベスパイドではない。ボスとは言え魔法特化というわけでもない格下の範囲魔法など、スガルは意にも介さない。先ほどのプレイヤーたちと比べても今の魔法は大したことのない威力だ。

魔法は無視してガードするモグラの腕を鎌で斬り刻む。

両腕を失ったモグラはなおも魔法を放とうとしたが、その前にスガルの鎌が僅《わず》かに輝き、一閃《いっせん》のもとに首を落とされた。

「しかし、シキヨクの魔王にヘンタイの女王か……。まあ、スキルなんて基本的に自分にしか見られないし、黙っていればわからないかな」

《ネームドエネミー【楽園のモグラたち】の討伐に成功しました》
《フィールド【楽園跡地】がアンロックされます》

以前に聞いた同様のアナウンスとは若干内容が異なっている。

セーフティエリアが存在せず、ホームに設定することが不可能になったためだろう。

しかしこの手のアナウンスがあったということは、ここを支配していた単一の勢力とやらは今ので討伐できたということだ。

晴れてこの地をレアの管轄として支配することが出来る。

「……いや、待てよ。今わたしたちがこのエリアを攻撃していた時、この地の難易度は☆1のままだったはずだ」

例の初心者たちが助けを求めている時に確認した限りでは、特に難易度が上がったというような報告はなかった。

「考えてみれば当たり前の話かもしれないが、☆1のフィールドに☆5クラスの実力のプレイヤーがアタックをかけていても、その☆1フィールドの難易度が上がるわけではない」

そのダンジョンのボスと攻撃側のプレイヤーは単一の勢力ではないため当然と言える。

「ということは、だ。わたしの配下をどこかのダンジョンに向かわせ、そこのボスをあえて倒さずにおいて、配下にはそのダンジョンのモンスターのフリをしてプレイヤーを攻撃させる。そうすればダンジョンの難易度を上げることなく客だけ横取りすることができる……のか？」

構図としては先ほどのスガルとプレイヤーとの戦闘と同じである。問題ないはずだ。

「形としては一応三つ巴《みどもえ》ということになるのだろうけど……。それも送り込む配下の戦力を調整すれば全ての敵対勢力を我々が相手することも可能だな。

他人のダンジョンの難易度が変化するのかについては早急に検証する必要があるけれど」

検証するだけならば今すぐ可能な方法がある。

ブランに許可をとり、ＳＮＳをチェックしながらエルンタールの領主館からディアスを外出させることだ。

旧ヒルス王都の難易度を調整した経験から考えれば、ディアスが外に出れば一発で☆5に跳ね上がるはずだ。

しかしレアの考えが正しければ、レアの支配地ではないエルンタールではディアスが外出したところで難易度に変化はない。

この悪巧みがうまくゆけば、難易度調整という面倒な作業はもうしなくてもよくなる。

立地のよさそうなダンジョンを見つくろい、そこを実効支配するだけだ。

「これがうまくいけば継続的に経験値を……。

ああ、なんか既視感があると思ったら、これあれだ。規模こそ大きいけど、リーベ大森林のゴブリン牧場と仕組みとしては同じだな」

戦う雑魚が虫やアンデッドばかりではプレイヤーも飽きてしまうだろうし、どこかのダンジョンを潰して適当なエリアボスを配下にし、魔物のバリエーションを増やしたほうが良いかもしれない。

その場合潰したそのダンジョンからはボスや雑魚が居なくなるため、できれば現在転移先リストに載っていない、プレイヤーに認知されていない領域が望ましい。

しかし、転移先リストに載っていない領域を制圧する、とは。どこかで聞いたフレーズだ。

「……もしかしてライラの奴……。いやまさかな」

第五章　報連相、ヨシ

転移サービス実装初日。

ブランは領主館のバルコニーから街を見下ろしていた。

「なんかすでにちらほら人いない？　入っては来てないみたいだけど。待ち合わせとか？」

「この街には外壁がございませんので、明確に街の外との境界線はありません。入っていないとは言いましても、ブラン様の視界に入っておられるなら、それはもうブラン様の領域に侵入しているという判断でよろしいのでは？」

ヴァイスが涼しい顔でアドバイスをくれる。

すがすがしい朝だが、ブランもヴァイスも、そしてアザレアたちもすでに全員陽《ひ》の光の下でも問題なく行動できるまでに至っている。

ヴァイスがもしデイウォーカーでない場合、いったん伯爵の元に送りつけて改造強化してもらう必要があったが、その心配は杞憂《きゆう》に終わった。

「……ヴァイスさんがそう言うならそうなんすかね、へへへ」

「……何をお考えになられたのかはわかりかねますが、わたくしめにそのような言葉遣いは不要です、ブラン様」

アザレアたちは屋敷の中でお茶の準備をしている。

茶葉はレアからもらったものだ。お茶受けはライラからもらってきた。

吸血鬼である以上は血を摂取する必要がある、と考えていたが、システム的には単に空腹度が減るだけだ。動物の血液が一番空腹度の回復効率がいいというだけで、他の種族の数倍は摂取する必要があるようだが通常の食べ物でも問題ない。

食べ物も血液もない場合は樹液や植物の汁でも構わない。こちらは血液ほどではないが通常の食べ物よりは効率がいい。蚊か何かかな。

創作物の吸血鬼などはまれにトマトジュースで代用しているようだし、あれはそういう理由なのだろう。必要なのは体液であり、動物のものが好ましいが、なければ植物のものでも構わない、という。

検証の結果、空腹度は紅茶をロイヤルミルクティーにし、お茶受けにフルーツタルトを食べるだけで一食分程度は回復することがわかった。

火を通すなどの加工をしてしまうと体液として認識されないらしく、ブルートヴルストなどでは通常の食品と変わらない程度にしか回復しなかった。

そのためロイヤルミルクティーのミルクを火にかける際も沸騰する前に火を止めている。茶葉はあらかじめ沸騰した湯で開かせておき、温めたミルクに入れて蒸らすのだ。

「冷静に考えたら生き血をすすれとかプレイヤーにはハードル高すぎるし、そのへんの緩和は当然っちゃ当然かなあ」

ただ何もないなら吸血鬼になった意味が薄れるため、空腹度と体液以外の食品とのバランスで雰囲気を出しているのだろう。

「ブラン様、アザレアたちがお茶の準備を完了させたようです。外の監視はわたくしにお任せいただき、どうぞ中へ」

「そう？　じゃあよろしく」

室内ではすでにディアスがテーブルについており、ちょうどアザレアがブランの分の紅茶を注《つ》いでいるところだった。

「ぷれいやーたちはもう集まってきているようですな」

「そうですね。ちらほらいましたよ。まだ敷地内に侵入するってほどでもないけど」

いや、ヴァイスの理論で言えばすでに侵入されているとみなしていいのだったか。

椅子に座り、ロイヤルミルクティーを含む。

今日のお茶受けはイチゴのタルトだ。

「クイーンビートルさんは？」

「あやつなら屋根の上から街を監視しております。我らが陛下にブラン様を頼むと命令されておりますから、張り切っておるのでしょう」

監視してくれるというなら助かる話だ。

結局、都合の良い飛行系の魔物を使役することは出来ていない。どこに行けばそうした魔物がいるのかもわからないし、そもそも出かける時間がなかったこともある。

イベントで得た経験値の配分に忙しかったためだ。

◆◆◆

イベント報酬獲得後、最初にやったのはブラン自身の強化だった。

ヴァイスやディアスたちはしきりにブランに直接戦闘しないように言ってくる。ブラン自身も死にたくはないためそうそう前線に立つつもりもないのだが、以前伯爵との会話にあった吸血鬼の血についての事が気になっていた。

いわく、配下に血を与えて強化することができるが、強大な吸血鬼なら配下をより上位の存在へ至らしめることができる。

文脈から判断するに、そのようなことを言っていたはずだ。

であればブランが自分自身を強化し、ブランの種族が「上級吸血鬼《グレーターヴァンパイア》」からさらに上位のものに変化すれば、もう一度配下へ血を与え強化してやることができるかもしれない。

かつて血を与えた際には、おそらくブランは「下級吸血鬼《レッサーヴァンパイア》」ではなく「吸血鬼」になっていたと思われる。

ブランはすでに上級になっているため、今与えても何らかの変化は見られるかもしれないが、せっかくだしやるだけやってからにしたい。

レアの話では配下が転生する際、まれに追加で経験値を要求される場合があるそうなので、自身のステータスを確認しながらギリギリ種族名が変わったところでやめるつもりだった。

スキルは以前にレアに言われた配下を強化する系統のものを全て取得し、それでも変化がなかったために能力値へ振っていった。

少し振ったところで種族の表記が「吸血鬼《ヴァンパイア》：男爵《バロネス》」に変わった。

これはブランが爵位を賜ったということなのだろうか。一体何者から賜ったのかは不明だが。

後の事を考えればここでいったん止《や》めておいた方がいいだろうと判断し、次に最初に生みだした三体のスパルトイのスカーレット、クリムゾン、ヴァーミリオンを呼んだ。

以前と同じように三体に血を与えると、以前と同じように、いやそれ以上の強烈な脱力感に襲われた。

LPを確認するとわずかしか残っていなかった。

これを黙って行った件については後でたいそう叱られた。ブランも一体ずつやるべきだったと反省した。

おなじみのシステムメッセージに許可を出すと変化はすぐに起き、スパルトイたちは一回り体格が大きくなった。より攻撃的なシルエットになり、頭部からは立派な角が後ろへと伸びている。

リザードマンというよりは人型ドラゴンのスケルトンといった感じだ。かなり強そうになったが、経験値を要求されなかったのは幸いだった。

彼らの新たな種族名は「竜の牙《ドラゴントゥース》」。

新たにアンロックされたスキルに『天駆』というものがあった。空を歩けるというような説明があったため取得させておいた。

次に行《おこな》ったのはアザレアたちへの血の供与だ。

当然日を改めたし、一人ずつ行うことを強要された。またディアスがレアからポーションを預かってきてくれた。いくらでも飲んでいいということだったのでありがたく使わせてもらうことにした。

アザレアたちの転生には経験値を要求された。ひとりあたり二〇〇だ。レアが魔王になるときは四桁《けた》要求されたと言っていたのでビクビクしていたが、意外と常識的な数値で助かった。

アザレアたちはモルモンからライストリュゴネスへと転生した。

見た目それほど変わったようには見えないが、どうやら変身リストに巨人なるものが増えたらしい。巨人状態では一切の魔法スキルは使用できないが、その代わりＳＴＲとＶＩＴが跳ね上がり、空腹になるスピードが倍加する。それ以外は人型状態と変わらないが、三人は魔法主体で成長させていたためあまり有益な形態ではないと言える。

残った経験値はアザレアたちのスキルを取得するのに使用した。

まず『素手』だ。これは武器を持たない状態での近接戦闘にかかわるスキルで、巨人へ変身した後のことを考えてだ。

ついでに『解体』も取得させておいた。古いコミックの「素手で解体してやる」とか何とか、そんなセリフを思い出したためだ。

しかし『解体』には小型の刃物が必要だった。『素手』があっても駄目だった。

そのことをレアに愚痴ったところ「それなら『調薬』も取れば『治療』がアンロックされるよ」とアドバイスをされたため、『調薬』から『治療』、『回復魔法』とすべて取った。

そこで経験値が尽きたため、強化は打ち止めとなった。

なお、アザレアたちにかねてより要求されていた『闇魔法』の『闇の帳《とばり》』は忘れていたので取らせていない。

さらに翌日、街じゅうのゾンビたちに一滴ずつ血を与えて回った。

血を与えたスクワイア・ゾンビは下級吸血鬼となった。

しかし元住民たちは思いのほか多く、最初の数十軒の家を回ったところで夜が明けそうになってしまった。

そこで翌日の夜、街じゅうのすべてのゾンビたちに領主館へ来るように命じた。

アザレア、マゼンタ、カーマインからの『治療』を交互に受けつつ、列をなしてやってくるゾンビたちに延々と血を与え続けるデスマーチだ。それでも足りなければレアに追加でもらったポーションを呷《あお》る。

このポーションをもらう際にレアには「大変だと思うが頑張ってくれ」との励ましをもらった。実に実感のこもった言い方だった。彼女にも同様な経験があるのだろうか。

日が昇ってしまえば外に並んだゾンビが死亡してしまうため、夜の間だけだが、三日を費やし作業は完了した。

苦労した甲斐《かい》もあり、総勢二〇〇〇名を超える吸血鬼の大集団がエルンタールの街に生まれた。

◆◆◆

「ブラン様、街なかに侵入するプレイヤーが現れましたよ」

バルコニーで監視していたヴァイスが報告に来た。

いよいよ、ダンジョン防衛戦が始まる。

このダンジョンはどうやら☆3という難易度らしい。それがどの程度なのかわからないが、ああしてそれなりの数のプレイヤーが押し寄せていることを考えると、大したものでもないのだろう。

「よーし、じゃあみんなで頑張ってプレイヤーを撃退しよう！　全部殺しちゃうと誰も来なくなっちゃうかもしれないから、逃げる人はそのまま逃がしてあげよう。だけど奥へ向かってくる奴は八つ裂きだー！」

◆◆◆

「ここがエルンタールか。けっこう人いるな」

「ま、☆3だからな。最高が☆5ってのを考えりゃ、ちょうど真ん中でダンジョンの難易度を調べるにゃもってこいだからな」

「……表記上☆5が最大値だからって実際の難易度の最大値が☆5相当なのかどうかはわからないけどね」

ウェイン、ギノレガメッシュ、明太リストの三人は予定通りエルンタールの前にいた。

カーネモンテの街を出た後、装備の性能を確かめがてら経験値稼ぎをしながらのんびり移動を続けていたが、その途中のタイミングでダンジョンが正式に実装されたため、一気に転移で飛んできたのだ。

「災厄がいる旧ヒルス王都が☆5だから……。暫定的に災厄を☆5と仮定すると、僕らのパーティは☆3だとちょっときついかな、ってくらいだと思うんだよね」

「ちょっときついくらいの方が経験値的にはおいしいんじゃねえか？」

「そうかもしれないね。でもそれ以前にまず、本当に難易度最大値が☆5なのかどうかはわからない。仮に設定上はそれ以上の難易度もあるけど、表記上☆5までしか表示できないってことなら、災厄は☆5以上であるって可能性もあるし、☆3はもう少しやりやすいかもしれない」

SNSで丈夫ではがれにくいが言っていたことだ。その可能性も確かにある。

いずれにしてもまずはこのエルンタールだ。いきなり攻略する気はないが、ギルの言う通り腕試しにはちょうどいいだろう。ここで通用しないようなら旧ヒルス王都など夢のまた夢だ。

「……あれ。ラコリーヌの森の難易度が下がったみたいだ。ここと同じ☆3だってさ。しまったな、それならそっちに行くべきだったか。そっちのほうがヒルス王都に近い」

「ここが終わってから行けばいいだろ。てか、まだSNS見てんのかよ。ほらそろそろ行くぜ」

ギルが明太リストを急かし、エルンタールの街へ入っていった。ウェインもそれを追いかけた。

街の中はひっそりと静まり返っており、特におかしなところはない。住民が全くいないということを除けば。

家の扉や窓などはこじ開けられたような跡もあるが、すべて修復されている。魔物がここを襲撃した後、わざわざ直したというのだろうか。

「一応、他のプレイヤーたちと鉢合わせしないように気を付けて進もう。協力できる相手ならいいけど、そうでない相手なら面倒になる」

以前ほどプレイヤーを信用していないわけではないが、ウェインがプレイヤーを信用したところでＰＫが減るわけではない。信用するということと警戒しないということは全く別の問題だ。

他のパーティとかち合わない、他のパーティの邪魔をしないというのは周辺のプレイヤーたちの共通認識らしく、幸いプレイヤーたちと出会うことはなかった。

しかしモンスターと出会うこともない。

「ただの街の散歩になってんだが……」

「うーん。向こうに見える大きな建物はたぶん元々領主が住んでいた館とかだよね。あそこをボスエリアだとすると、あそこに近づけないように魔物を配置するのが普通だと思うんだけど」

「民家しかないね。それに通りにも誰もいない」

他のパーティはどうしているのだろう。

もう領主館へ向かったのか。それとも家の中を探索でもしているのか。

「……誰もいない、とは限らねえな。そういえば家の中を確認してないぜ」

ギルも同じことを思ったのか、近場の家のドアを開け、中に入っていった。

「……うお⁉　ゾンビだ！　家の中にゾンビがいやがるぜ！」

ギルの声にあわててウェインと明太リストも家の中へ入る。

家の中には数体のゾンビがおり、床にはすでにギルに切り伏せられたらしい一体が倒れていた。

ウェインもまだ立っているうちの一体に駆け寄り、その剣で真っ二つにした。

普通なら背骨などに当たって止まってしまうところだが、このアダマスの剣ならそのようなことはない。これまでの旅でも、このくらいの敵なら一刀両断にできることは証明されている。

ゾンビを袈裟《けさ》がけに真っ二つにした後、さらにもう一体を腰のあたりで真横に一閃《いっせん》し、上下に分断してやる。そうしているうちにギルも剣でもう一体の心臓を突き、戦闘は終了した。

「……ふうん？　普通のゾンビよりは確かに強いが……。それだけだな」

「見た目も普通のゾンビじゃないね。小綺麗《こぎれい》というか……腐敗していない？　ダンジョンの中じゃ腐敗は起こらないのかな？

　多少強くてもゾンビはゾンビだし、どうせ大したアイテムも手に入らないだろうし、人間の死体を解体するっていうのもちょっとあれだよね。どうする？」

「まあ、放っておこうぜ。家の中にたいしたもんがないとなりゃ、探索するだけ時間の無駄か？」

「……☆3のダンジョンの雑魚がただのゾンビというのも気になるけど」

　明太リストはそう言うが、事実そうなのだから仕方がない。

「すげえー強いゾンビだった、って可能性もあるけどな。

　ほとんど一撃だったけど、こっちの武器は国宝級……とはさすがに言わねえが、ちょっとした貴族家の家宝になっててもおかしくないくらいの業物だし」

　ギルの言う通りだ。

　未《ま》だ装備に振り回されているという感覚は消えない。鍛冶屋《かじや》の親方からはきちんと手入れをするようにとサービスで特殊な砥石《といし》を受け取ったが、これまで全く切れ味は落ちていないし刃こぼれもしていない。手入れと言えば血脂などを拭《ふ》き取ったくらいだ。そう思いながら剣を見た。

「……ギル、やっぱ今のゾンビ、ただのゾンビじゃないみたいだ」

「おお？」

「みてよこれ。刃こぼれまではいってないけど、刃先がほんのわずかに曇ってる。たぶん、骨を断った時に少しだけ摩耗したんじゃないかな」

「まじかよ……。おお、よく見たら俺の剣もだ。盾は……そこまで変化はないみたいだな。相手も素手だったからか」

ギルは盾で攻撃をいなしていたようだ。

「☆3か。マップ自体はただの街みたいだけど、モンスターはかなりヤバいね。僕たちも装備を更新してなかったらもっと苦戦していたと思う。他のパーティが中堅クラスばかりだったら……誰も生きて帰れないかも」

確認してみると経験値もかなり入っていた。ウェインたちを上位層のプレイヤーとするなら、中堅程度か、ややその下くらいの実力の魔物と戦った時と同じ取得量だ。

これまで敵が出てこなかったため、街のかなり深いところまで入り込んでしまったが、この先さらに強大な敵がいないとも限らない。

SNSでは☆3は中堅くらいかと予想されていたが、本当にそうなのかはわからない。対策をしていない中堅パーティではこのゾンビたちを倒せるかは微妙なところだ。☆3のフィールドが現時点でのプレイヤー上位層クラスだという可能性もある。

これ以上進むのなら退路を確保してからの方がいいかもしれない。

「……とりあえず、外に出よう。相手がゾンビなら、明るいうちは往来を出歩くようなことはしないはずだ。進むにしても逃げるにしても、陽の当たる場所を行った方がいい」

ウェインの言葉に一行は急いで通りへと出た。

街なかは相変わらずしんとしており、生きる者の気配は感じられない。

「――ん？」

「どうしたんだ？　ギル」

「いや、今向こうに何かが見えたような気がしたんだが……。何もいねえな。気のせいか？」

ただのゾンビだと思われた雑魚が思いのほか強かったことが判明したばかりだ。

わずかな不審点でも解決しておきたい。

しかしギルが何かを見かけたのは街のさらに奥の方向であり、無策で向かうのはためらわれる。

「いや、見間違いかもしれね。一瞬のことだったし。遠目だったし。向こうの家の石垣が一瞬光ったかな、ってくらいだ」

「どうする？　明太。十分以上に怪しいけど……」

「……ここは確認しておいた方がいいと思う。ここで撤退したとしても、結局得るものは何もなかったで終わってしまう。いつかは調べる必要があるし、それに僕らは自分で言うのもなんだけどプレイヤーの中じゃ上位層だ。多少の危険なら撥《は》ね退《の》けられるはずだ」

「……よし、じゃあ進もう。ギルを先頭、明太を間にして、俺がしんがりだ」

慎重に進むが、やはり何も出てこない。

ゆっくりと時間をかけ、ギルが光ったという石垣の前まで来たが、特に不審な点はない。

「やっぱり何もいな――」

突然、轟音《ごうおん》と共にあたりが激しい光に包まれた。

これはおそらく魔法だ。それも『雷魔法』の範囲魔法だ。

王都の決戦からかなり経験値を稼ぎ、新調した鎧《よろい》もあり防御もＬＰも相当増やしてきたはずだが、今の一撃でかなり持っていかれてしまっている。もう一撃受ければ耐えられない。

ギルはタンク職を自認するだけあり、防御もLPもおそらくプレイヤー屈指だが、雷系の魔法に対してだけはどうしようもない。かなりふらついている。相当なダメージを受けているようだ。

明太リストは――地面に倒れ伏している。彼は魔法職であり、防御もLPも相応に低めだ。彼が上げているのは主にMNDであり、MNDが寄与するのは『精神魔法』と『付与魔法』だ。完全サポート特化の彼では今のダメージは耐えきれなかったようだ。

「……明太……」

「――ごく短い時間で民家から無事に出てきた者たちがいる、というから様子を見に来たけれど」

声は上から聞こえてきた。

どうやら今の魔法を放った存在は空を飛ぶことが出来るらしい。

そこには長く艶《つや》やかな黒髪をなびかせる、色白の女性が空中に腰掛けるようにして佇《たたず》んでいた。

「大したことないみたい。たった一発でこれなの？」

女性は一瞬遠くを見るようにしながら、風に流れる髪をなでつけ、ウェインたちを見下して言った。

「まあ、身の程知らずにもこの街に足を踏み入れた、その蛮勇は褒めてやるわ。それを土産に冥土《めいど》へお行き」

◆◆◆

レアから借り受けたクイーンビートル、その配下である魔物から報告を受け、アザレアがバルコニーから飛び立っていった。

報告の内容は、下級吸血鬼《レッサーヴァンパイア》四名が潜む民家から短時間で生きて出てきた者たちがいる、というものだ。……らしい。

正確なところはブランには不明だ。ディアスが通訳してくれた。

「現在、街の民家には下級吸血鬼四体を一班として配置しております。その民家から短時間で生きて出てきたということは、短時間で下級吸血鬼四名を倒したということです。一定以上の戦闘力があることは確実。しかも目立った怪我もなく、消耗もない様子。であれば警戒が必要かと」

そうディアスに言われてしまっては、警戒のため確認に向かわせるしかない。

ディアスは名目上ブランの下についている事になっているが、レアからの厚意で滞在してもらっているだけだ。

レアからはブランを最優先するよう言われているとのことだが、ブランの言うことを聞いてくれるというわけではない。どちらかと言えば最優先にしているのはブランの身の安全であり、それに関わることならばブランの言うことよりも自身の判断を優先するだろう。

同様のことがヴァイスにも言える。

「ディアス様のおっしゃるとおりですね。僭越《せんえつ》ながら付け加えさせていただきますと、あまり戦闘力が高いようでしたら躊躇《ためら》わず初手で息の根を止めるつもりで攻撃すべきかと。彼らが腕に自信があるようでしたらまた来るでしょうし、正確に戦闘力を知りたいと言っても、全く何の情報も無い今どうしても行わなければならないことでもありません」

ヴァイスがディアスの言葉にこう続け、ディアスも頷《うなず》いた。

これを聞いたアザレアが、ならば自分が、と飛んでいったというわけだ。

アザレアならば上空から魔法を撃つだけで完封することが出来るだろうし、最悪の場合は巨人に変身してしまえばいい。

巨人になれば魔法の力を失う代わりに防御力とLPに大きなボーナスを得ることが出来、それを頼りに耐えている間に増援を送ることが出来るだろう。

さすがに街の真ん中に巨人が現れればここからでも見える。

そうしたらすぐさまディアスが向かってくれる事になっている。

アザレアが負けてしまうような敵ならば、何とかできそうなのはディアスくらいしかいない。

◆◆◆

目の前の人間たちはアザレアの放った『ライトニングシャワー』でかなりのダメージを受けているようだ。

アザレアとしては一撃で消し炭にするつもりだったのだが、原形を保っているどころか、どうやら二人も生き延びたものがいる。

これまで出会ってきた人間たちとは全く次元の異なる実力を持っているらしい。

しかし素直に驚いてみせるのはアザレアの矜持《きょうじ》が許さなかった。

「大したことないみたい。たった一発でこれなの？」

よく見てみれば、あの男の装備している全身鎧にはススひとつついていない。ということはアザレアの魔法はあくまで鎧を伝って内部にダメージを通しただけであり、鎧の防御力を無視することが出来たからこそ被害を与えることが出来たということだ。

となるとあの男への攻撃は『雷魔法』以外は鎧にはじかれ効果が薄くなる可能性がある。

もうひとり立っている男は鱗《うろこ》状の金属をいくつも貼りつけたような鎧を着ているようだが、こちらも鎧には何の損傷も与えられていない。こちらの男への攻撃にも注意が必要だ。

このまま畳み掛ければ倒しきれるだろうが、『ライトニングシャワー』はリキャスト中だ。連続して撃つことはできない。

別の魔法を撃とうにも、それで効果が薄ければ『ライトニングシャワー』のリキャストが明けるのをただ遅らせるだけになる。

リキャストを待つ間、魔法以外の手段で相手の行動を縫い止めておく必要がある。

ふと、領主館から天を駆けて一体の赤いスケルトンがこちらに向かってくるのが見えた。

あれは同じ主君を戴《いただ》く同輩、竜の牙《ドラゴントゥース》だ。あの顔立ちはクリムゾンだろう。

クリムゾンたち竜の牙は序列で言えばアザレアたちの後輩にあたる。

竜の牙は接近戦に優れており、身が軽いため速度に特に秀でている。また竜と名がつくだけあり、その爪や牙はドラゴン由来の攻撃力を備えているらしく、かなりの切れ味を誇る。同様の理由から耐久力も素晴らしい。骨であるため唯一打撃属性には弱いのだが、斬撃も刺突も効きづらい。

また本来火属性ダメージに弱いスケルトン系だが、スパルトイの頃からなぜか『火耐性』を単独で所持している。赤いせいだろうか。いや、あの色は主君の血の色のはずだ。火は関係ない。

ともかくそんな頼れる後輩が敵パーティの背後から隙を窺《うかが》っている。これは勝ったも同然だ。もう少し調子に乗ってもいいだろう。

「まあ、身の程知らずにもこの街に足を踏み入れた、その蛮勇は褒めてやるわ。それを土産に冥土へお行き」

アザレアのその言葉が聞こえたのか、近くまで来たクリムゾンが空中で器用に首をすくめ左右に振った。

目の前の人間たちにというよりは、そのクリムゾンの態度に対する苛立《いらだ》ちで衝動的に魔法を放つ。

「『ヘルフレイム』！」

位置的にクリムゾンもかすってしまうかもしれないが構わない。彼は『火耐性』がある。どうせ大したダメージにはならないし、後で『治療』でもかけてやればそれでいい。

その時には先輩に対する態度というものを——

「あぐっ！」

突如聞こえた叫び声に視線を下げると、最初の『ライトニングシャワー』で始末したはずの魔法使いの男がクリムゾンの爪に貫かれ、光になって消えていくところだった。

「……？」

いまいち何が起こったのか理解が及ばない。

魔法使いの男がクリムゾンにやられたのは、さきほど死んでいたはずの場所よりもズレた場所だ。

いや、死んでいたのではない。クリムゾンによって倒されたということは『ライトニングシャワー』では死んでいなかったのだ。

そして今の『ヘルフレイム』を回避するため移動しようとし、そこをクリムゾンに貫かれた。

「ウェイン！　明太！」

そしてもうひとり、鱗鎧《りんがい》を着ていた男も今の炎で焼け死んだようだ。

ただ一人生き残った全身鎧が二人の名らしきものを叫んでいる。

この男の鎧の性能は恐るべきものだ。

とは言え彼は所詮《しょせん》は近接物理職。宙を舞うアザレアに有効打を与えることはできない。

では、クリムゾンに貫かれたあの魔法使いの男はどうだったろう。

鎧や剣などの装備と同程度の脅威度を持った魔法使いだとすれば、上空のアザレアに何か致命的な攻撃をしてこないとも限らない。

そういう算段があったからこそ、死んだふりをしていたのではないのか。

だとすれば、クリムゾンに救われたと言えないこともない、かもしれない。

アザレアは後輩の功績を認めないほど狭量ではない。

この功績に免じ、先輩に対する態度を教え込んでやる、というのは勘弁してやっても良いだろう。

金属鎧の男は突然現れたクリムゾンに斬りかかろうとしている。彼が魔法使いを倒したせいだろう。

あの男にとっては全員にダメージを与え、鱗鎧を倒したアザレアの方が許せないだろうが、アザレアは上空にいて手を出せない。

斬りかかる男に対しクリムゾンも応戦するが、男の全身鎧にはクリムゾンの爪を持ってしてもダメージを通すことはできないようだ。

しかし男の技量ではクリムゾンにその剣を叩《たた》きつけることも出来ていない。男の剣速よりもクリムゾンの動きのほうが速いためだ。

アザレアは地上でクリムゾンが男と遊んでいる間に上空でリキャストを待った。

リキャストが明けると、雷系の単体魔法を男に放つ。

そのたびに男は上空のアザレアを睨《にら》みつけるが、だからと言って彼に出来ることはない。無駄な隙を作り、クリムゾンに殴られるだけだ。

「無駄に時間を食ったけれど。そろそろ終わりかしら」

クリムゾンが天を駆け上り、男から距離を取る。

巻き込まれてはたまらないと言わんばかりだ。

アザレアはそれを確認すると、覚えている『雷魔法』を連続して叩き込んでいく。

それほどＬＰは残っていなかったらしく、全てを撃ち切る前に男は光に変わった。

◆◆◆

「あ、帰ってきた。どうだった？」

「大したことはありませんでした」

「大したことがなかったのなら、こんなに時間を掛ける必要はなかったのでは？　クリムゾン殿までお連れになって」

指摘するヴァイスをアザレアは睨みつけた。

そこへディアスが声をかける。

「別に、誰もあなたの仕事を疑いはしない。ただ報告は正確にしたほうがよい。やつらはいっとき倒したとしても本当の意味で死すことはない。必ずまた現れる。此度《こたび》の情報が正確に伝わっておらねば、再び現れた時にあなたの主君に危険が及ばないとも限らない。ヴァイス殿がおっしゃりたいのはそういうことであろう」

「っ！　大変申し訳ありませんでした！」

アザレアの話を聞いた所によれば、その三名のプレイヤーは他のプレイヤーより随分と強いようだ。

アザレアに加えクリムゾンもいたにもかかわらずこれだけ時間がかかったのは驚きだ。二人の攻撃に耐えられたのはどうやらプレイヤーたちの装備していた鎧《よろい》のおかげらしい。クリムゾンの爪さえ通らなかったというのだから恐るべき性能だ。アザレアの見立てでは、ある程度以上の『雷魔法』くらいしか有効な攻撃はないようだ。

「ある程度以上の『雷魔法』しか効かぬとなると……。ふうむ。まるで陛下の鎧坂《よろいざか》殿のようですな」

「ヨロイザカどの……？　ああ、ヨロイ・ザ・カサンのこと？　え？　あのロボ並みに硬い装備ってこと？　やばい奴じゃん！」

とは言え今回はなんとか倒せている。

デスペナルティによって経験値も減少しているだろうし、再び挑戦してくるとしても少し先のことだろう。

それまでにこちらも経験値を稼ぎ、準備を整え、再戦に備えなければならない。

「でもレアちゃんの装備と同レベルの装備を持ったプレイヤーかあ……。今度会ったら教えてあげよ」

第六章　二重召喚

スガルに新たにクイーンベスパイドを産み出させ、テューア草原はその彼女に任せた。

追加で経験値を与え成長させることもなければ、研修もしない。☆1ならばその程度で十分だ。

新女王に各種ポーションを飲ませながら歩兵アリや工兵アリを大量に産ませ、草原中に放つ。

ボスエリアが別フィールド扱いなら、レアたちがこの広間にいる限りは難易度が変化することはないはずだ。ＳＮＳにも今のところ目立った書き込みはない。全滅した初心者プレイヤーたちが警告を発しているくらいだ。

「しかし全く難易度の変化もなしにダンジョンの仕様が変わるというのは不信感を持たせてしまうか？」

ダンジョン変化中ということで一時的に難易度を変えてやったほうがリアリティがあるかもしれない。

スガルを伴って草原へ出た。

「……さっそく反応してSNSに書き込みをしたプレイヤーがいるな。やはり出た瞬間に☆5になるのか。ボスエリアだけが別扱いになっているというのは確定だね」

幸いにも結果はすぐに分かった。

今、テューア草原の注目度は非常に高い。レスポンスが早いのはいいことだ。

ついでにブランに連絡をとり、難易度が変わる可能性を伝えた上でディアスを領主館から外出させてもらう。

エルンタールの注目度も高めである。徘徊型《はいかい》のボスがいるということでこちらも人気になっているからだ。

SNSによれば、エルンタールに徘徊型のボスが現れる際は一時的に難易度が☆4に上がるため、すぐにわかるのだそうだ。すぐにわかると言ってもどこかの街にいなければ転移リストは見られないし、ダンジョン内ではどうしようもないが。

その徘徊型ボスというのはブランの配下の吸血鬼三人娘のことらしい。ブランの話では、異常に強いプレイヤーが現れたため、急遽《きゅうきょ》一人を差し向けたとのことだった。中堅用の☆3ダンジョンなんて来てないで相応《ふさわ》しい難易度の場所で遊べという、ブランからの警告である。

またディアスからの報告では、その異常に強いプレイヤーとはアダマン何とかを使用した防具を身に付けた者たちらしい。

それ自体は、大陸の鉱脈に存在しているのだからいつか誰かが見つけ出すのはわかっていた。想定よりも早いが、避けられないことだ。

またポーションがぶ飲みデスマーチをし、賢者の石でも量産してアダマンシリーズをアップデートすれば済む話だ。

「……エルンタールは専用スレッドがあるのか。羨ま――おっとラコリーヌもあるな。総合スレでは捌《さば》ききれなくなったか。

ふふ、旧ヒルス王都もあるな。まだ誰も来ていないはずだけれど……。でも難易度が下がっていることは知られているようだね」

旧ヒルス王都は内部の情報が全く無いにもかかわらずスレッドが立てられている。

ちらりと覗《のぞ》いた限りではすでに難易度が緩和されたことも語られており、時を同じくしてテューア草原に災厄が現れたことで、災厄の不在による難易度の低下だと結論付けられていた。

しかしいつ戻るか不明な災厄を恐れ、まだアタックしようというプレイヤーは現れていないようだ。

「これは数日☆4のまま様子をみてやればそのうち誰か来るかな。

さて、ディアスが散歩中のエルンタールは……やはり難易度は変化していない。これなら他人のダンジョン牧場化計画は可能だな」

念の為《ため》しばらくSNSをチェックしながら待ってみるが、特に難易度が変化したという報告はない。あまり放っておいてもディアスがプレイヤーとエンカウントしてしまう。ディアスに連絡し、見つからないうちに戻るよう指示を出す。

最新の情報をチェックしたことで、エルンタールを利用して検証したかったことは概《おおむ》ね知れた。もうそのスレッドに用は無かったのだが、一応さかのぼって前日の分も見てみると、面白い事実が判明した。

「エルンタールの徘徊型ボスにやられた奴らってウェインたちのことだったのか！　それならこいつらがアダマンなんとかの装備を持っているということかな。ＳＮＳでは明言されていないけど」

ウェインはともかく、同行しているギノレガメッシュと明太リストはトップ層だ。最新のアイテムを入手できたとしても不思議ではない。

しかし、採掘や鍛冶《かじ》で有名といえばシェイプ王国だ。アダマン何とかが流通するとすればあの国だと考えていた。

レアが知る限りでは、ウェインたちはシェイプ王国と特に親しい繋《つな》がりはない。

どこで入手したのだろうか。

「——そうか、王都のあの時か。わたしが回収する前にネコババしていたのか」

あのどさくさの中でよくそんなことをする余裕があったものだ。

レアにとってウェインというプレイヤーは、頭は悪くないが視野が狭いというか、思いこんだら一直線というイメージがあったため、これは少し意外だった。そんな臨機応変な対応ができるプレイヤーだったとは。

レアはあの時のことを少し思い出した。

あの敗北がレアにもたらしたものは、慢心せずに強さを求めるという決意だけではない。

大量のアダマン塊が入手できたこともそうだ。

アダマンたちをリスポーンさせることでアダマン塊を無限に入手することができるというのは盲点だった。

しかし経験値同様、同一勢力同士の戦闘ではドロップアイテムは現れない。

かといってそこらの敵ではアダマンたちを倒すことさえできないし、ウェインたちプレイヤーにぶつけるとしても、彼らにドロップアイテムを回収される前にかすめ取るのは難しいだろう。

「暇になったらライラと戦争ごっこでもするかな……。お互い戦利品は相手に返すって条件とかで」

ともかく、確認すべきことはすべて終えた。

草原の引き継ぎも終了したし、レアがこれ以上ここに居ては営業に差し支える。

いったん街へケリーたちの様子を見に行くことにした。

◆◆◆

「地上げは順調かな？」

「はい、ボス。大通り沿いの一等地すべてと、それから倉庫街は押さえました。

職人街は領主の名を出しても首を縦に振ろうとしませんので難航しております。

この後は住宅街を回るつもりでしたが……」

領主館にはケリーしかいなかった。他の三名は実際に街へ出て交渉しているのだろう。あれから半日程度しか経《た》っていないというのにこれだけの成果を上げているというのは驚異的だ。

鎧坂さんはテューア草原のボス部屋にスガルとともに置いてきた。スガルにはテューアの女王アリの産卵が一段落するまで代わりに指揮を執ってもらう必要があるし、鎧坂さんは大きすぎて領主館では邪魔になるからだ。

「住宅街は無理しなくても構わない。どうせ領主は押さえてあるしね。

それからすでに買い上げた一等地と倉庫街、その元権利者たちを領主館に呼ぶよう手配してくれ。

そいつらを『使役』し、これまで通りに生活させるんだ。そうでなければ目立ってしまうからね。

職人街は……レミーが行っているのか。ならもうかたっぱしから『使役』させてしまおう」

せっかくなのでこの街の職人街を生産拠点として再開発する。

リーベ大森林の鍛冶場は所詮《しょせん》森の中に築いた仮設のものに過ぎない。スキルでゴリ押しすることでなんとかアダマン塊の加工を行わせているが、設備も相応の物を使った方が品質もより良いものができるだろう。

またこの街の設備を参考にすることで、大森林の仮設鍛冶場や他の作業場をアップデートすることもできるはずだ。

これ以降はリーベ大森林を試作開発用、このリフレの街の職人街を量産加工用として運用する。

災厄がテューア草原から離れれば再びプレイヤーたちはこの街へ戻ってくるだろう。

今のうちに初心者向けの装備やアイテムなどを生産させておき、特需に備えるのだ。

初心者向けの装備の生産は見習いにやらせ、職人として格の高い者たちにはアダマン装備を量産させる。これで経験値も稼げ、戦力の底上げもでき、ついでに金貨も稼ぐことが出来るだろう。

「プレイヤーが移動するということは、だ。たとえ密輸という形で流通に打撃を与えなかったとしても、プレイヤーが持っている資産がプレイヤーとともに移動する現象は止めようがない。旧ヒルス王国がプレイヤーたちに人気が出てくれれば、大陸中からプレイヤーとともに金貨が集まってくることになる」

その資産移動の行き着く先は国家間での経済格差だ。

しかも旧ヒルス王国はすでに国として存在しないため、その格差自体に他国の首脳が気づくことはないだろう。せいぜい、プレイヤーたちが金貨をどこかにため込んでいるのでは、と勘繰るくらいだ。

この大陸ではすべての国で同じ貨幣が使用されているという。しかもそれは金貨だ。

つまりこの大陸の経済は金本位制であり、通貨が一種類しかないのなら為替相場も存在しないということになる。

各国の金貨の保有数がその国の経済力に直結しているということだ。

どの国も自国通貨を持たない以上、その金貨を買い戻すこともできない。つまり、NPCには一度開いた経済格差を埋める手段がない。

これまでは争い事も起こらず、貿易自体も細かったため多少経済力に差があっても問題は無かった。

しかしプレイヤーによって国家間の交流が爆発的に増えていくだろうこれからはそうはいかない。経済的影響力の弱い国は発言力さえ無くなっていき、国内のあらゆるものを売って金貨に変えていかなければいずれ立ち行かなくなるだろう。

「まあ、すぐにはそこまではならないだろうけど」

旧ヒルスにプレイヤーや物や資産が集まってくるとしたら、おそらくその流通の要となる街はここリフレだ。

早急に領主に命じ、外側に第二の外壁を建造するなどして、都市の拡張計画を立てさせなければ。

そうすれば利に聡《さと》いプレイヤーたちに貸し出す土地や店舗も増やせるだろうし、活気に釣られて集まってくるNPCも増えるだろう。

居住や商売をすべて戸籍や滞在ビザなどで管理するようにすれば、プレイヤーからだけ少し多めの税金を取り立てることも可能だ。

別に他のプレイヤーたちに商売をさせたくないわけではない。ただ商売するとしてもそれはレアの手の平の上で行って欲しいというだけのことだ。

「あ、ケリーたちの誰かを例の火山のふもとに送ろう。

あそこでロックゴーレムたちを『使役』させてこの街の外壁の材料に使うとしよう」

そうすれば工期も短縮することができる。資材が自分で勝手に移動してくれれば手間も省ける。

「それでしたらマリオンに任せましょう。人間相手よりも岩相手の方が気が楽でしょうし、『氷魔法』が得意なあの子なら一人でも十分できるでしょう」

「それから再開発にかこつけて、住民を登録制にしよう。すべての住民の戸籍を作成して、プレイヤーと住民がすぐにわかるように」

「そちらは私にお任せを」

聞き慣れない男性の声がした、と思ったら領主だった。

「そうだね。街のことなら君のほうがいいか。ええと」

「アルベルト、アルベルト・ゼーバッハ子爵です、陛下」

「かっこいいな名前！　あれ？　姓はリフレじゃないんだ」

「はい、もともと我が一族は王都で法衣貴族をしておりましたので。この地を治めていた領主が失脚した際に、その不正を暴いた我が祖父が陞爵《しょうしゃく》し、リフレ子爵に代わりこの地を治めることになったとか」

アルベルトがそう言うならばと仔細《しさい》は彼に丸投げし、ついでに都市拡張計画についても進めるよう指示しておいた。

マリオンを呼び資材の確保についても打ち合わせをさせる。

アルベルトの『使役』はノーブル・ヒューマン標準のスキルのため使い勝手が悪い。ケリーやマリオンたちに移動のための『術者召喚』などを取得させるついでに、アルベルトにもいろいろ仕込んでおいた。

「じゃあ後は頼むよ。わたしはいったんリーベ大森林に戻る。することがあるのでね」

◆◆◆

スガルも連れて出かけていたため誰をターゲットに『術者召喚』をするべきか迷ったが、白魔のところへ跳ぶことにした。

火山から帰った後、狼《おおかみ》たちはこれまでリーベ大森林で遊ばせていたのだが、新たに仕事ができた。それを説明する為にもちょうどよい。

〈おかえりなさい、ボス。草原とやらはどうでした？〉

「ただいま白魔。問題なく支配してきたよ。ついでに街もね。人間の街を支配するのは初めてだけど、まあ新しく『使役』したアルベルトたちに任せておけば問題ないでしょう」

あちらで独自に進めておけるよう打ち合わせは済ませてある。領主アルベルトのＩＮＴも上げてあるし、いざという時の補佐として家令の老人のＩＮＴも上げてある。

「それで白魔たちにも新しく仕事をしてもらおうと思ってね。そうだな、全員で当たってもらいたい。子狼たちもだいぶ大きくなってきただろう？　そろそろちゃんと仕事を与えてやらないとね」

〈そりゃいいい！　でしたらすぐに呼んできましょう！〉

言うなり洞窟《どうくつ》から出てどこかへ向かい天を駆けていった。

別に『召喚』で呼べばいいだけなのだが、空を駆けるのならそう時間がかかるというわけでもないだろう。待つことにした。

かつてはこの洞窟で氷狼《ひょうろう》二頭、子狼六頭が生活していたのだが、今ではもうかなり手狭に感じる。キャンキャンはしゃぎまわっていたイメージしかなかったが、今は澄ました様子でちょこんと座っている。こう見えてゴブリンくらいならおもちゃにする程度の戦闘力はすでにあるそうだ。

〈つまり俺たち八匹で他の魔物の領域に行って、そこで暴れてくればいいってことですかい？〉

〈ボスに指定された場所に行かなければだめなのよ？　それと、その領域のリーダーの居場所を特定したり、そのリーダーをぷれいやーが倒してしまわないように気をつけたりも〉

〈わかってるよ〉

子狼たちもフンフン頷《うなず》いている。

フレンド登録はしていないため会話は出来ないが、こちらの言うことは理解しているはずだ。そのアピールだろう。

「ところで子狼たちの成長というか、まあ成人？　するのはもうすぐなんだよね？

成長って具体的に何によって行われるのかな」

子狼といっても、どこかのタイミングで「子」が取れるはずだ。

白魔や銀花の口ぶりからするとそろそろのようだが、その時どうなるのかはよくわかっていない。

白魔たちが元々の群れにいたころは時期が来れば勝手に氷狼になっていたそうだが、レアに『使役』されている以上、勝手に種族が変わるとは考えづらい。

このゲームは大抵のことは経験値さえあれば解決する。

賢者の石を与えてしまえば強制的に成長させられるかもしれないが、成体になっていない魔物にそれを行うのはためらわれる。小さいサイズのまま転生してしまったらかわいそうだ。

〈よくわかりませんが、どうせならボスがいる間に成長できれば都合がいいと思いますが〉

とりあえず子狼の一匹、ミゾレの能力値を適当に上げてみる。

様子を見ながら少しずつ弄《いじ》っていると、やがてシステムメッセージが入った。

《眷属《けんぞく》が転生条件を満たしました》

《「灰狼」への転生を許可しますか？》

「お、条件満たし……あれ、氷狼じゃないぞ」

もしかして子狼とは、あらゆる狼系の魔物の幼生体ということなのだろうか。

そして条件によって成長先が分岐する、とか。

だとすれば、もしかしたらスコルとハティはあれで最上位種である可能性もある。フェンリルにでもならないかと考えていたが、フェンリルは別のルートの転生先かもしれない。

「……じゃあミゾレはこのまま灰狼で行こう。その先に何があるのかちょっと興味がある」

すると光に包まれたミゾレの体がもこもこと大きくなり、変化が終わると以前の銀花ほどのサイズに成長していた。

次にヒョウには試しに『火魔法』を習得させ、ミゾレ同様に能力値を上げてみた。

《眷属が転生条件を満たしました》

《「灰狼」への転生を許可しますか？》

《「炎狼」への転生を許可しますか？》

「一定期間以上特定の地域で過ごすとかって条件だったらどうしようと思ったけど。取得スキルで分岐できそうだ」

続いて他の四匹も転生を行った。

アラレは「氷狼」に。

フブキは「風狼」に。

コゴメは「空狼」に。

ザラメは「森狼」に。

炎狼、氷狼、風狼はそれぞれの属性のスキルを取得するだけで事足りたが、『地魔法』や『雷魔法』、『水魔法』は取得させても変化がなかった。

システムにタスクを保留させたまま、いくつか他のスキルを適当に取らせてみると選択肢が増えたため、「空狼」と「森狼」は複合的にスキルを取得することでアンロックされたものと思われる。

なお、どれがトリガーだったのかはもうわからない。

灰狼となったミゾレは元子狼の中では一番身体《からだ》が大きい。どうやら近接戦闘特化のようだ。

炎狼であるヒョウは赤黒い色合いだ。非常にかっこいい。取得させてある『火魔法』とは別に炎系のスキルを取得できるようだ。この仕様は氷狼も同じである。魔法のリキャストの間にスキルで場繋《ばつな》ぎが出来るという実に実戦的なビルドと言える。

アラレは氷狼であるため見慣れた姿だ。かつての銀花そっくりの白い毛並みだ。

風狼、フブキは翡翠《ひすい》色だ。腹側の毛は白っぽいため、他の子たちよりさらにハスキー犬に近く見える。こちらも『風魔法』と風系のスキルを取得できる。移動を補助するスキルもいくつか覚えられるようだ。トリッキーな動きが可能な種族と言える。

空狼のコゴメは淡い空色の上品な毛並みだ。『天駆』が最初からアンロックされている。最終的に取得可能なほとんどの種類の魔法を取得させてしまったため、消費した経験値は最も多い。

森狼に転生したザラメは深い緑色だ。新たに取得していたのは『植物魔法』だ。これは想像通りと言える。レアが『植物魔法』を取得した際には確か『光魔法』が必要だったはずだが、そうした前提がなくとも種族特性によってスキルを取得しているケースもあるということだろう。

六匹のＩＮＴをさらに上げ、インベントリの講習やフレンド登録を行う。フレンドチャットのやり方などはおいおい白魔たちにレクチャーさせればいい。

さしあたり、☆3程度のダンジョンくらいなら余裕を持って攻略可能な戦力と言えるだろうか。

「もともと北の方の森の生まれだっけ？　国としてはウェルス王国とかってところになるのかな。じゃあそっちの方へ里帰りがてら行ってみるといい。なんなら故郷の森を制圧してしまってもいいけど」

転移先リストに載っている領域ならなお良いが、そうでなくとも別に構わない。

指示通りボスを生かしておいてくれるのなら、転移先に載っていない領域の場合は後でレアも乗り込んでいってボスを『使役』してやれば手札も増やせる。

白魔たちは戦力としては十分だろうが、数が少ない。ダンジョン領域全てをカバーするのは難しいだろう。

ならば牧場管理よりは、遊軍として適当なダンジョンを気まぐれに襲ってもらったほうが良いかもしれない。

白魔たちを送りだしたら、次はゴブリン牧場だ。

他人のダンジョンを大々的に牧場化できるのなら、もう小規模なゴブリン牧場は必要ない。

彼らを『使役』し、魔王軍に新たにゴブリン部隊を編入する。

これまでレアによって搾取され続けてきたゴブリンたちが、レアの下で搾取する側にまわるというわけだ。

「――そういうわけで、まあお互いわだかまりもあるだろうけど、この際それは水に流して、より良い未来のために手を取り合って協力していこうじゃないか」

ゴブリンの長《おさ》らしき者に向かってそう語りかける。

しかし彼らがこちらの言うことを理解しているわけではないし、そもそもレアのことなど知らないだろう。

「『使役』。おっと逃げないでおくれ。『恐怖』」

ゴブリンの長を眷属にし、それ以外のものたちを『恐怖』で固める。

「まずは長である君を、そうだな、せめてアダマンリーダーくらいの強さにまでは強化しておこうか」

レアは賢者の石グレートを取り出し、ゴブリンの長、ゴブリンリーダーに放り投げた。

◆◆◆

背は低いが筋肉質で精悍《せいかん》な、額に丸く細いコブのある緑の肌の中年男性——まあ、ゴブリンなのだが、そのゴブリンがレアに話しかけた。

「この森にいる同胞はすべて我が眷属といたしました、陛下」

ゴブリンの長は、そのＩＮＴやＭＮＤを上げられるだけ上げていったところ、実に流暢《りゅうちょう》に会話できるようになった。

彼はゴブリンリーダーからゴブリンジェネラルに転生している。

相応に能力値も上げ、とりあえずアダマンリーダーと同程度には戦えるようにしてある。

リーベ大森林の鍛冶《かじ》場で作られたアダマン製の鎧《よろい》と剣の試作品も装備させた。

せっかくＩＮＴも上げたことだし、各種魔法も取得させてある。『精神魔法』や『調教』、『死霊』、『召喚』からの『使役』もだ。

ここ数日でもっとも経験値をつぎ込んだ眷属かもしれない。

そしてこの森の牧場にいた全てのゴブリンたちを『使役』するよう指示を出し、たった今受けた報告がその顛末《てんまつ》である。

「ご苦労様。君たちにやってもらいたいのは、我々の支配していない領域への攻撃だ。具体的には——」

ダンジョン牧場化計画について説明する。

「委細、承知いたしました。つきましては、対強敵用としてのスペシャルチームをいくつか用意したく……」

「ああ、そうだね。狩り役も護《まも》り役も必要だな。わかった。装備と経験値については融通しよう」

プレイヤーや敵対NPCに倒されるのは構わないのだが、その場合でもこのジェネラルだけは死んで欲しくない。ジェネラルが倒されてしまえば他の戦線にいるゴブリンたちもすべて死亡してしまうからだ。

「連絡しておくから後で鍛冶場に寄るように。それから追加で……このくらい経験値を与えておこう。細かい分配は任せる」

「ありがとうございます！」

「よろしく頼むよ。ええと……あー、そうだな。ええと、ガスラーク」

「おお、もしやそれが私の……？」

「そうだね。君の名前だ」

白魔たちに自由にやらせるのなら、ゴブリンたちには当初の目的の通りすでにリストに載っている領域の牧場化に努めてもらいたい。

「じゃあ、後で呼ぶから。それまでに準備をしておいてくれ」

◆◆◆

リーベ大森林でするべきことを終えたレアは、再びリフレの街の領主館へ飛んできた。

実に忙しいことだが仕方ない。試してみたいことはまだ完了していない。

「陛下、ご指示の通りに進めておきました。戸籍については後日期限内に登録申請に来るよう触れを出し、期限後に実地調査を行う予定です」

「ご苦労様、アルベルト」

「ですが陛下、僭越《せんえつ》ながら申し上げます。このような手間をかけずとも住民たちをすべて支配下に置いてしまえばよろしいのでは？　陛下より賜りました特別な『使役』スキルであれば不可能では……」

「いや、住民たちをすべて支配してしまうのはうまくない」

運営から送られてきたシステムメッセージには「単一勢力による支配地域への転移サービスを実装する」とあった。

ＮＰＣのモンスターによる支配地については選別の上その対象が選ばれているようだが、プレイヤーによる支配地については、承諾したプレイヤーのものはおそらくすべてが転移先に選ばれている。たとえ実装時に転移先に選ばれていなくとも、新たにプレイヤーが支配した地域であれば自動的にリストに載ることになるだろう。

ここでリフレの街の住民たちをすべてレアの配下にしてしまえば、リフレの街は単一勢力による支配地域になってしまう。おそらく転移先リストに名前が載ることになる。加えて街なかのセーフティエリアも消滅し、転移ポータルも消滅するだろう。それでは意味がない。

「そういう理由でしたか……。かしこまりました。『使役』は必要最低限にいたします」

「そうしてくれ。具体的にどのくらいの割合で『単一勢力による支配』と見做《みな》されるかは不明だけど、少なくともこの街で試すようなことじゃない」

この街は人間の街とダンジョンとを繋《つな》ぐポータルになる重要な場所だ。

試すならもっとどうでもよい街でやるべきだ。

「ところで椅子かベッドを貸してくれないか?」

この街へ来たのはアルベルトへダンジョンについて説明する為《ため》ではない。

レアは領主館の客間を借りると、インベントリから賢者の石をいくつか取り出し、テーブルに置いた。

〈ケリー、少し力を貸してほしいことがある。領主館の客間に呼ぶがかまわないかな〉

〈もちろんです、ボス〉

ベッドにその身を横たえ、『召喚』により現れたケリーの体を借りた。

こうしてケリーの身体で行動するのは久しぶりだ。

当然だが『飛翔《ひしょう》』も『魔眼』も使えない。

しかし『召喚』は使用できる。と言ってもこれはケリーのスキルだ。呼べるのはランダムか、ケリーが眷属にした者たちだけだ。

ケリーの眷属リストから適当にひとり選び、その人物のもとへ『術者召喚』で飛んでみる。

これはレアが精神のみを眷属の中に『召喚』している状態で、その眷属のスキルによってさらに『術者召喚』を行った場合、どうなるのかという実験だ。

視界が切り替わると目の前には初老の男性がいた。

「これはケリー様、おいでになるならひとこと言って下さればお出迎えの用意を……」

「ああ、すまない。今はケリーではないんだ。わたしはレアと言う。ケリーの主君だ」

手短に自己紹介をし、『召喚』の仕様について解説した。

おそらくこの男性がリストから選んだ【グスタフ・ウルバン】だろう。

どうやら、二重召喚は可能なようだ。

「ま、まさかレア陛下であらせられたとは、これは失礼いたしました。私めはこのウルバン商会の会頭を務めております、グスタフ・ウルバンと申します」

ウルバン商会については全く知らないが、ケリーに与えていた指示から察するに、大通りの一等地に店を構える商会か何かだろう。

どうやらヒューマンの商人のようだ。ちょうどよい。

「ちょっとした実験をするためにケリーに身体を借りているところなんだ。そのうちのひとつは今成功に終わった。そこでもうひとつ、今度は君にも手を貸してもらいたいんだが、いいだろうか。具体的にはあるアイテムを使用し、君がノーブル・ヒューマン、つまり貴族になれるかどうかを試したい」

「私などが貴族に⁉　そ、そのようなことが……」

「無理強いするつもりはない。嫌なら別の者に頼むが――」

「い、いえ！　是非お願いします！」

貴族と言っても別に制度上の貴族階級になれるわけではない。あくまで種族としてのものだ。

一応そう断っておこうかと考えたが、よく考えたらヒルス王国はすでに無い。このグスタフという男が貴族を名乗ったところで、特に弊害があるわけではない。

なんならレアの治める地においては本当に貴族階級としての権利を与えてやってもいい。

「……まあいいか。では、これを」

懐から賢者の石を取り出し、グスタフに与える。

するとグスタフが光に包まれ――

《プレイヤーの脳波を確認。自動処理をキャンセルします》

《眷属《けんぞく》が転生条件を満たしました》

《「ノーブル・ヒューマン」への転生を許可しますか?》

(なるほどこうなるのか)

レアはほくそ笑んだ。

この実験は、眷属のアバターを借りている状態で、その眷属に向けたシステムメッセージをレアが聞くことが出来るのかという実験だった。

文面から察するに、おそらくNPCの支配する眷属に賢者の石を使用した場合、自動で処理が進むのだろう。システムメッセージを聞くことが出来ないNPCは当然答えることも出来ない。これは仕方ない処理だと言える。

しかしそこにプレイヤーが介在していた場合、判断はそのプレイヤーに委ねられるらしい。

(許可する)

《転生を開始します》

思考によるサインでも承諾は可能だ。

「つまり誰かの身体《からだ》を借りれば、わたしでも普通にプレイヤーのふりをすることが出来るということだな」

しかし注意しなければならないこともある。

インベントリだ。これは使用することが出来なかった。

先ほど賢者の石を懐から取り出したのは、インベントリに入れることが出来なかったためだ。

インベントリはどうやら完全なパーソナルスペースになっているらしく、本人以外はどうやっても干渉することが出来ない。

「どうしてもってときは、まあ一瞬だけケリーに戻って取り出してもらって、それでまたわたしが入ればいいか……」

プレイヤーの前でプレイヤーになりきるにはインベントリを使用してみせるのが一番手っ取り早いのだが。

プレイヤーに対してプレイヤーがプレイヤーのフリをするとかものすごく頭の悪い文章だが、必要なこともあるかもしれないので仕方がない。

「……おお、これが貴族……」

「あ、忘れてた」

グスタフをノーブル・ヒューマンにしたのだった。

見た目はそれほど変わってはいない。種族特性で容姿が良くなっているようだが、このくらいなら少なくとも別人には見えない。

「貴族を貴族たらしめる『使役』というスキルが使えるようになっているはずだ。ついでに『精神魔法』を与えておこう。それからＩＮＴとＭＮＤにも少しボーナスをあげよう。実験に付き合ってくれた礼だ。商人ならば有用だろう」

それから住民はあまり『使役』しないよう注意しておく。

グスタフは額が地につくのではというほどに深く頭を下げ、レアの言葉を聞いていた。

「では、わたしはすることがあるのでこれで失礼するよ。今後ともよろしく頼む」

頭を下げたままレアを見送るグスタフを背に大通りを歩く。

目的地は傭兵《ようへい》組合だ。

誰かに道を聞いてもいいが、どうせ大通り沿いにあるのだろうし、散歩がてら探してもいい。

こうして普通に街なかを歩くなど久々のため、非常に新鮮な気分である。

「街灯を立ててるだけあって、やはり治安もよさそうだな。街の人々にも活気がある。草原からの恵みで生計をたてているのなら目立つ所に傭兵組合なんかがあるはずだけど……あ、あれかな」

組合に傭兵らしき、というよりプレイヤーらしき者たちが数人入っていくのが見えた。

やはりあの建物が傭兵組合で合っているようだ。

レアも何食わぬ顔で組合の扉をくぐった。

◆◆◆

建物の内部は異様な雰囲気だった。

その原因はプレイヤーたちだ。建物に入るなり奥の部屋へ向かっていく者たちはまだいいとして、問題なのはロビーで虚空を見つめて棒立ちになっている者だ。完全にヤバい奴らだ。

「……あれはもしかしてＳＮＳでも見ているのか？　わたしもハタから見たらああ見えるということ？　これは気をつけないと……」

傭兵組合へは、適当なプレイヤーを捕まえて転移サービスのポータルの場所でも聞くために来た。しかしその必要はなさそうだ。

あの奥の部屋はいかにも怪しい。

考えてみればダンジョンに用があるような戦闘向きのプレイヤーは傭兵組合にもよく行くことになるだろうし、合理的といえば合理的だ。

ただ、だとすると組合で働くＮＰＣがこれについてどういう認識をしているのか気になる。

転移は一方通行のため、部屋に入ったプレイヤーは二度と出てこないことになる。控え目に言って怪談以外の何物でもない。

受付らしきカウンターにいる中年の男性にそれとなく――いや単刀直入に聞いてみることにした。

「すまない、少しいいかな」

「おう、なんだ？」

「ダンジョンへ転移したいのだが、どこに行けばいいのか知っているか？」

「だんじょ……？　ああ、魔物の領域か。それならほれ、あの奥の扉だ。他にもお前さんみたいなやつらが入って行ってるだろ？　あいつらに付いて行きゃいいさ」

「ありがとう。しかし、転移とは一体どういう原理なんだろうね」

「んなもん、知らねえよ。何つったか、あの保管庫？　とかいうもんと同じ原理だって噂《うわさ》だぜ。そう言われちゃ、そうなんですかとしか言いようがねえよ。あの転移ソウチとかいうもんも、本部の偉いさんらが来て一日で設置してったもんだ。詳しく知りたきゃ、本部に行きな」

転移、という言葉も普通に受け入れられている。よくわからない技術だが、考えてもわからないため放置しているといった風だ。

よくわからないものをよくわからないままにしておくことに慣れているようだ。

しかし傭兵組合には本部があったのか。

本部とどうやって連絡を取り合っているのか、本部や他の支店とどうやって連携しているのか非常に気になるが、何となく調べても無駄なように思える。

本部など実際には存在せず、運営の用意した専用ＡＩが専用アバターを操り「本部の方から来ました」と言って連絡係をやったり、今回のように支店に来て直接アップデートを施しているという可能性もある。詐欺か何かかな。

ともかく、転移装置は奥の部屋だ。

早速行ってみることにした。

扉を開けると廊下があり、その向こうはどうやら裏庭のようだ。そしてその裏庭に石碑のようなものが建っている。その石碑にプレイヤーが群がっているのを見るに、転移装置とはあれのことだろう。

「部屋じゃないじゃないか……。いや、別に誰も部屋とは言ってなかったか？」

石碑に近づくと周りのプレイヤーたちの話し声も耳に入ってくる。

「どうだ？」

「待て……。まだ☆1、だな。あれから定期的に確認してるが、ずっと☆1のままだ」

「じゃあやっぱ☆5になったのは一瞬だけだったってことか。なんだったんだ」

「でも俺たちがレイドボスにボコられてた時は☆1だったらしいぜ。お前が書き込みしてた時だけど。まあそれもあって荒らし・釣り認定されてたんだが」

「そのあと一瞬☆5に上がったのは事実だし、検証スレの見解じゃ、イベントボスがダンジョンの侵略に乗り出して、その侵略が完了したから☆5になったんじゃないかって」

「ああ、イベントボスも侵略する側だったから、俺たちと遭遇したときダンジョンの難易度自体は変化してなかったってことか」

「……すまん、わかるように説明してくれ」

「しょうがねえな。いいか？　つまり――」

どこかで見たような顔だと思ったら、昼前にスガルに蹴散《けち》らされた者たちだった。

盗み聞きをする限りではおおむねレアの狙い通りに考えてくれているようだ。

狙い通りというか、実際ただの事実なのだが。

プレイヤーたちは結局、実際に行ってみることにしたようだ。

ぜひ頑張ってもらいたい。

死ぬかもしれない場所へがむしゃらに向かっていけるのはゲーム開始間もない今のうちだけだ。

もっと経験値を稼ぐようになれば、そんな無茶な真似《まね》などできなくなってくる。

最初に転移していったパーティに触発されてか、他のプレイヤーたちも次々と転移して行く。

裏庭は一気に閑散としてしまった。

誰も居なくなった石碑に手を触れる。今のレアはNPCであるケリーのアバターのため、プレイヤーと万が一違う反応にでもなったら困る。人がいないのは好都合だ。

《転移先を選んでください》

《デバイスを起動したキャラクターと認証プレイヤーが一致していません》

《警告：転移できるのは石碑に触れているキャラクター【ケリー】のみです。キャラクター【レア】は転移しません。よろしいですか？》

「もちろん、構わない」

《転移先を選んでください》

エラーが出たため不正なアプローチ扱いをされるかと思ったが、どうやらこのまま転移できそうだ。

しかしメッセージの中でデバイスと表現したり石碑と表現したり呼称が一定していない。

もしかしたら想定外のケースなのかもしれない。

転移サービスも実装二日目だ。多少のバグというか、確認漏れが残っているのだろう。

転移先にはシェイプ王国の「☆3ゴルフクラブ坑道」を選んだ。

名前のせいなのかダンジョンとして優秀なのかはわからないが、シェイプ王国の☆3ダンジョンとしてはそこそこ人気のあるところらしい。

転移は第一回のイベントの時以来だ。あの時同様視界は一瞬で切り替わった。感覚としては自身をどこかに『術者召喚』した時と変わらない。

眼《め》の前には数名のプレイヤーがいた。セーフティエリアでパーティメンバーが揃《そろ》うのを待っているようだ。

先ほどの『術者召喚』同様、今回も中身のレアの精神ごと移動することができた。これでインベントリ以外はほぼ完全にプレイヤーと言える。

レアと目があった獣人のプレイヤーが気さくに声をかけてきた。

「あ、キミ、一人？　こっちまだメンバーに余裕あるから、よかったらどう？」

「すみません。中で連れが待っているんです」

「あっ。そうなんだ。わかった。気をつけてね」

適当にあしらってとっとと坑道へと向かう。

セーフティエリアらしき場所は、なんというか、登山道の休憩所か何かのように見えた。坑道が山の中腹に作られているためかもしれない。

セーフティエリアから出ても、坑道までにはまだ少し距離がある。とはいえ道中に障害はないため、歩いてもすぐだ。

「……中で連れが待っている、ってファミリーレストランじゃあるまいし。そんなわけないだろうに」

あしらうのはいいが、少々適当すぎたかもしれない。ナンパ男が考え無しで助かった。

坑道の中はひんやりとしていて、どこまでも暗い。

壁を調べると魔法照明らしきものの残骸《ざんがい》が見える。

プレイヤーたちが好きなカバーストーリーなどは不明だが、出現する魔物はゴブリン系だ。

おおかたゴブリンに占拠されたため放棄せざるを得なかったか、あるいは廃坑道にゴブリンが住み着いたかどちらかだろう。

壁伝いに歩いていき、適当なところで制御をケリーに返した。

すぐさまフレンドチャットでケリーにそのまま警戒して待機するように言いつける。周囲に誰もいないことを改めて確認させてから、今度は本体ごとケリーの元へ飛ぶ。

「……よし、協力ありがとう。これで条件は整った」

「もったいないお言葉です、ボス」

レア自身の身体ならば『魔眼』があるため周囲がよく見える。

確認できる範囲ではプレイヤーは居ない。

遠くにゴブリンらしき集団が見えるが、別に彼らに用はない。坑道はまっすぐに伸びているとはいえ距離もある。向こうもこちらに気づいていない。

「じゃあケリーはしばらくここで警戒しておいてくれ。『召喚：【ガスラーク】』」

『召喚』に従い、精悍《せいかん》なゴブリンジェネラルが現れた。

「……おお？　これは陛下。ここは……」

「君たちの勤務予定地の坑道だよ」

「……了解しました。準備は整っております。いつでもご下命を」

「よし。ではこれよりこのダンジョンを我らが牧場として運営する。その立ち上げと管理を君に任せる。何かあればわたしに連絡するようにね」

「牧場管理の任、しかと拝命いたしました」

ガスラークがかしこまって膝《ひざ》をついた。

「目的としては主に経験値の入手だ。要は敵対勢力への攻撃だな。この坑道内に存在する、我々以外の陣営の者は基本的に殺しても生き返ると考えていい。つまり獲物が尽きることはない。

一方で、ダンジョンの主をキルしてしまえばそれも終わってしまう。そこは気をつけること」

「心得ております」

「それから同じことがこちらにも言える。君も死亡するわけにはいかない」

「はっ」

「☆3と認定されているということは、ここのゴブリンたちは少なくともタランテラたち以上の強さを持っているはずだ。こちらが素の状態のただのゴブリンでは荷が重いかもしれないから気をつけるように」

与えてあった経験値である程度は強化してあるだろうが、それでも足りないようなら追加で申請するように言いつけておく。

「ここは今後の牧場運営におけるひとつのモデルケースとなる。そのため現時点では効果的なマニュアルなどはない。それは君が作るんだ。今はすべてが手探りだから、失敗しても構わない」

ガスラークはこれには答えない。

失敗するつもりはない、ということだろう。

「では後は頼む。もし、君たちの拠点をどこかに作るなら、作業者として工兵アリを送るから言ってくれ。穴を掘るなら彼ら以上にうまくやれる種族をわたしは知らない。では健闘を祈るよ」

「お任せ下さい！」

ガスラークに後を託し、旧ヒルス王都へ戻った。

ケリーには自分で『術者召喚』を使わせ、リフレの街に戻らせた。領主が居る限りあちらはもう放っておいてもいい気もするが、街なかで生活するということにもう少し慣れさせておいてもいい。プレイヤーたちを観察することでいい刺激にもなるだろう。

これでようやく一息ついたと言える。

あちこち飛び回る忙しい一日だったが、たまには悪くない。

後は放っておけば勝手に回っていくだろう。

翌日、アリの準備が整ったクイーンベスパイドに後を任せ、スガルをテューア草原から王都に呼び戻した。

鎧坂《よろいざか》さんもだ。玉座は鎧坂さんが座っていないと、レアだけでは広すぎて座りづらい。

この調子で数日様子を見ていれば、この旧ヒルス王都にも客が来るはずだ。

第七章　偽造身分

【☆5】旧ヒルス王都ダンジョン個別スレ

001：アロンソン
一応立てておく。推測や憶測も含めて書き込みが増えてきたので。
総合スレでは邪魔になるので以降はこちらでおねがいします。

以下他スレリンク
＞ダンジョン総合スレ
＞【旧ヒルス】ダンジョン攻略報告スレ【その他】

……

251：おりんきー
じゃあ、ウェインさんたちは来ないんですね

252：明太リスト

☆3のエルンタールでさえ全滅しているくらいだし、僕らにはまだ早いかなって

253：名無しのエルフさん
私たちもかな。こっちは☆3ラコリーヌの森で修行中
王都に行くとしてもこっちで何が出てきても対応できるようになってからかしら

254：カントリーポップ
ラコリーヌって難易度可変のところか
プレイヤーの強さを測って敵の強さが変わるんだっけ？　それいいよな
もし某レトロゲームみたく戦闘回数とか言われると、雑魚ばっか狩って経験値稼ぎした奴らは全員死亡することになるし

255：丈夫ではがれにくい
王都の隣ってラコリーヌだっけ
じゃあ王都で全く歯が立たなくてもそっちの方に行けばいいか。よし俺も参加しよう
>>240　丈夫ではがれにくい参加でオナシャス！

256：蔵灰汁《くらあく》
>>255　丈夫ではがれにくい参加了承しました

これで二六人か
とりあえずそろそろ締めるけどよろしいか？

257：蔵灰汁
もう居ないみたいだな
じゃあ締めます
今回は初のダンジョン、しかも災厄のお膝元《ひざもと》ということで、何が起こるかわかりません
アタック失敗してもめげない方向で行きましょう
今は災厄は不在のようですが、もし途中で帰ってきたりしたら攻略失敗ですので諦《あきら》めましょう

258：丈夫ではがれにくい
言うて俺らは一回倒してるし余裕よゆう（）

259：おりんきー
>>258　じゃあ>>255の予防線はった発言は一体……w

260：蔵灰汁
集合時間は――

◆◆◆

「陛下、どうやら来たようです」

「おっと、そうか」

上空で待機しているオミナス君に視線を戻す。

「一、二、……二六人か。ＳＮＳでの打ち合わせ通りなら、申告していた参加希望者しか来ていないということかな」

それにしても二六人というのはパーティにしては破格の人数だ。しかもそのほとんどが上位プレイヤーを自認している者たちである。

他国での話だが、☆４のダンジョン自体はすでに挑戦したパーティがいるという報告が書き込まれてはいる。

そのどれもが全滅したか、浅いところで撤退したか、いずれにしても戦果らしい戦果はないというものだ。

中には上位プレイヤーというか、知名度のあるパーティも挑戦しているらしいが、いい結果が出たとは聞いていない。

そういった高難易度ダンジョンに対するひとつの解答が、このプレイヤー集団なのだろう。

数人というパーティ単位で攻略できないのなら、数でゴリ押ししてしまえばいい。パーティシステムというものは存在しないため、別に何人だって構わないということだ。

実に合理的な判断である。おそらくレアでもそうする。他人と歩調を合わせられればの話だが。

「もしくはダンジョンには潜らず、一仕事終えた彼らが疲れて帰るところを待ち伏せて一人ずつキルするかな。それが一番合理的だ。彼らの情報はSNSで公開されているし」

しかし現在のレアには頼もしい仲間たちがいる。そんなせせこましい真似《まね》をする必要はない。監視はいつものオミナス君の目を借りるつもりだが、フォレストオウルは本来都市部にいるような魔物ではない。ここでは目立ってしまう。

故に察知されないほどの上空からひそかに様子を窺《うかが》うしかない。

どうせプレイヤーたちの音声は聞こえないだろうし、『術者召喚：精神』ではなく『視覚召喚』でいいだろう。これればかりは仕方がない。

再三、モンスターもNPCと変わらないと言われているにもかかわらず、彼らはあまりエネミーのAIを重要視しない傾向にある。おそらく作戦や指示は大声で叫ぶなどして周囲にダダ漏れになることだろう。

「それを聞くことが出来ないのは残念だけど、ここは無声映画でも観《み》ているつもりで楽しむとしよう」

さあ、侵入者たちのエントリーだ。


ラコリーヌやテューア草原、あるいはかつてのリーベ大森林のように、何となく領域が始まっているというわけではない。

ここ旧ヒルス王都は堅牢《けんろう》な外壁に守られた都市だ。

もちろん城門は開け放ってある。

彼らのためにというよりは、下手に閉ざしておいて破壊でもされたらたまらないからだ。

城壁は機能美に優れ、その美しさには疵《きず》ひとつない。これからもその状態は維持しておきたい。

城門をくぐったプレイヤー集団は一塊《ひとかたまり》になって大通りを進んでいる。かつて現実の歴史か何かの資料で見た、修学旅行とかいうもののようだ。警戒心強くキョロキョロと辺りを見回しながら歩くさまは、まさにおのぼりさんといった風情である。

「――学を修めるために旅行に来たというのなら、学ばせてやらねばね」

玉座のレアのその呟《つぶや》きが聞こえたわけではないだろうが。

左右の建物の間、路地から何体ものゾンビが飛び出し、プレイヤーたちに躍りかかる。

しかし大通りが広すぎることもあり、奇襲と言ってもそれほどの効果はなかった。ゾンビが隊列に到達する前にスカウトらしき弓兵に察知され、頭部を矢で射抜かれる。同時に炎系の魔法が降り注ぎ、ゾンビは全て灰になった。

「まあ、ゾンビじゃこんなものか。さすがに☆4ダンジョンの雑魚というにはただのゾンビは弱すぎるかな」

住民のほとんどは死後一時間以内のフレッシュな状態でアンデッド化したため、ゾンビの中では比較的強い。しかしそれでも初心者でも勝てる程度の強さでしかない。

「ゾンビに関してはテコ入れが必要かな……。でも全部転生させるというのも面倒だしな。ブランはよくやったよ本当に。こっちはエルンタールより人口多いし、どうしようかな」

しかしシステムに☆4と判定されている以上、ゾンビが☆1程度の強さしかないのなら、難易度の判定にゾンビはなんら寄与していないのだろう。

さすがにそれはもったいない。

「……強化しておくか。実際やるのはたぶんジークだし」

「えっ」

街を眺めているため忘れていたが、レアの身体《からだ》は玉座の間にある。隣には当然ジークも居る。聞こえてしまったようだ。

「うちには吸血鬼の血なんて便利なものはないから、賢者の石になるのかな。もったいないが。せめて数体に一体くらいはそれなりに上位の個体を交ぜておきたいな。一段落したら頼むよ」

「……了解しました」

ゾンビが全く歯が立たないのなら襲わせても意味はない。相手にとっても大した経験値にもならないだろうし、素材の剝《は》ぎ取りなんかもしないだろう。お互いにとって時間の無駄だ。

次に現れたのはスケルトンナイトだ。彼らは元々ジークの配下だった者たちで、スケルトンとゾンビを同格とするなら、スケルトンナイトである彼らはそれよりは上だ。

隊列を組み、一糸乱れぬ動きでプレイヤーたちに攻撃をしかける。

しかしこちらも大して変わりがなかった。

鎧袖一触《がいしゅういっしょく》にプレイヤーたちに屠《ほふ》られていく。

と、そのプレイヤーの進撃が突然止まる。

一撃で倒せなかったスケルトンが交じっていたためだ。

いや、スケルトンではない。あれはカーナイトだ。マジカル超硬合金製の魔法生物である。

全身が魔法金属なだけあって、前衛プレイヤーの持つ武器よりもカーナイトのほうが硬いらしい。

背後の魔法使いに援護を要請するような素振りを見せた後、魔法使いたちから炎が降り注ぐ。

それだけではカーナイトは倒れない。火属性に対する彼らの耐性は高い。

魔法使いたちは炎が効かないとみるや、すぐに氷魔法に切り替えた。

これには見ていたレアも驚いた。普通に考えればアンデッドに冷気ダメージは効果が薄いとわかるだろうに。おそらく「火が効かないなら氷で」くらいの考えで行動しているのだろうが、なぜよりによって氷なのか。

しかし偶然にも、ことカーナイトに対してはこれは最適解だ。彼らは元になった金属の性質上温度変化に弱い。

炎属性攻撃を受けた後は冷気に対する耐性が一時的に失われる仕様になっている。これは逆でも同じことだ。

哀れカーナイトたちは魔法使い集団による『氷魔法』の飽和攻撃であえなく散ってしまった。後には金属塊だけが残されている。

序盤も序盤だというのに飛ばしすぎに思える。それだけ気合が入っているということなのか。それとも前衛の攻撃が通用しなかったことがよほど堪《こた》えたのか。

その後もスケルトンナイトとカーナイトが入り交じってプレイヤーたちを襲った。

カーナイトは素の状態でなら冷気耐性も高い。プレイヤーの魔法使いたちは最初のうちこそ氷属性で倒した成功体験から氷属性ばかりで攻撃していたようだったが、効果がないとわかるやすぐに炎と氷の波状攻撃に切り替えた。

そこからは一方的な展開だ。弱点に気づいてからは近寄られる前に狩ってしまうことさえ出来るようになった。

もはやプレイヤーたちに経験値と金属塊を提供しているだけになってしまっていた。

「……魔法使いが多いというのは思っていた以上に脅威だな。なによりリキャストを気にせず撃てるというのが大きい。ボウガンやマスケット銃の隊をいくつかに分けて、弾込めと発砲を交互にやられるようなものだ。オラニエ公マウリッツだったかな、あれを最初にやったのは」

パーティではなく、それ以上の数が相手となる戦いだ。その恐ろしさの一端が浮き彫りになった。

これまでの対多人数戦は全て、こちらは強力な一個の駒のみで戦うものだった。

ここ王都でかつてレアが戦ったときもそうだし、テューア草原でスガルが戦ったときもそうだ。

あれらの時は敵の攻撃は何であれ真の意味では脅威でも何でも無かった。連続して魔法を撃たれているという意識すら薄かった。

しかし今行われているように実力差がさほどない者同士の戦いでは事情は全く異なる。

前衛やスカウトなど物理攻撃職だけが相手であれば装備品の質で勝てていただろうが、魔法使いが多数おり、しかもこちらの弱点も暴かれてしまってはカーナイトでは太刀打ちできない。

「実に勉強になるな。学ばせてやるつもりが、こちらのほうが学ばされているとは。

先日のクランの彼らとの戦いもそうだが、プレイヤーたちは時に経験値だけに依《よ》らない強さを見せてくれるね。そしてそれによる成長をもたらしてくれる。うちの眷属《けんぞく》たちに」

プレイズクランのレイドパーティは使用する魔法の種類を絞り完全分業制にすることで、隊全体の対応力を上げる方向でのチームワークだった。多くの種類の配下を生み出せるスガルにとっては学ぶべきところも多かったはずだ。

対してここに居る彼らはそれぞれがジェネラリストだからこその隙の潰《つぶ》し方だ。画一化された戦力であるアダマンシリーズにはこちらのほうが合っているだろう。

プレイヤーたちは快進撃を続け、王城の門へと迫りつつある。

王城の中は難易度設定が別だ。手加減する必要はないため戦力的には困ることはないが、王城の正門は閉じてある。これを破壊されるのは避けたい。

「アダマンスカウトを少し呼ぼうか。少数だったら難易度にそれほど変化もないだろうし。

彼らならカーナイトのような弱点はないし、隠密性にも優れている。簡単にやられることはないだろう。魔法使いに魔法使いをぶつけても力比べになるだけだ。あれが厄介だというなら、後ろから忍び寄って暗殺してしまったほうが手っ取り早い」

「お貸しいただけるのでしたら、是非」

「もう、今日のところはプレイヤーのみなさんも十分に稼げたんじゃないかな。

初回特典はそろそろ終わりだ。代金を支払ってもらってお帰りいただこう」

ここは王城だ。ここに呼ぶ分にはいくら呼んでも問題ない。

念の為《ため》一個大隊をリーベ大森林から『召喚』し、有事の際には自由に使うようジークとワイトたちに言いつけた。

ジークはそこからアダマンスカウトを必要数抜き出し、指示を与えて王都へと放った。

ジークの指示通り、戦場に投入されたアダマンスカウトたちは気づかれないよう背後から忍び寄り、魔法使いたちの首を刈る。クリティカルというやつだ。このように人間型の種族は弱点がわかりやすいため、それだけで大きなハンデを負っていると言える。その代わりに武器や防具などの装備品で容易に強化できるのだが。

彼らは敵地の真ん中を集団で侵攻しているというのに背後への警戒がほとんどなかった。これは背後への警戒心を薄れさせるために、王都正門からここまで前方か、あっても側面からしか攻撃してこなかったからだ。

アダマンスカウトたちはキャベツでも収穫するようにプレイヤーたちの首を刈り取っていった。難易度を上げないため投入する数は最小限に抑え、相手魔法使いと同数にした。そうすることでスカウト隊のファーストアタックで魔法使いを全滅させることができた。

敵の前衛や斥候が察知した時にはアダマンスカウトはもう路地に消えている。スカウトとしての能力がプレイヤーより優れているかどうかは不明だが、少なくとも前方だけを警戒している相手から隠れるくらいは容易だ。

魔法使いを失ったプレイヤーたちは脆《もろ》かった。

前衛の手持ちの武器ではカーナイトに有効な攻撃は出来ない。

カーナイトには余裕があれば生き残った前衛たちの装備品の破壊を優先するよう指示を出した。

これには別に戦術的な意味はない。

王都を目指して転移してきたプレイヤーたちが、装備品を失った時にどういう形でリカバリしようとするのか、興味があっただけだ。何度も言うがこの近隣には街はない。

「……セーフティエリアにプレイヤーの眷属が侵入できることは確認済みだ。敵対行動は取れないようだが。

王都への転移先のセーフティエリアに眷属を潜り込ませて、簡易的な街でも作ってやれば発展するかな」

王都近辺のセーフティエリアに宿場町のようなものを作りプレイヤーを誘致する。

このプロジェクトを任せるのならケリーが最適だろう。正確にはケリーの配下のグスタフだ。

主君のさらに主君への自己紹介にわざわざ自分の商会の名前まで付け加えるほどだし、その商会もそれなりの規模なのだろう。

リフレの街の事業を家族や部下に任せることができるのなら、グスタフにはここで街の立ち上げに従事してもらいたい。

結果が出せたのなら、その新たな街の支配者、名実ともに貴族と言える領主にしてもいい。

「陛下。ただいま最後の侵入者が死亡しました」

「おっと。そうか。お疲れ様」

終盤は考え事をしていたためあまり見ていないが、オミナス君から視界を戻した。

今回の対プレイヤー戦も実に勉強になることばかりだった。それはジークも同様のはずだ。

大人数で攻めて来られた場合、強力な魔法による波状攻撃という恐るべき戦術を取られる可能性が高い。これは早急に対処が必要だ。

「とは言っても、カーナイトを強化してしまえば難易度が上がってしまうしな。少数の暗殺部隊や何らかのアイテムで対抗するしかないか」

アイテムについてはレミーに相談しておくことにする。レミー自身のスキルの高さや賢さも頼りになるが、今や彼女は多くの職人の眷属を抱える身でもある。ＮＰＣの職人たちの意見も参考にすればよりよいアイデアも生まれよう。

「まあ、カーナイトが倒されるのは別に構わない。もともとボーナスのつもりだったし。さすがに今回のように大量に効率的に狩られてしまうのは想定外だけど」

もっとも実際のところ、それほど問題視はしていない。

数は力だ。プレイヤーがいかに人数を揃《そろ》え、数十人規模で侵攻してこようとも、こちらもそのさらに数十倍の数で対抗してやれば討ち取ることは難しくない。

「数十人規模の集団が数十個とか現れたらまずいことになるけど、さすがにそれはないだろうし。ジーク、もしそんな事態になったら速やかにスガルを呼ぶんだ。その場合は難易度は気にせず、全力でキルしてもいい」

この部屋にもスガル配下の輜重兵《しちょうへい》を駐屯させている。ジークとスガルもフレンド登録をさせているため、すぐさまスガルを喚《よ》ぶことは可能だ。


ケリーやレミーに先ほどの思いつきなどを指示しつつ、ＳＮＳで今の戦いの結果を見てみた。

どうやら彼らの中では今回のアタックは成功という位置付けらしい。

その一番の理由は得られた金属塊だ。

異常に強いアンデッド――カーナイトのことだろう――に既存の装備でロクにダメージも与えら

れなかったこと、ドロップ品の金属塊にも鋼鉄のナイフで傷が付けられないことから、上位の素材だと判断しているらしい。間違ってはいない。

この成功体験から、今後は難易度の高い領域にはレイド級の規模のパーティが挑戦してくる可能性が上がったと言える。

加えてプレイヤー上位層の装備も魔法超硬合金にシフトしていくだろう。

「他の領域の支配者たちには申し訳ないが、仕方ない。なるべくフォロー出来るようこちらも手札を増やしていかないとな」

フォローというのは、当然牧場化のことだ。

他の領域の支配者がもしプレイヤーの成長に対応しきれないようなら、その支配者に変わってレアの眷属が管理してやるというだけのことである。

ふと、ＳＮＳ閲覧時に間抜け面を晒《さら》していたプレイヤーの姿を思い出す。なんとなく姿勢良く座り直した。

レアも周りから不審に思われないよう気をつけている、のだが、元々目は閉じたままだ。間抜け面になるとすれば口が半開きになるくらいだろうか。

しかしレアはそもそも用もないのに口を開くことは無いようにきつく躾《しつ》けられている。おそらくみっともない姿は晒《さら》していないはずだ。

小さい頃はよく母に、姉と並んで薙刀《なぎなた》の木刀で手の甲を打ち据えられたものだ。

あの打ち方も実に巧妙で、怪我《けが》もせず痕《あと》も全く残らないが、痛みだけは残るという、薙刀でビンタするというか、そういう打ち方だった。

レアはその絶妙な打ち方もマスターしている。このゲームの中で再現できるかはわからないが、現実でなら正確に痛みだけを相手に与えることが可能だ。実際にやったことはないが、真剣でもできるだろう。

「……薙刀か。アダマンで作ってみようかな」

リーベ大森林の鍛冶場《かじば》かリフレの職人街に話を持っていけば不可能ではないだろう。

とはいえNPCのレイドボスである、と思われているレアが日本古来の薙刀を振り回して戦うというのはよろしくない。日本人だと自己紹介しているようなものだ。

しかしせっかくのゲームだし、自分の思う通りの好みの薙刀を打ってもらえるのだ。

ぜひ真剣を振り回し、実際に戦ってみたい。

そのためには、新たな偽造身分《アンダーカバー》が必要だ。

ケリーの身体《からだ》を借りてもいいが、ケリーにはケリーの動き、片手剣や短剣の取り回しに最適化された動きの癖がある。これは他の側近のライリーたちも同様だ。

つまりすでにある程度戦闘力を持っている傭兵《ようへい》たちでは適さない。

「……領主アルベルトには娘がいたな。ちょっと、身体を貸してもらえないか聞いてみるか」

◆◆◆

先にレミーの職人街に寄り、薙刀の形状について注文をした後、領主館へ向かった。

領主一族はレアの直属の眷属であるため、レアには全幅の信頼を寄せている。

一応父親であるアルベルトに許可をとろうとしたが、むしろ娘をよろしくとまで言われてしまった。別にそういう意味で娘の身体を貸してくれと言ったわけではないのだが。

「失礼する」

ノックをし、入室の許可が得られたので領主の娘の部屋へと入る。

室内には目的の娘がいた。

「顔を上げてくれ。今日はちょっと頼み事があって来たのだ」

「そんな、頼み事などと。申し付けてくだされば何なりと――」

「ちょっと長期に渡る仕事になるからね。君のお父上の許可はとってある」

そこで娘が顔を上げた。

ノーブル・ヒューマンだけあって非常に美しい娘だ。

アルベルトはブラウンの髪だったが、その妻とこの娘は鮮やかな金髪だった。

娘の年齢はレアと同じくらいだろう。背格好も近い。躾《しつけ》が厳しかったのか、スタイルは非常に良い。

「君に協力してもらいたいことというのは――」

娘にざっとレアのやりたいことを語った。

早い話が文字通りレアの手足となって傭兵の真似事《まねごと》をしてほしいという内容で、本来貴族令嬢にはとても受け入れられるものではない。

しかし『使役』のためか躾のたまものか、娘は嫌な顔ひとつせずに畏《かしこ》まってうなずいた。

「その大任にわたくしを選んでくださるとは、光栄の至りです」

「用のないときもなるべく側《そば》にいてもらう事になるだろうし、わたしの側仕えという立場になるのかな」

「なんという……。父を差し置いてわたくしが」

「いや、君のお父上をわたしの側に置いても仕方ないし……」

彼にはこの街をうまく治めてもらわねばならない。

貴族令嬢がさらに高貴な身分の女性の側仕えになるのは珍しいことではない。それはこの世界でも同様のようだし、こういう言い方なら抵抗も少ないだろう。

「引き受けてくれるというのなら、これからよろしく頼むよ。ええと――」

「アマーリエです陛下。アマーリエ・ゼーバッハと申します。よろしくお願いいたします」

「よろしくアマーリエ。では愛称はマーレかな？」

「そう呼ばれたことはありませんが、そうなるでしょうか」

「では君はこれからこの屋敷の外ではマーレと名乗ることにしようか。ＮＰＣとプレイヤーの名前被《かぶ》りについては未《いま》だに不明だけど、愛称ということなら問題ないだろう」

了解が得られたのならまずは強化だ。

これからレアの手足となって薙刀を振り回し、魔物や人間や、とにかく目につく物を切りまくることになる。

相応の実力は必要だ。

マーレの強化は主に能力値へのみ行うことにした。

もちろん『精神魔法』、『死霊』、『召喚』、『調教』からの『使役』や『空間魔法』、それといくつかの攻撃用の魔法など入用になりそうなスキルは取るが、『槍術《そうじゅつ》』や『刀術』のような武器系のスキルは取らない。

それらのスキルは、対応する武器を装備して攻撃する際に命中やダメージにボーナスが乗る効果と、スキルツリーからアクティブスキルを取得できるメリットがある。

しかし命中についてはリアルスキルでカバーできるし、アクティブスキルもレアには必要ない。ダメージボーナスについてもＳＴＲを上げれば同じことだ。例えば槍《やり》に限定して言うならば『槍術』スキルを取得したほうがはるかに少ない経験値で大きなダメージアップを見込めるため効率は悪くなるが、使用予定の薙刀はアダマン製である。おそらく現行のどのプレイヤーよりも攻撃力は高いはずだ。ダメージボーナスは必要ない。

その薙刀も何本か試作品が上がってきていたが、全て駄目出しをして作り直させていた。そのたびに少しずつ理想に近づいてきている。ワクワクが止まらない。

また並行して短刀も試作させている。これはサブウェポンだ。薙刀が振るえない場合や、あるいは戦闘中でも薙刀を払われたりしたときのためだ。

薙刀が出来上がるまでの間、マーレへの教育も行っていた。

先輩であるケリーたちへの面通しはもちろん、各領域への視察に同行させたり、実際にプレイヤーたちが攻めてきている場面を上空から観察させたり。

最近では人工の森であるラコリーヌにも野生の鳥たちが住み着くようになっていたため、適当な野鳥を一羽捕らえて『使役』させた。これはケリーたちにもやらせている。独自の偵察手段があるというのは非常に有効だ。もっともレミーなどはすでにリフレの街中に眷属《けんぞく》ネズミによる監視網を築いていたようだが。

これまでの管理職の眷属や父親であるアルベルト同様、マーレもＩＮＴに重点的に経験値を振ってある。

レアの側でプレイヤーたちを転がす様を見ているだけでかなり勉強になっているだろう。

もちろん主目的である『術者召喚：精神』を使用した上での戦闘訓練も行っている。

こちらは訓練しているのは実際にはレアの方だが、ともかく訓練の甲斐《かい》もあってかなり違和感なく動けるようになっていた。

マーレはもともと運動はあまりしていなかったようで、妙な癖などもなく実にやりやすかった。

数日みっちりとレアの訓練につきあわされた結果、スキルもないのにレアに似た動きをするようになっていたのには驚いたが。

もちろん今はまだあくまで真似をしているだけだろうが、全ての学びは真似《まね》ぶことから始まる。このまま続けていけば、いずれ師範代クラスにはなれるのではないだろうか。

「……ＮＰＣであっても、スキルを伴わない成長は可能ということか。つまりＡＩが非陳述記憶まで再現しているということになるのか？　何のための技術なんだこれは」

『術者召喚：精神』では移動先の眷属のスキルしか使用できないが、実際に身体を動かすのは術者であるため、スキルに頼らない動作は問題なく行える。ということは非陳述記憶はＡＩ側に存在しており、システム上のスキルはアバター側に存在していることになる、のだろう。

それなら、他人の身体を借りた際の癖のようなものはその身体が覚えているスキルに依存するものだということになる。

「言われてみればそんな気もするな。ケリーの身体で森の中が歩きやすかったのも、もしかしたら獣人の種族特性によるものだったのかも」

だとすれば、ケリーの身体を借りた時と鎧坂《よろいざか》さんの身体を借りた時の使用感の違いは自我の強弱ではなく、単純に種族間の違いということになる。

「まあそんなカテゴリーがあるのかどうかもわからないけど」

「陛下、レミー様がお見えになりました」

「ありがとう、マーレ」

この数日、レアはリフレの領主館で生活していた。

ワインセラーだった地下室を改装し、家具や調度品を運び込み、レアの私室にしたのだ。

直射日光を長時間浴びたりしなければダメージを受けることはないが、なんとなく明るいところは落ち着かない。別に目を開けて過ごすわけではないため関係ないのだが。

「今回の物はどうでしょう、ボス」

地下室へと通されたレミーはインベントリからひと振りの薙刀を取り出した。

緊張した面持ちでレアへと手渡す。

「ありがとうレミー。……ふむ」

地下室は長物を振り回すには狭い。

石で出来た壁や天井に刃が当たったところで、おそらく切り裂いてしまうため薙刀の方は無事だろうが、部屋が傷だらけになってしまう。

軽く持って重量のバランスを確認した後、一旦《いったん》外へ出ることにした。

「マーレ」

「どうぞ、いつでも」

薙刀をマーレに持たせ、地下室のベッドに横になるとマーレに精神を移す。

「では外に出て軽く振るってみよう。レミー、行くよ」

「はい、ボス」

屋敷の中庭は華美になりすぎない程度に花壇が整えられ、中央にはお茶会をするためのテーブルセットを設置するスペースが空いている。

なんであれ、長物が振り回せる場所が空いているならそれでいい。

一通りの型を試しつつ、また短刀も絡めて一人演武を行う。

わかっていたことだが、アダマン製の薙刀は異常なほど重い。柄《え》は木製だが、世界樹の枝から切り出したものを使用している。これも普通の木材よりもかなり重い。

しかしそれでも強化した能力値によって小枝のように振るうことが出来る。現実ではとてもできないが、片手の指のみで風車のように回すことさえ可能だった。

さしあたり、このアダマンの薙刀をスカスカの木刀だと思うことから始める。

そのまま小一時間ほど色々試しながら演武に興じたが、悪くない仕上がりだと言えよう。

木刀よりも軽く感じ、しかし実際には非常に重いため空気抵抗に影響されない。

実際に戦ってみなければ確かなことは言えないが、この仕上がりならば先日王都に現れたプレイヤーたち程度ならあしらえるだろう。遠距離からの攻撃も含めた連携などをされると厳しいが、立ち回り方によっては一人で制圧できるかもしれない。

もっとも、これは別にプレイヤーと戦うための鍛錬ではない。主に想定していたのはどこかのダンジョンの攻略だ。

「……どうでしょうか、ボス」

「おっと、夢中になっていた。ありがとうレミー。素晴らしい仕事だ。職人街の君の眷属たちも労《ねぎら》っておいてくれ」

レミーは嬉《うれ》しそうに頭を下げ、職人街へ帰っていった。

帰っていったというか、特に考えていなかったのだが、レミーは今どこに住んでいるのだろう。

それなりに成果は上げているようなので別に構わないし、最近ではレアの指示になくとも新たなアイテムの開発に勤《いそ》しんでいるらしい。実に結構なことだ。

また職人の親方たちの何名かには『錬金』や必要となる魔法スキルを取得させ、賢者の石が作れるように成長させてある。レミーの指揮下で賢者の石の生産やレシピの穴埋めをしているはずだ。


一方ケリーはあれからグスタフとともに王都近郊のセーフティエリアに赴いている。

すでにグスタフの息のかかった業者を入れ、簡易的な宿泊施設の建設に着手しているようだ。このゲームの世界は建築に関するスキルもあるため、現実と比べて驚くほどの早さで建設が可能だ。

ケリーの顔を知っているウェインが来るようなことがあれば面倒だが、ＳＮＳを見る限り彼はエルンタールでブランとじゃれているようだ。しばらくは心配ない。

ライリーはこのリフレの街の内部の警備担当だ。

元々あった警邏《けいら》隊をすべて『使役』し、その隊長として腕を振るっている。

有志の自警団のようなものは一切『使役』していないが、もともとそれは警邏隊の下部組織だ。警邏隊メンバーの指示には従うようだし、その隊長であるライリーのことも領主の関係者だとは知っているらしく、素直に従っている。

火山地帯から大量のロックゴーレムを連れ帰ったマリオンは、第二外壁の建設に手を貸している。ロックゴーレムはマリモ同様時間とともに少しずつ大きくなるが、どうやらそれは経験値によるものらしい。専用のスキルがあるというわけではなく、経験値を得た分だけサイズが大きくなるという種族特性を持っている。

つまり眷属化した場合、レアが経験値を与えなければサイズが変化することはない。

マリオンにはそのためにまとまった経験値を与え、ロックゴーレムのサイズ調整に使用させている。ロックゴーレムの大きさは個体によってまちまちだが、経験値によってサイズが変わるのなら全て同じ規格になるよう経験値を与えてやればいい。

「さて。しばらくはどこの部署も放っておいてもやっていけそうだし、準備も出来たし遊びに行くか」

これでレアが遊んでいてもログインさえしていれば自動的に経験値が入ってくるだろう。

「たしか、ノイシュロスとか言ったかな。わたしとブラン以外が支配している都市型ダンジョンは。あそこのボスはゴブリンだということだし、ガスラークのビルドの参考になるかもしれない。ひとつ遊びに行ってみよう」

◆◆◆

普段はひとりで外出するとなればうるさい眷属たちだが、レア自身の身体《からだ》でなければうるさくは言わない。

この状態で死亡したとしても、それはあくまでマーレの身体であり、レアが死亡するわけではないからだろう。

とはいえ、術者と眷属のMND値によってはバックダメージがある。眷属と術者のMNDが近いほどダメージを受けるということだが、レア自身のMNDが高すぎてバックダメージは気になるレベルではなかった。

しかし、この状態で死亡した場合のリスクは別にある。

それはリスポーン時間だ。レアは精神を元の身体に戻されるだけだが、マーレは一時間はリスポーンできない。その場に死体が残ってしまうのだ。

これを他のプレイヤーに見られると面倒なことになる。プレイヤーのふりをして行動するのなら、知らない誰かと共に行動するのは避けるべきだろう。


リフレの傭兵《ようへい》組合からノイシュロスへと向かう。

道中すれ違うプレイヤーたちからはそれほど注目はされなかった。マーレは確かに美しいが、プレイヤーならそのくらいの美形は珍しいことでもない。背中に長物を背負っているのは少々目立つが、武器をインベントリに仕舞わないプレイヤーはそれなりにいる。NPCの傭兵ならばそんなこととはそもそも出来ないわけだし、たぶんそういうロールプレイなのだろう。レアも聞かれたらそれで通すつもりだ。

防具にしても、身体の動きを阻害されることを嫌ったためにどちらかと言えば軽装だ。

といっても布はクイーンアラクネアの縫製した特別製だし、金属部分はアダマン何とかだ。そこらの鎧よりはよほど防御力がある。襟にはこれも部分的に金属をあしらったフードがついており、今は街の中なのでフードは被《かぶ》っていないが、戦闘の際はこれを被って頭部を守る構造だ。

転移したノイシュロス最寄りのセーフティエリアは草原だった。目印らしき岩が置いてあるが、それだけである。

周囲にはテントのようなものがちらほら並んでいる。あれがプレイヤーの寝床らしい。

このノイシュロスは難易度☆4だが、☆4ダンジョンで大きな成果を上げたのはレアが知る限りでは王都に現れた多人数パーティだけだ。しかも彼らは一人ひとりがプレイヤーとしてはトップクラスだった。

そのせいか、☆4ダンジョンに少人数で本格的に挑もうというプレイヤーは少ない。いるとしても浅いエリアで雑魚刈りをするか、冷やかし目的くらいのようだ。

なんにしても、混んでないのはいいことである。

とりあえず街道をノイシュロスへ向かって歩き出した。

ノイシュロスの街はセーフティエリアから徒歩で十数分程度歩いたところにあった。

街の外観はといえば、かなり荒れた様子だ。

外壁は打ち崩され、どこからでも入ることが出来る。

街の向こうに見える森がおそらく元々の魔物の領域だ。あの森はリストに載っていなかったことから、ノイシュロスの街と統合されているのだろう。エアファーレンやルルドの街がリーベやトレに統合されてしまったのと同じだ。

とりあえず中に入ってみた。

荒れ具合は内部も外壁と同様、いや外壁よりひどいかもしれない。

目的が住民の殺害なら当然と言える。

イベントの際にここを襲った魔物たちは明確に住民を狙って侵攻してきたのだろう。よほど飢えていたのか、あるいは殺すことそのものが目的だったのか。

飢えを満たすことが目的なら野生の魔物なのだろうが、殺すことそのものが目的だったのならこのダンジョンのボスはプレイヤーである可能性が高い。殺すことが目的ということは、経験値が目的だったと言い換えることができるからだ。

きょろきょろと辺りを見ながら歩いていると、崩れかけた家の陰から何かが飛び出してきた。

ゴブリンだ。いや本当にゴブリンなのだろうか。

見た目は確かにゴブリンなのだが、リーベ大森林のものよりもかなり体格が大きい。かなりというか、なんなら平均的なヒューマンよりも大柄だ。

とっさに短刀を抜き放ち、ゴブリンの体当たりを躱《かわ》しながらすれ違いざまに膝《ひざ》の裏を斬りつけた。

ほとんど手応えは無かったが、たしかに斬ったという確信がある。アダマン短刀はゴブリンを切るために使うには少々切れ味が良すぎるらしい。おそらくもう立てまい。

素早く近づき首を掻《か》き切ると、盛大に血を吹きながらゴブリンは倒れた。

レアは血がかからないよう飛び退《すさ》り、手早く背中の薙刀《なぎなた》を下ろし、薙刀袋から薙刀を抜いた。

大ゴブリンは一体ではない。次々にレアに襲いかかってくる。

「ふっ！」

片手で薙刀を振り回しながら短刀を鞘《さや》に収める。本当なら血をきちんと拭《ぬぐ》ってから納めたかったところだが仕方がない。

短刀をしまってしまえば両手で存分に薙刀を振るうことができる。

鍛錬した成果を見せつけるように刃を振るい、時に右手、時に左手のみで風車や水車、突きや振り上げを繰り出していく。

アダマン製の薙刀の切れ味は恐ろしく、スカスカと大ゴブリンの手足を切り落としていった。まるで一人で演武をしているのと変わらない。囲まれているため時には背後に石突を突き出したりもするが、速度と硬度のため刺突攻撃と変わらない威力になっている。つまり敵の身体を貫通してしまうのだ。そうした場合には割り切って力任せに敵の死体ごと振り回す。

祖母に見られたら正座させられそうな薙刀の使い方だが、いかにレアとて鋼と木で出来た現実の薙刀でそのようなことはしない。アダマンと世界樹製だからこその蛮行である。

折れず曲がらず、欠けずこぼれずのこのマジカル金属ならばこの程度の芸当は何でもない。それは世界樹製の柄部分も同様だった。

しばらく気持ちよく得物を振り回していたが、やがて獲物が居なくなってしまった。

もちろん逃がすようなヘマはしていない。すべて死体になって転がっている。

血脂を拭《ふ》き取ろうと懐紙を取り出すが、そんなもので拭き取れる量ではなかった。ふと思い立ち、マーレのスキル取得リストから『水魔法』の『洗浄』を取得させた。本来薙刀を水洗いするなど言語道断だが、魔法だし多分なんとかなるだろう。

思惑通り、『洗浄』は水洗いするというよりも対象を綺麗《きれい》にする効果であるらしく、血も脂も綺麗に消え去った。

試しに短刀とその鞘にも発動させてみたが、こちらも同様だった。考えてみれば、ゲームの中で清掃などをリアルにやらせたとしても誰も得をしない。

「……これ、もっと早く知っていればクローズドテストのときも面倒な手入れをせずに済んだのに」

大ゴブリンから剥《は》ぎ取りなどはしない。そもそも解体用のナイフなど用意していない。『解体』スキルは取得しているが、それは『治療』取得の足掛かりとしてだけだ。使うつもりはない。どうせ他人の庭であるし、死体はそのまま放っておき、探索を続けることにした。

「今のが☆4の雑魚か。カーナイトより柔らかいのは確かだと思うんだけど……。どっちのほうが総合的に強いのか、いまいちよくわからないな」

ここに来たのは難易度☆4ダンジョンの調査という面もある。システムによって判定されてはいるが、同難易度の中でもいくらか幅があることはわかっている。ここならば☆4ダンジョンとして旧ヒルス王都と客を食い合う関係になるだろうし、調査は必要だ。

まだ一度戦闘を行ったのみだが、この内容なら誰だって王都を選ぶだろう。

あちらは攻略に数人の魔法使いが必須《ひっす》になるが、そのレイドに潜り込めさえすれば、近接職でもちょっと盾になるだけで経験値やドロップアイテムが手に入る。

経営者側のレアとしては適度なところで代金として経験値をいただくのだが、質の良いサービスを提供しているのだから対価が高いのは当然だ。それはプレイヤーたちも理解してくれている。

その証拠に旧ヒルス王都にアタックするプレイヤーは日々徐々に増えてきている。

得られる経験値とドロップ品のためか彼らはそれをもはやなんとも思っていない。全滅前提でそれまでにどれだけ稼げるかという思考でアタックしているようだ。

ゲームの高難易度コンテンツにはしばしばそういうアタックのやり方も見られるが、今のヒルス王都がそれなのだろう。実に素晴らしい。

このノイシュロスのセーフティエリアのテントの少なさを思えば、現時点で旧ヒルス王都のほうがダンジョンとして人気が高いのは明白だ。

しかし何がどう変化して状況が変わるかわからない。

たとえば、このノイシュロスを完全に攻略してしまうプレイヤーが現れた時、どうなるのか。

一体のボスによって『使役』された眷属《けんぞく》で構成されている領域の場合、そのボスが倒されると領域内の全ての魔物が死亡する。

その瞬間その勢力は領域の支配力を失うが、その時点で支配権まで失うわけではない。これはレアが死亡したときでもリーベ大森林やトレの森がレアの支配地のままであったことからも明らかだ。

領域の支配権が移動するのは、新たにその領域を別の単一勢力が制圧した場合である。

かつてスガルを倒して洞窟《どうくつ》を支配した時がそれだ。あの瞬間、洞窟内で生きていたのはレアの勢力だけだった。

テューア草原ではレアが姿を現したことで全てのプレイヤーは死亡し、あるいは逃げ出し、その後しばらく草原には誰も近寄りもしなかった。

そのおかげで草原を支配できたと言える。

だが、複数のプレイヤーでパーティを組んでいる限り、単一の勢力にはなりえない。

つまり普通にダンジョンアタックをかける限り、プレイヤーがダンジョンボスを討伐しても特に変化は無いはずなのだ。ボスがプレイヤーの領域支配者と同様の仕様なら、おそらく三時間後にリスポーンし、さらにその一時間後には雑魚もリスポーンする。

であれば、ここノイシュロスのボスがヒルス王都のボスより倒しやすく、かつ倒した際の旨味が大きい場合、こちらのほうが人気が出る可能性がある。ボス戦の周回プレイだ。

倒した際の旨味は不明だが、こちらのボスのほうが倒しやすいことだけは確かだろう。なにせヒルス王都のボスは災厄級のジークであり、そのジークが倒されてしまうかもしれない事態になればスガルやディアスもヘルプに入るからだ。その三体が相手ではレアでも勝てるかわからない。

（その前に、もしここのボスがプレイヤーだったらまた話が変わるな。雑魚がこのレベルなら警戒の必要はないし、せっかくだからボスの顔を拝んでいこうか）

◆◆◆

「――気の所為《せい》かな？　今のゴブリン、鎧《よろい》着てたような」

ノイシュロスの街に入ってからこっち、まさに見敵必殺、視界に入った動くものはすべてその瞬間に切り捨ててきた。

その、戦闘というよりはもはや作業となった殺戮《さつりく》を繰り返していたところ、それまでの大ゴブリンとはちょっと違う手応えがあった。

と、その手応えが違った相手は膾《なます》切《ぎ》りにするが早いか、死体が光になって消えていく。

「……やっぱりプレイヤーだったか」

発見したのもこちらが先だったし、顔までは見られていないはずだ。

仮に何かを目撃されていたとしても、せいぜいがフードをかぶった人間に長物で切られたという程度だろう。

フードのプレイヤーなどいくらでもいるし、現実と変わらないほどリアルな昨今のＶＲゲームでは剣よりもリーチの長い槍《やり》を選ぶプレイヤーは多い。慣れてくるにつれて剣士も増えてくるが、槍使い人口が劇的に減るわけでもない。

風貌《ふうぼう》からではマーレという人物の特定は困難なはずだ。

まあそれ以前に、こちらを全く認識すらされていなかったという自信があるが。

「急に出てくるからだよ。まあ運がなかったね」

死ぬことに慣れたプレイヤーたちなのか、彼らは死亡が確定するが早いか光になって消えていった。システムメッセージの途中でリスポーンを選択したのではというくらいのタイミングだ。

「……」

それを見てふと思う。

王都で倒されたレアの死体も、このようにすぐに消えていったはずだ。

あの時あそこに居たプレイヤーたちからは、災厄もまたプレイヤーなのではという疑念は全く出てこなかった。

死亡してすぐ光になって消えたのならプレイヤーしかありえないと思うのだが、何が彼らの目を曇らせたのだろう。

イベントボスは特別だ、という思い込みだろうか。それとも近くに鎧坂《よろいざか》さんのドロップアイテムが残されたからだろうか。

（まあ過ぎたことだし、今はいいか）

とりあえずの目的である街の中心部、おそらくは領主館まではまだ少しある。

得物の性能とレアの腕のおかげで、戦いながらでも進行速度は徒歩とそれほど変わらない。通常のダンジョンアタックと比べれば驚くほどのスピードだろう。

ここのボスがもし何らかの手段でもって侵入者の動向を監視しているとしたら、レアは重要監視対象のはずだ。

しかし領主館へ近づいても出現する雑魚集団にさほどの違いは生まれなかった。

相変わらず、人間よりも少し大きいサイズのゴブリンだけだ。

魔法を使う者も交じっているが、ただ直線距離で飛んでくるだけの攻撃など、どれだけ速かったとしても躱《かわ》すことは難しくない。飛んでくる魔法のランクから言って範囲魔法が使えてもおかしくないにもかかわらず、なぜか単体魔法しか使ってこない。レアが一人だからだろうか。

（というよりは、上位者にＭＰがもったいないから無駄遣いするなって命令されていると考えたほうが自然かな）

作戦名は「まほうせつやく」というわけだ。

レアの考え、というか方針では、節約すべきは全体としてのリソースであり、それには時間も含まれている。結果的に早く終わるのなら範囲魔法でも何でも使うべきだと考えるが、末端の兵士ひとりひとりにその判断力を求めるのは酷だ。

レアの配下で言えば、末端中の末端である歩兵アリやゾンビなどはそもそも出来ることが少ない。故に考えるまでもなく常に各々が出来ることをやるしかない。

頭を使うべきなのはその兵士たちの配置や人数割などである。つまり管理者の仕事だ。そして管理者にはそれなり以上の経験値を与え、自分である程度高度な判断が出来るよう教育もしてある。

「……難しい問題だろうなこれは。うちは大きな企業なんかを元にしたピラミッド構造だけど、スガルや女王たちのような中間管理職も多数置いている。同じトップダウンでも全部トップが判断しないといけないようなワンマンな組織だとしたら、作戦や命令も雑にもなるか」

構成人員が少ないならワンマン構造の方が合理的だ。組織全体の決断までのスピードが段違いで速くなるからだ。

しかしこれでこの領域のボスがプレイヤーである可能性はさらに高まったと言える。

野生のボスなら戦闘コストのパフォーマンスなど考えず、殺意第一で命令するはずだ。

襲いくる大ゴブリンたちを刻みながら領主館へ徐々に近づいていく。

この街一番の建物はもうすぐそこだが、手応えがなさすぎて少々飽いてきてもいた。

そもそも現実での武道は木や鉄で作られた武器を振るうことを前提として磨き上げられてきた技術だ。

決して折れず曲がらず、欠けずこぼれずの魔法のような武器で戦うことは想定されていない。

そんな武器があるのなら、腕力だけ鍛えておけば技術はあまり必要ない。

(武器が強すぎたな。身の丈に合わない上位の装備は使うべきではなかったかも)


やがて領主館の前にたどり着いた。

門は閉ざされてはいるが、鍵《かぎ》などはかかっている様子はない。

というか、一度破壊してしまった門扉をとりあえず閉じたというだけに見える。

門扉の鉄格子の隙間から見える本館の玄関ドアも同様である。

他のプレイヤーパーティがここに出入りしているらしい形跡はない。

門から少し横にずれると、ジャンプして塀の上に手をかけ、そのまま腕力で身体《からだ》を宙に舞わせて乗り越えた。これはレアでなくともここまで来られるほどのプレイヤーなら造作もないだろう。

塀を乗り越えた先にある庭も荒れ放題だった。リフレの領主館とは比べ物にならない酷さだ。

玄関の扉は押したら開いた。というか倒れた。蝶番《ちょうつがい》も破壊されているらしく、もはや扉としての形を成していない。

「……ボスはどうやって出入りしているのかな」

街に出ることなどないということか、あるいは他に出入り口があるのか。

その場合逃げられてしまう可能性もあるが、別にどうしても逃さず殺したいわけでもない。仮にそのつもりなら一人で来ていない。どうせ息抜きの遊びだ。あわよくばついでにボスの顔を拝み、ボスをキルした場合に領域がどうなるのか見てみたいというくらいだ。

（いや、そうだな。それは見てみたいな。ならやっぱりボスの討伐は優先事項としておくか）

まずは一階から順に見回っていくことにする。

玄関ホールは広く、左右に階段がある。頭上には大きなシャンデリア型の魔法照明が――あればよかったのだが、今はない。ゴブリンが持ち去ったのか、破壊されてしまったのか不明だが、何かが吊《つ》り下《さ》がっていたのだろう鎖の残骸《ざんがい》だけが垂れている。

応接間、食堂、厨房《ちゆうぼう》。使用人たちの部屋らしき場所、リネン室。裏庭に面した洗濯場。

一階にはボスどころか、雑魚の大ゴブリンもいない。

「雑魚は全員街に出しているのか？　いざという時に自分を守る肉の盾もいない？　どういうつもりなんだ」

ここまで来て何も襲ってこないということは、侵入者の動向を監視する手段は無いと考えていいはずだ。

であればいつ攻めてくるかもわからない侵入者に対し、拠点防衛を全く考えていないというのは少し不自然に思える。

とりあえず玄関ホールに戻り、階段を上がって二階を探索することにする。

こちらには客間や領主の家族のものらしい私室があるだけだが、やはりゴブリンは居ない。

残すは二階の西側、その一番奥の部屋だけだ。これまで見ていない中で、あって然《しか》るべき部屋は執務室だけだ。おそらくそこがそうなのだろう。

そして唯一、なんとなく生き物の気配がする場所でもある。

ゆっくりと扉に近づくと、一息でその扉を三度斬った。はじめに蝶番、そして扉をバツ印に、だ。

一瞬遅れて扉は四分割され床に落ちる。

すると部屋から魔法が飛び出してきた。

奇襲をかけたつもりだが、待ち構えていたらしい。扉の破壊と同時に突入しなくてよかった。

しかし相殺しようにも距離が近すぎる。間に合わない。そして躱すには廊下は狭すぎた。

「くっ」

ここに来てから初めてのダメージだ。

被害が小さくなるよう、腕で顔を覆い、半身になって被弾面積をなるべく減らす。

クイーンアラクネアの糸はレアが想像していた以上に優秀なようで、大きなダメージはなかった。

(優秀な装備に助けられたな)

これまではそれほど身につけるものに注意を払ってこなかったが、これは一考の余地がある。

装備品はアダマンとクイーンアラクネアの糸を基本にし、装備が必要なキャラクターのものは一新するべきだろう。

この魔法抵抗力は驚異的だ。マントにして防御すれば低ランクの魔法など意にも介さない。

そんなことを考えながら、次弾が飛んでくる前に部屋に飛び込んだ。

室内はやはり執務室のようで、本棚とソファ、それに重厚な執務机と椅子がある。

椅子にふんぞり返っているのはこれまたゴブリンだ。座ったまま魔法を撃ったらしい。舐《な》められたものだ。

ふたたび魔法を撃とうと構えたその右手を、神速の突きで切り飛ばした。

足元にあったローテーブルを気づかず蹴飛《けと》ばしてしまったが、高いＳＴＲのおかげか特に障害にもならなかった。蹴飛ばされたローテーブルは本棚に突き刺さり、本棚ごと倒れた。

「グギャウ！」

「……変わった叫び声だな？」

腕を伸ばしたその体勢のまま薙刀《なぎなた》を回転させ、左手も同様に切り落とす。勢い余ってデスクも切り裂いてしまったが構わない。ついでとばかりにデスクをバラバラにし、椅子に座った足が見えたのでそれも切り飛ばした。

天井や床にも多数の傷が入ってしまったが、自分の部屋でもないしどうでもよい。狭い方が悪い。

「ギャッギャアアウ！」

「叫び声じゃないな。これ鳴き声か。きみ、ただのゴブリンだな」

これまで切り捨ててきた大ゴブリンよりさらに大柄で着ているものも上等だが、それだけだ。

プレイヤーなら、というかある程度賢ければガスラークのように会話が出来るだろうし、つまり目の前のこいつは賢くもないＮＰＣの雑魚である。

「ということはボスではないいな？　君のボスはどこだ？」

聞いても答えるはずがない。仮に答えたとしても妙な鳴き声ではなんと言っているのか判断できない。

（こいつを殺して、街に戻るか。それで街のゴブリンがまだ残っていれば、こいつはボスではない）

領主館の中に雑魚がいれば手間が省けたのに、と思ったが、その場合はおそらく全て殺していただろうし結果は変わらなかっただろう。

完全に死亡した、と確信できるくらいに細切れにし、『洗浄』で血を落として領主館を出た。

◆◆◆

街に戻ってすぐまたひとつ、大ゴブリンの集団を斬り伏せた。

普通にゴブリンに襲われている。ということは先ほど屋敷にいた者はやはりボスではない。

この街に入った最初からだが、難易度の割にエンカウント率が低い気がする。もしかしたら一人で行動するレアを見つけることが困難なのかもしれない。

これは同じ都市型の領域である王都や、ブランのエルンタールでも同様の問題が考えられる。先日のように大人数で攻めて来られるのも厄介だが、隠密技能に優れた少人数のプレイヤーに潜入されるのもまた厄介だということだ。

やはり客という別の立場でアトラクションを眺めてみるのは勉強になる。

それより今は、ゴブリンのボスの居場所だ。

（街でないなら森しかないな。ノイシュロスの街という名前に惑わされたが、考えてみればボスも目立つ上に攻撃されやすい場所で馬鹿正直に待っている必要はない）

レアのように複数のダンジョンを支配しているなら、攻撃されているダンジョンとは別の場所で待機していればいい。

「じゃあ森に向かうか」

道案内代わりにマーレ配下の野鳥を『召喚』し、頭上に飛ばす。森の方角を確認させ、誘導するように前方に滞空させる。

ボロボロに崩れた北の外壁をくぐり、街の外に出ると、そこは深い霧に覆われていた。霧の向こうにうっすらと森のようなものが見える。

「街から森まで近すぎる。こんなところに街を築くなんて正気の沙汰《さた》じゃない。

……もしかして街を建設した後に森が広がったのかな」

あるいは街道などの重要な施設へ魔物がやってこないよう防波堤として外壁を建設し、その内側に街が出来たということも考えられる。

だが時間をかけてまで知りたい内容でもない。

霧が立ち込める中を慎重に歩く。野鳥は帰した。この霧では航空偵察は効果が薄い。

特に何ということのない荒れ地だ。霧のせいで日当たりが悪いせいか、時折生えている雑草の背も低い。

隠れることの出来ない地のため、雑魚も見当たらない。

しかしレアは警戒を解かない。

不意にぼこり、と音がした。

その音が聞こえるやいなや、レアは薙刀の石突を音の聞こえた地面へ突き刺した。

案の定そこには骨で出来た手が生えており、石突に砕かれて飛び散っていくところだった。

それを皮切りに次々と地面から骨の手が生えてくる。

「手だけをもぐら叩《たた》きをしていても埒《らち》が明かないな。『アースクエイク』」

そんなに外に出たいなら、地面を耕して出やすくしてやることにした。

アースクエイクとは言っても、そこは攻撃魔法である。ただの地震ではない。

大地はうねり、生きているかのように脈動し、岩のように硬く鋭い大きな突起を断続的にいくつも生み出している。突起は二メートルほど突き出すとただの土に戻り、ボロボロと崩れてまた次の突起の材料となる。それが五秒ほど続くと一斉に変化は止まり、元の地面のように平らに戻った。

地面に埋まったスケルトンたちは当然回避することなど出来ない。土とともにシェイクされ、バラバラになって掻《か》き混ぜられている。

「一気に片付いたかな。雑魚だし何の足しにもならないけど。収支で言ったらMPの無駄だったな」

時間効率を考えれば仕方のないことだ。多少のMP消費で先を急げるならそうすべきだ。

それからも同様にスケルトンの気配がすれば『アースクエイク』を発動し、荒れ地を進んだ。

(しかしなんというか、不細工なスケルトンだな。贔屓目《ひいきめ》かもしれないけど、うちのスケルトンのほうがイケメンに見える)

レアが見たのはバラバラになった残骸のみのため、全身のスタイルはわからないが、時折見かける頭部だけ見ても明らかに顔が違う。それこそ歴史の教科書で見かけるような、何とか原人の頭骨に近い形状だ。

人種が違うのだろうか。スケルトンにも人種があるのは不明だ。

「あ、ゴブリン……。もしかしてさっきの大ゴブリンたちの骨か。これは」

そう考えて見てみれば確かに似ている。おそらくこれはゴブリンスケルトンだ。

SNSの書き込みでは、イベント序盤はアンデッドが街へ攻めてきていたとのことだった。

ゴブリン特化とは言え、随分と手札の多い敵のようだ。街に自分の身代わりを置いておくという小賢しさも持ち合わせている。油断のならない相手といえる。

もう森は目の前だ。スケルトンもしばらく前から出てきていない。『アースクエイク』を放つ必要ももうない。

森は昼間だというのに薄暗く、不気味な雰囲気を醸し出している。荒れ地のように霧が出ているわけではないが、見通しは悪い。

「『ヘルフレイム』」

とりあえず魔法で周辺の木々を焼き払った。

森は広範囲に渡って燃え上がり、灰になって崩れていく。後には真っ黒に焦げた大地と、わずかに燃え残った炭が地面に立っているだけだ。

その炭を蹴飛ばしてみるが、簡単に崩れて風に消えていった。

トレントなどではないようだ。

ならば通常の警戒だけでいい。

文字通り焼け野原となった道をゆく。

そして『ヘルフレイム』の効果範囲の端、再び森に入ろうかというところで、集団らしき気配を感じた。

「『ライ……』」

「ま、待ってくれ！　ください！」

どうせ会うものは全て敵だろうと、雷系範囲魔法を放とうとしたところで慌てた声がかかった。

気配を感じた集団はどうやらプレイヤーパーティのようだ。

警戒は緩めないまま、とりあえず魔法の発動はストップした。

集団の方を見ながら、相手の方から話すよう身振りで促す。

「あ、ああ。えーっと、俺たちはこの森を攻略しているプレイヤーです。君もそう？」

答える必要があるだろうか。

しかしすでにこちらの姿は見られてしまっている。面と向かって会話してしまっては、再び出会った時にすぐにわかるだろう。

この先マーレをPKとして行動させるつもりがないのなら、ここでむやみにキルしてしまうのは良くない。

「……わたしもプレイヤーです。パーティではなくソロですけど」

貴族令嬢らしく、一応という程度だが敬語で話すことにした。そういうロールプレイという程でもないが、もしマーレに単独行動させる場合、逆に現在のレアの真似《まね》をして貰《もら》う必要がある。丁寧な口調の方がトレースしやすいはずだ。

それにゲーム内では常に敬語というプレイヤーは多いため、不審に思われる可能性は減るだろう。

「ここまでソロで来たってのか⁉　魔法使いか？　いや、槍《やり》？　みたいなの持ってるな。魔法戦士か。だとしたら相当上位のプレイヤーだな……。名前を聞いてもいいですか？　あ、俺はタクマと言います」

「……わたしのことはマーレと呼んでください。友人にはそう呼ばれています」

名乗ったが、あくまで愛称だ。問題ない。

タンクマン？　とかいうプレイヤーは獣人で、名前の通りタンク職のようだ。立派な鎧《よろい》と盾を持っている。

鎧は傷だらけであり、盾もところどころへこんでいる。なんだったかは覚えていないが、生産系のスキルで修繕すれば小さなキズやへこみ程度なら完全に消し去ることができるはずだ。それがされていないということは、このパーティはしばらく街へ帰っていないと判断できる。

「今日はその友人は居ないんだ？　てか、ここらで見たこと無い顔だけど、てことは今日一日で森まで来たってこと？　ぱねえな。あ、俺しいたけ。よろしく」

しいたけはエルフだった。ビジュアルと名前のギャップがひどい。

短弓を背負った軽戦士らしきしいたけは、このパーティのスカウトだろう。感覚系のスキルの習得にボーナスがある獣人の方がスカウトに向いていると思うのだが、他人がとやかく言うことでもない。

「僕はコウキ。さっきの火魔法、すごいですね。どのくらいＩＮＴあるんです？」

言うわけがない。一番人当たりが良さそうに見えるが、一番失礼な男だ。

彼も耳の形状からするとエルフのようだが、顔立ちやスタイルはヒューマンそのものだ。レアと同様に現実の身体《からだ》をフルスキャンしたのかもしれない。

「おい、初対面の人に聞くことか。すみませんね。俺はトンボです。槍兵のアタッカーです」

名槍に切られそうな名前の男だ。

トンボは大柄なヒューマンだった。礼儀はマシだが外見はいかつい。もみあげから口髭《くちひげ》、顎髭《あごひげ》まですべて繋《つな》がっている。

「……蓬萊《ほうらい》です」

五人目の無口な男性は身長が低かった。子供かと思えるほどだが、巨大なハンマーを背負っている。このプレイスタイルで当初から活動していたのなら、キャラクター作成時からそれなり以上のSTRが必要だったはずだ。

おそらく彼はドワーフだろう。いわゆるショタキャラというやつだ。

「ここまで一人で来たのはすごいと思うし、今の魔法の威力を見れば、あなたの実力は疑うべくもない。だけど、はっきり言ってこの森エリアは街エリアとは比べ物にならない難易度です。ここの☆4ていうのは多分、街と森で単位面積あたりの難易度の平均をとった数値なんじゃないかな」

「……はあ」

聞いてもいないのにタンクマンが教えてくれた。

街の戦力が敢《あ》えて控えめに配置されていた可能性についてはレアも考えていた。

森で活動しているらしい彼らがそう言うのなら、やはり戦力配置に偏りがあるのだろう。

「ここまでは一人で来られたとしても、ここから先も一人で行けるかはわからない。どうでしょう。俺たちと臨時でパーティを組みませんか？　あなたほどの実力者ならこちらにもメリットがあるし、うちのコウキは『回復魔法』が使える。周囲の警戒はしいたけに任せればいいし、ソロよりは気楽に進めると思います」

気楽、というのは気分が楽である状態であって、仕事が楽な状態ではない。初対面の男性五名とパーティを組んでレアの気が楽になることなどありえないと断言できる。

しかしここで全員キルしてしまうのは簡単なことだが、それでは猫をかぶっておとなしく自己紹介をしたのが無駄になってしまう。

メリットが全く無いでもない。

エルフのスカウトの立ち回りや、一般的な槍使いの実力。使用するスキル、連携。それから装備品の性能。これらを至近距離で観察できるというのは中々ない機会だ。

「……そうです、ね。

では短い間になりますが、よろしくおねがいします」

どうしても面倒ならば、やはり全員キルすればいいことだ。

ここでやるか、後でやるかの違いだけだ。

それなら少しだけ様子を見てからでも遅くはない。

街でのＰＫの際に誰かにこちらの姿を見られていたとしたら若干面倒だが、その時はその時だ。

「マーレさんのそれは槍ですか？　さっきは凄《すご》い魔法でしたけど、槍戦士としても戦えると？」

「……そうですね。まあそのようなものです」

ノイシュロスの北の森で出会ったマーレと名乗るプレイヤーは、トンボの質問にそう答えた。

あれだけの威力の魔法を放ち、その上槍使いとしても戦えるとなれば驚異的な実力者だ。

それだけではない。彼女の腰には短刀のようなものも挿してある。解体用のナイフにしては長すぎる。おそらくサブウェポンだろうが、使えもしないのにあんなところに準備したりはしないはずだ。となれば、しいたけ並みに短剣術に経験値を振っている可能性もある。

それらのことから考えれば、このマーレというプレイヤーはおそらく、現在上位層と言われるプレイヤーの中でもさらにトップクラスの実力を持っている。

（余計なお世話、だったかもしれんな）

自分たちをトップクラスのパーティだと自負するあまり、隔絶して自分たちより実力が上のプレイヤーという存在は意識していなかった。そのため親切心から声を掛けたのだが、迷惑だったかもしれない。

フードによって表情はよく見えないが、声色からしても歓迎されているようには思えない。

しかし一応は了承してくれたということは、少なくとも彼女にとっても何らかのメリットがあると感じてくれたということだろう。

ここは前向きに考え、一時のことではあるがパーティメンバーとしてお互いにフォローしあっていくことを第一に行動すべきだ。

「ええと、それでは。とりあえずだけど、こちらのパーティは近接物理アタッカーはトンボと蓬莱の二人がいるから、マーレさんにはコウキと魔法アタッカーとして活躍してもらいたいんだけど、いいでしょうか」

「そうですね。わかりました」

槍や短刀の実力を見られないのは残念ではあるが、魔法にはリキャストタイムがあるため、魔法使いの数は多ければ多いほど有利になる。

陣形を前方にタクマ、しいたけ、蓬莱、中央にトンボ、後方にコウキ、マーレとなるよう組み直し、森の探索を再開した。


「……いや、しかし突然森が焼かれた時はびっくりしましたよ」

タクマの背後でトンボがマーレに話しかけているのが聞こえる。

咎《とが》めたいが、こちらはこちらで前方の警戒が必要だ。

トンボはマーレの槍に興味があるようだった。あらかじめ釘《くぎ》を刺しておくべきだった。

「ああ、すみません。荒れ地で地面からスケルトンがたくさん出てきていましたから。森も同じかどうか確認しようと思いまして、つい」

「それより、さっき撃っていた魔法はなんだったんですか？　あれだけ広範囲の、しかも☆４の森を焼き尽くすほどの火力！　僕の知る限りではそれほどの威力の『火魔法』はないんですけど。もしかして噂《うわさ》の複合魔法を発見したとか？」

「ふくごうまほう？」

「あれ、違いましたか。いや、そういう噂があるんですよ。ほら、魔法のリキャストは各魔法ごとに個別でしょう。だから射出速度や発動速度をうまく調整してやれば、ほぼ同時に別々の魔法を撃つことも不可能じゃない。そういう仕様なら、特定の組み合わせで相乗効果を得られても不思議じゃないってね」

「……初耳ですね。へえ。なるほど、そんな噂が……」

コウキも話しかけている。

いくらいつもより戦力が多いと言っても、ここはタクマたちでさえ気を抜くことの出来ない攻略最前線のダンジョンだ。事実これまでタクマたちはこの森の最深部まで到達できたことがない。呑《のん》気《き》におしゃべりしていい場所ではない。

「おい君たち──」

「前方！　スケルトンだ！　多分ゴブリンもいる！」

タクマが見かねて口を開くが早いか、しいたけの警告が全ての会話を中断させた。

静かに前方を警戒していた蓬莱はすでに戦闘モードだ。ハンマーを握りしめ、しいたけの示す木の陰を睨《にら》みつけている。

しいたけが牽制《けんせい》の矢を放った。

スケルトンに矢はほとんど効果がないため反応は薄いが、しいたけの言う通りゴブリンも同伴しているのならこの矢に釣られて出てくるだろう。

「――」

木の陰から魔法が飛んできた。厄介なことにメイジがいるらしい。

この森のゴブリンは他の場所のゴブリンよりも一回り大きい。ヒューマンと同程度かそれ以上のサイズがある。メイジも同様で、その魔法の威力にしてもちょっとしたプレイヤー並みだ。

敵集団の構成や数によっては普通に負けかねない。

背後から涼やかな声が聞こえ、隊列を縫って電撃が飛びゴブリンの放った魔法を迎撃した。

「『サンダーボルト』」

双方の魔法は弾《はじ》け飛び周囲に降り注いだが、大したダメージではない。

魔法が撃ち落とされたと見るや木の間からスケルトンが飛び出してきた。

しかし待ち構えていた蓬莱のハンマーの一振りで吹き飛ばされ、別の木に叩《たた》きつけられた。スケルトンは打撃に弱い。今の一撃と木への激突のダメージでもう瀕死《ひんし》のはずだ。

続けて出てきたゴブリンはしいたけが矢で牽制している。これを抑えるのはタクマの役目だ。

盾を構え前に出る。それに気づいたしいたけが弓を下ろすのを確認すると、ゴブリンめがけ『シールドチャージ』を発動した。『シールドチャージ』はキャンセルするまで盾を構えて一直線に走り続けるスキルだ。そのまま奴らの飛び出してきた木まで突進を続け、ゴブリンを木に叩きつけた。

スキルをキャンセルし、すぐに『バックステップ』で後方へ飛び退る。

木の根元にずるりと座り込むゴブリンにコウキの魔法が突き刺さるのを横目に見ながら再び盾を構え、『挑発』を発動し次の魔物からの攻撃に備えた。

「『ブレイズランス』！　……と、これで最後ですかね」

コウキの放った『火魔法』でゴブリンメイジが焼き尽くされ、一旦《いったん》警戒を解く。しいたけはまだしばらく周囲に意識を向けていたが、やがて短剣を鞘《さや》に収めた。

「今回は少し数が多かったな。マーレさんが居てくれて助かりました。最初の魔法はマーレさんですよね」

「……ええ。でも大したことは」

「いや、うちのコウキは魔法の威力は大きいんですが、妨害のために魔法を使うってことはしないんで。初撃を受けずに済むというのは助かります」

「……攻撃を受けないために魔法を撃つより、戦闘後に何回か『治療』をしたほうがＭＰ消費少なくて済むだろ。僕は合理的に行動しているだけですよ」

コウキの場合は合理的というより横着で吝嗇《けち》なだけだが、今の所それで困っているというほどでもないので強くは言わない。

「さて、では剥《は》ぎ取りが完了したら先に進もう。トンボ、コウキ、頼む」

ゴブリンからはそう大したものは入手できないが、額にあるコブのような突起の中には赤黒い半透明の石がある。

この半透明の石は街にいるＮＰＣに高く売れる。何らかの素材だろうと思われるが、プレイヤーの生産職が集めているという話は聞かないため、まだそのレシピは発見されていないのだろう。

「ゴブリンから入手できるアイテムで価値があるのはこの石くらいなので、この石だけ集めておくということでいいですよね。後ほど討伐数を人数割して分配しましょう」

皮膚や骨もそれなりの強度があるが、解体するのはさすがに心理的に抵抗がある。

ここに来たばかりのころはそれも剥ぎ取って売っていたが、今はそれほど資金に困っていない。

マーレの服装から察するにタクマたち以上に裕福なようだし、今回もそこまでしなくてもよいだろう。

「はい。それで構いません」

マーレの了承が得られたところで探索を再開した。


それからもたびたびゴブリンとスケルトンの集団にエンカウントしたが、いずれも危なげなく討伐した。普段よりも若干数が多いように感じられたが、むしろいつもよりも楽なほどだった。

言うまでもなくその理由はマーレだ。

初対面の時に見たような大威力の魔法を放つことはないが、渋さが光る活躍というか、最初のエンカウントの時のように魔法を相殺したり、敵の足もとをぬかるみに変えて行動阻害をしたり。フードの下の、華やかとも言える見た目にそぐわない丁寧な仕事をしてくれる。

時にはゴブリンアーチャーの放った矢を魔法で撃ち落とすという芸当を見せたりもした。本人が言うには、雷系の魔法は発動も弾速も速いから慣れれば容易、とのことだが、少なくともタクマは今まで見たことがない。

それでいて敵に止《とど》めを刺すといった仕事はさりげなくコウキにやらせ、彼のプライドを守ることも忘れない。

やはり相当上位のプレイヤーのようで、人数は増えたが戦闘の効率を考えればむしろ収入は上がっていた。

「……やっぱ、魔法使いが一人増えると効率が違うな」

しいたけも彼にしては気を使った言い方だ。タクマたちは別段コウキに不満などないが、こうも明らかな実力差を見せつけられてはそれも仕方がない。

これ以降もぜひパーティにいてもらいたい人材だが、普段は別のメンバーと組んでいるようなことを言っていたため、それは難しいだろう。

「タクマ、どうだ。せっかくの機会だし、今日は森の最深部に挑戦してみないか」

トンボの言う通り、可能ならば是非そうしたいところだ。

これまでタクマたちのパーティはこの森の最深部まで到達したことがない。

本来はもう少し経験値を稼ぎ、パーティ全体の実力の底上げを行ってから、いったんどこかの街へ戻って装備の修繕をし、それから改めて挑戦するつもりだった。

大筋の計画としては変えるつもりはないが、その前にここのボスを確認してみるというのは悪くない。もちろん同行者であるマーレの承認は不可欠だが。

「……そうだな。マーレさん。どうでしょう。もしよかったらなんですが、このまま最深部まで探索し、ここのボスを確認していきませんか？　もちろんその場で全滅してしまう可能性もありますから、マーレさんの気が進まないようでしたらここで引き返すことにしますが……」

「……大丈夫です。わたしも興味があります。ですが、ボスと戦うとなれば申し訳ありませんが自衛を第一に考えて行動させてください」

「それはもちろんです！　ありがとうございます！」

臨時のメンバーである彼女が自分の身を第一に考えるのは当然のことだ。この短期間でそこまでの信頼関係を築けたとも思えないし、今後も共にパーティプレイをするというわけでもない。ここでタクマたちのために命を、経験値を懸けてもらうというのは申し訳がなさすぎる。

「では、このまま引き返さずに最深部へ向かおう」

森の最深部と一言で言っても、それがどこなのかははっきりとはわからない。

しかしこれまでの探索で、おおよその方向くらいは掴《つか》めてはいた。

この森はスキルとアイテムを活用してしいたけがマッピングを行っており、浅層から中層まではだいたい書き込みがしてある。と言ってもただ森があるだけだし、決まった敵が出てくるわけでもないので塗りつぶしてあるだけだ。その地図には中層以降、弧を描くように未記入のエリアが存在している。

それは魔物の密度が高すぎるためタクマたちが足を踏み入れていない場所。普段であれば引き返す目安になっている場所だ。そしておそらくその円弧の中心部にボスがいる。

そこから先はそれまでとはもう一段上の難易度だった。

マーレを加えていてなおギリギリだったと言えるだろう。

小休止の度に疲労回復やMP回復のポーションを飲まなければならなかったほどだ。マーレの分のポーションまでは用意していなかったが、必要ないとのことだったので自分たちだけで使用した。

敵の強さが上がったというわけではないが、とにかく数が増えたことが堪《こた》えた。敵が多すぎてタクマの挑発系のスキルでカバーしきれないからだ。

それでも何とか対応できたのは、このパーティの構成による。

全く近接戦闘ができないプレイヤーはコウキのみで、他は全員なんらかの戦闘手段を持っているためだ。コウキが狙われればしいたけが護衛に入り、何とか耐えてもらっているうちにトンボと蓬《ほう》莱《らい》が攻撃して引きはがす。

マーレは単独でゴブリンたちを相手取っていた。乱戦のためか槍《やり》は使わず、流れるような動きで攻撃を躱《かわ》し、時に敵を投げ飛ばし、腰の短刀で的確に急所を穿《うが》っていた。その中にあって片手間で魔法を放ち、敵の魔法の相殺や行動阻害も行っているようだった。

この強行軍は半ばタクマたちのわがままだというのに、彼女には感謝してもしたりない。

全く無警戒だった背後からの襲撃にあったときは特に肝をつぶした。

ここまで背後からの襲撃がなかったのは、疲労が蓄積されてくるこのタイミングで確実に奇襲を成功させるためだったのだろう。前方に意識が傾いていたしいたけは敵に気づくことができず、まんまと背後を取られてしまった。

しかしこれもマーレが片付けてくれた。

コウキとともに最後尾についていた彼女が突然背後に範囲魔法を放ったかと思えば、何体ものゴブリンが電撃に貫かれて黒焦げになっていた。同時に前方からも敵が来たためタクマたちは後衛の援護に回ることができなかったが、その必要もなかった。

失敗するはずのない奇襲を仕掛けるタイミングで、逆に奇襲じみた初撃を受けたためか背後の敵は浮足立っており、前方の戦闘もマーレの援護を受けながらの消化試合だった。

実力差のあるプレイヤーとパーティを組むというのがどういうことなのか、嫌というほど思い知らされた気分だ。そういうプレイヤーが一人いるだけで、一段も二段も上の難易度のダンジョンに挑むことが出来てしまう。

しかしこれではダンジョンを攻略しているとは言えない。単にマーレにアトラクションに連れて行ってもらっているだけだ。

「……マーレさん。失礼を承知でお願いがあるのですが」

「なんでしょうか」

「その、もしもボスと戦うとなった場合、申し訳ありませんが、手を出さないで見ていて欲しいんです」

「おい、タクマ！　……いや、そうだな。もしマーレさんがよければだが、そうしてもらえるとありがたい」

トンボも同意見のようだ。しいたけもこちらを見て頷《うなず》いている。蓬莱は黙って目を閉じているが、彼は賛成の場合はいつもこうしている。コウキは若干不満げに見えるが、本当に反対なら即座にそう言うはずだ。黙っているということは、彼もまた力不足を痛感しているということだろう。

「……わたしがわたしの安全を最優先にしていいというなら、別に構いません」

せめてボスと戦う時くらいは、負けるとしても自分たちだけで戦ってみたいと思ってしまった。その意を汲《く》んで頷いてもらったからには、相応の礼をしなければならない。

タクマたちだけで戦ってもそのまま全滅するだろう。そうなれば彼女はひとりでボスと対峙《たいじ》することになる。それではさすがにマーレといえどもボスに勝てるとは思えない。

マーレの経験値の一割に見合う価値があるかはわからないが、これまでに得たドロップアイテムはすべて渡してしまうことにした。メンバーも誰も反対しなかった。

「ああ、その、ありがとうございます？　えーと、少し待っていて下さい。

……あっ。

……はい、いただきます。どうも。

……えっと、ありがとうございます」

マーレは一瞬呆《ほう》けたような表情を浮かべながらも受け取ってくれた。インベントリにしまう際にもためらうように動作がもたついていた。礼は意外だったということだろうか。その実力以上に、人格も素晴らしい人物だ。彼女と知り合うことができたのは幸いだった。

出来ればフレンドになってもらいたいが、それは道中でアタックしたしいたけが玉砕している。今また持ちかければドロップアイテムで釣ったように思われてしまうかもしれないし、今回はあきらめるしかない。


そうして探索を進めて行き。

「なんだこれ……。家？　が建ってるぞ」

「ゴブリンて家建てるのかよ。初めて見たぞ」

ここがおそらく最深部。ボスのいるだろう場所だ。

そこには周辺の木々が切り倒されたらしい広場があり、ログハウスのようなものが建っていた。

ログハウスはかなりのサイズだ。二階建てだろうか。

扉などは見えないが、反対側にあるのかもしれない。

この中にボスがいるのはおそらく間違いない。

「あ、おい、出てきたぞ！」

ログハウスの後ろから、のっそりと巨大なゴブリンが姿を現した。

目測だが三メートルはあるだろう。この巨体で生活しているのなら、このログハウスは二階建てではなく平屋ということだ。

服装は他のゴブリンと比べきちんとしており、色とりどりの布を継ぎ接《は》ぎに縫い合わせた不思議な布で作られている。

いや、違う。

これはおそらく街の人の服だ。それを縫い合わせ、自分の服にしているのだ。

モンスターに装飾や服装という概念があるとも思えないため、これはおそらくハンティングトロフィーのようなものだろう。街に攻め入り、これだけの人間を殺したんだ、という。

「威圧感やべえな。これ勝てない奴じゃね？」

「☆4とはこれほどの……？　それともボスは別枠なのか？」

「そんなことより、来るぞ！　下がってくれマーレさん！」

その手に握った、ただそこらの木を引き抜いただけの丸太のように見える棍棒《こんぼう》を振り上げ、ボスが攻撃をしかけてきた。

◆◆◆

言われるまでもなく、レアはすでに下がって木の陰に潜んでいた。

巨大ゴブリンの一撃はタンクのタンクマンでは防げなかったようで、潰《つぶ》されて地面にへばりついている。

戦うつもりがあるのなら、呑気《のんき》に観察などしていないで、先制でログハウスごと吹き飛ばしてやればよかったのだ。格上相手に時間を与えた時点で彼らの運命は決まっている。

タンクを失った彼らにはもう為《な》す術《すべ》はない。

次々にその棍棒の一撃で同様に地面に叩《たた》きつけられ、ノシイカのようにされていく。最初に攻撃を受けたタンクマンやホーライはまだ死亡していないようだったが、それに気づいた巨大ゴブリンによって何度も棍棒を叩きつけられていた。

棍棒の形にへこんだ地面から次々と光が漏れる。死に戻りだ。

初手に魔法で何らかの状態異常を伴うダメージを与え、あの棍棒の攻撃は防御ではなく回避を優先し、初撃を躱したら片足に攻撃を集中させてまずは行動力を奪う。

そのように立ち回ればもう少しましな戦いになっただろうが、それも後ろで見ていたからこそ言えることだ。この手の即死攻撃を行ってくる相手にいきなり勝つのは難しい。初見殺しというやつだ。

どのみち彼らの実力では、戦術的に完璧《かんぺき》に立ち回れたとしても勝てるかどうかは微妙なところだった。

巨大ゴブリンはレアにも気づいているらしく、こちらをじっと睨《にら》んでいる。逃してくれそうにないが、逃げるつもりもない。

邪魔者は彼がすべて片付けてくれたことだし、後は手加減せずに彼をキルして領域がどうなるのかを確認するだけだ。

「『ヘルフレイム』」

ログハウスと巨大ゴブリンの中間あたりを中心に魔法を放った。

このゴブリンもレアに気づいているのなら攻撃してくればいいのに、なぜかじっと待ってくれている。おそらく先手を譲ってくれるのだろう。

先手を譲ってくれるというなら、厚意に甘えるのも吝《やぶさ》かではない。


たとえ勝てると思っていても油断してはならない。


かつてレアがプレイヤーたちから教わったそれを、今度はこのボスに教えてやるとしよう。

炎は周囲を舐《な》めつくし、少しだけだが広場をさらに広くした。ログハウスは当然灰になり、巨大ゴブリンも全身に火傷《やけど》を負っている。ダメージ自体は大したことないようだが、運良くバッドステータスを与えることができたようだ。

火傷は治療されるまで継続して、その範囲と重傷度に応じたスリップダメージを与える状態異常だ。スリップダメージを上回る自然回復力がある場合、時間経過で火傷も治癒してしまうが、このゴブリンにはそこまでの回復力はないらしい。

ゴブリンは背後を振りかえり、ログハウスが灰になっているのを見ると、レアに向かって突進してきた。

痛みやダメージというよりはログハウスを破壊されたことに対して怒っているようだ。

命のかかった戦闘中にログハウスの方を気にするとは、まだ自分が負けると思っていないのか、それとも。

(真の意味で死ぬことがないから。つまりプレイヤーだから、かな)

プレイヤーならば死んでも復活できるが、燃やしたログハウスはそうはいかない。あれが彼の作品であったとしたら、怒り猛《たけ》るのも無理はない。

突進の勢いそのままに繰り出される蹴《け》り上げを紙一重で躱す。

レアの隠れていた木々は周囲の地面ごと蹴り上げられ、宙を舞った。

それを確認することなく、レアは素早くゴブリンの軸足に移動する。

蹴り上げられた足が戻される前のほんの刹那《せつな》に三度、軸足のアキレス腱《けん》に切れ目を入れた。

「ぐあ!」

ゴブリンはたまらず、蹴り足を戻すが早いかしゃがみこんだ。軸になっていた左足をかばうようにして周囲を見渡し、レアの姿を探している。

ウルルほどの巨体が相手であれば、たとえアダマンの薙刀《なぎなた》があったとしてもどう戦っていいかわからなかったろうが、たった三メートル程度しかないなら殺すのは容易だ。

こうしてしゃがませてやれば、弱点部位はすべてレアの薙刀の届くところとなる。

あの不細工なスケルトンを見る限り、ゴブリンの身体構造は人間に酷似している。

ならば弱点も同じはずだ。

レアの前に無防備にさらされている背中。分厚い筋肉に覆われているが、まさか鉄の鎧《よろい》より硬いということはあるまい。

おそらく心臓はこの辺りだろうという位置に当たりをつけ、薙刀をスッと差し込んだ。

「がっ……！」

薙刀を引き抜きながらしゃがみこみ、反射的に振り回されたらしいゴブリンの腕を掻《か》い潜《くぐ》る。

そして薙刀を抱いてそのまま転がりゴブリンから離れ、ある程度の距離を稼いだところで立ち上がり、薙刀を構えた。

ゴブリンは腕を振り回すのを止《や》め、胸を押さえてうずくまっている。追撃の様子はない。腕を振り回したのはやはり単なる反射行動のようだ。

隙だらけである。

「『ブレイズランス』」

しかし安易に近付いたりはしない。薙刀を下ろし、魔法を放った。

このゴブリンがプレイヤーであれば、何らかの演技の可能性もある。

相手の攻撃の範囲外から気長にＬＰを削っていればそのうち倒せる。火傷のスリップダメージもある。人間と身体構造が同じなら、もう立ち上がることは困難なはずだ。

背中から攻撃したにもかかわらず胸を押さえているということは、先ほどの突きはゴブリンの身体を貫通していたと考えられる。人型の生物が身体のほとんど中央に深い穴を穿たれて無事なはずがない。

ゴブリンは動かずうずくまったまま、何かを待っているかのように見える。

増援だろうか。

仮に増援が来たとしても、ここに来るまでにエンカウントした程度の雑魚なら問題にならない。

巨大ゴブリンに止《とど》めを刺しながらでも片手間に処分できる。

それから何度も攻撃魔法を直撃させていくが、大した反応は見せない。

あるいはもう死んでいるのか。

いや、生きているのは確実だ。

時折わずかに身じろぎをしているし、耳をすませば何やらブツブツ呟《つぶや》いている。

そして。


「……『ネクロリバイバル』！」

「なに⁉」

ゴブリンがなにかのワードを叫ぶやいなや、漆黒の闇が吹き出し、その身体を包み込んで渦を巻く。

『闇の帳《とばり》』のような薄暗い闇ではない。全ての光を吸収してしまうような、見通すことなど全く出来ない真の闇だ。

予想だにしない展開に、レアは本来の自分の身体でないことを歯噛《はが》みした。『魔眼』であればもっと詳しく観察できたかもしれない。

目を凝らしながら状況を見守る。

闇に覆われていると言っても、その中にはあのゴブリンが居るはずだ。続けて魔法で攻撃してやれば止めを刺すことが出来たかもしれない。

だが好奇心がその機会を奪った。

闇はすぐに晴れた。というよりも中心に吸い込まれて消えていった。

その中心にはひと回り小さくなったゴブリンが立っている。

筋肉だるまのような大柄な身体はもうない。細マッチョ、というのだろうか。骨と皮、そして限界まで引き絞られた薄い筋肉によって構成された針金のような身体だ。身長も二メートルほどに縮んでいる。顔さえ隠せばエルフに見えなくもない。肌が浅黒いが。

その顔はもはやただのゴブリンには見えない。瘦《こ》けた頬、むき出しの牙《きば》、そして落《お》ち窪《くぼ》んだ眼窩《がんか》には赤い光が灯《とも》っている。もっともイメージに近いのはミイラだ。

レアの、いやマーレの取得している『死霊』スキルが囁《ささや》いている。

こいつはアンデッドだ。

（ボスは二段変身するものだ、とかなんとか誰かが言っていたが。まさか本当にするとは）

相手の外見のせいで失念していたが、このボスはスケルトンゴブリンも操っていた。

ということは、いかに肉体派に見えたとしても死霊術師の側面も持っていたはずだ。

その集大成がおそらく目の前の事態なのだろう。

『ネクロリバイバル』とかいうスキルは知らないが、何らかの条件によって『死霊』ツリーにアンロックされるスキルと見て間違いない。その効果はおそらく、自分自身をアンデッドに転生させることだ。もしかしたら一段か二段、格上への転生になっているのかもしれない。

「――まさか、こんなに早く使う日が来るとは思わなかったぜ。俺の運がいいのか、お前の運が悪いのか」

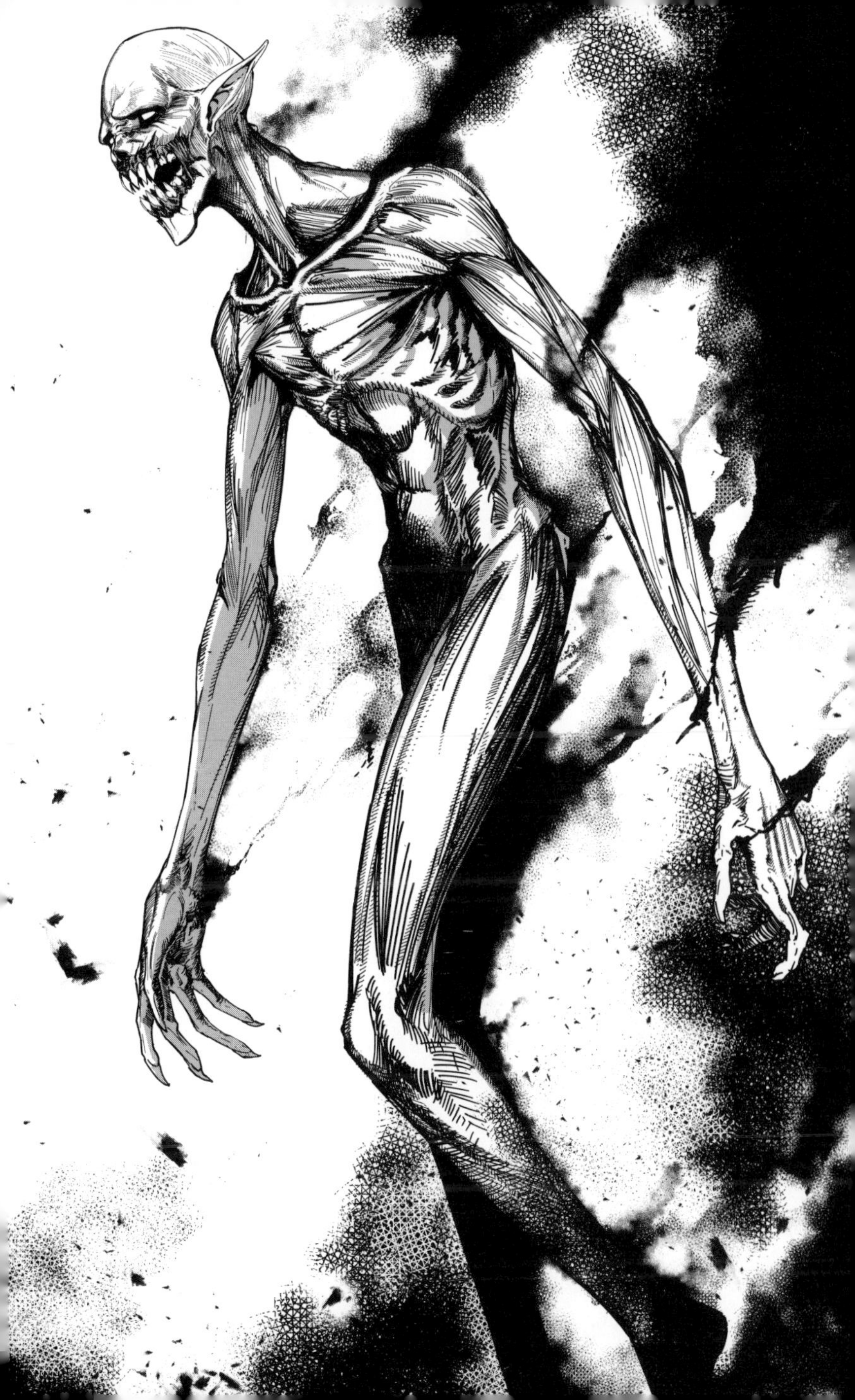

喋《しゃべ》った。

ディアスやジークのことを考えれば、目の前のゴブリンミイラ程度の外見ならば喋ったとしても不思議はない。

しかし話している内容から、この展開を以前より予想していたか、画策していたことは明白だ。NPCでそれだけ賢いならば、ゴブリン系であっても話していただろう。事実、配下のガスラークは流暢《りゅうちょう》に会話をしている。つまりこれまでは意図的に話さなかったということであり、少なくともNPCがそんなことをするメリットはない。

やはりこのノイシュロスのボスはプレイヤーだった。

ノイシュロスの陥落を行ったという成果から考えれば、この男が前イベント侵攻側三位のプレイヤー、バンブだろう。

ここでマーレの正体を明かし、協力を持ちかけてもいいが、相手がそれを承諾するとは限らない。レアであれば、例えば王都に単独パーティで攻め入り、カーナイトたちを物ともせずに侵攻し、王城を吹き飛ばし、鎧坂《よろいざか》さんを倒して、中に居たレアを戦場に引きずり出すようなプレイヤーに協力を持ちかけられたとして、素直に応じるだろうか。

(無いな)

最終的に協力体制を敷いてもいいが、それはそれとして一発殴らせろ、という気分になるに違いない。

それにここで自らの正体を明かし、協力を請うというのは、いかにも転生した相手の姿に怖気《おじけ》づいて胡麻《ご ま》を擂《す》っているように思える。さすがにそれは容認できない。

ならば戦うしかない。そして勝つより他にない。

とはいえ、だ。第一形態の巨大ゴブリンは不意打ちと相性もあり運よく完封することができたが、このスレンダーなミイラ相手では同じようには行かないだろう。

このプレイヤーは明らかに転生している。わざわざ弱くなったとは思えない。

巨大ゴブリンの時点でおそらく能力値で言えばマーレよりもかなり上だったはずだ。突進の速度にしても、例えば徒競走であればマーレではとても追いつけまい。

丸太一本を片手で振り回すそのＳＴＲ、心臓をひと突きしてもしばらく死なないＶＩＴについては言うまでもない。

『死霊』に経験値を割いているのならＭＮＤも上げている可能性がある。

加えて相手の身体が小さくなっているのも問題だ。相対的に言えば、相手にとっては的が大きくなったと言えるだろう。

棍棒《こんぼう》なしの戦闘技術、プレイヤースキルとしての技術がどの程度かは不明だが、格闘戦であれば普通は身体のサイズがある程度近いほうがやりやすいはずだ。

相手のＡＧＩやＤＥＸも上昇している可能性も考えれば、これまでのように軽々と回避できるとは限らない。

「……さんざんやりたい放題やってくれたが。おイタが過ぎたというやつだ。これまではその武器とスキルで無双してこられたかもしれないが、それもここまでだ。死ね」

お断りだ。

相手がＮＰＣのモンスターなら、最悪死んでも構わない。マーレの死体をここに放置したところで大した問題はない。

しかし目の前のボスがプレイヤーであるなら話は別だ。

自分の死体をきっかり一時間も放置するなど、装備を剥《は》ぎ取ってくれと言っているようなものだ。普通に考えたら絶対に避ける。このマーレにプレイヤーのふりをさせている以上はそんな事は出来ない。

しかも『使役』を取得し、眷属《けんぞく》を多数持っているこのゴブリンミイラならば、一時間という単位からマーレが誰かの眷属NPCである可能性にも考えが至るかもしれない。今は状況からこちらがプレイヤーだと思っているはずだが、死体が消えなければまずNPCであることを疑うはずだ。

かといって今さら精神を戻し、リフレに『召喚』でマーレを呼び戻すのも無理だ。突然目の前から消え失《う》せるなど、一時間死体を放置するのと同じくらい不自然だ。

好奇心に負けて敵の変身シーンを邪魔せず見守ってしまったが、止めるべきだった。

今こそわかった。

古いJapanese Live-action、いわゆるトクサツなどで敵がヒーローの変身を邪魔しない理由がだ。間違いなく好奇心のせいだろう。どんなかっこいい姿に変身するのか、という好奇心によって彼らは敗北してしまうのだ。

そして今、レア自身もその仲間入りをしようとしている。

「……それはごめんだね」

「ん？　だろうな。死にたくないのは当たり前だ」

そうではないが、間違っていないので訂正しない。

たとえ勝てると思っていても油断してはならない。

少し前の自分自身にお前が言うなと言ってやりたい気分だ。

相手はこの期に及んでもまだレアに先手を譲るつもりなのか、殺すとか言いながら攻撃するそぶりは見せない。

しかしこちらも先ほどと違い、相手の身体能力もわからない状態で先手で攻撃する気にもなれない。

レアとしても、護身をその骨子とする実家の流派でいえば、本来相手に先手を取らせたほうがやりやすい。自分が先手を取るのは相手の手札がある程度見えている時か、相手の手札に関わらず速攻でキル出来る時だけだ。

「……どうした、死にたくないんだろう？　攻撃してこないのか？」

「……わたしを殺すんじゃないの？　攻撃してこないのかな？」

相手もレアを警戒している。運が良かったとか、こちらの運が悪かったとか言っていたくらいだし『ネクロリバイバル』によって相当強化されているのだろう。

にもかかわらずこの警戒ぶりだ。第一形態で完封されたことがよほどトラウマになっているらしい。

「……いいだろう。このスピードなら、さっきのようには躱《かわ》せまい！」

構えたと思ったほんの刹那の後に、ゴブリンミイラはレアの立っていた場所にいた。

しかしそこにはレアはいない。ご丁寧に躱せない攻撃をすると宣言しているというのに、逃げずに待っているバカはいない。

彼我の距離から考えて、こちらの回避行動が見えていたとしても軌道修正は容易ではないと踏んでの回避だったが、それは正しかった。

「これも躱すのかよ！」

速いと言っても、相手の速度は単体の『雷魔法』よりは遅い。

そして相手は半裸で、余計な脂肪が一切無い。筋肉の動きが丸見えだ。再現度の高いこのゲームで、仮にも流派の師範代の末席を汚しているレアにとって、行動の兆しを見逃す方が難しい。

(動く姿すら見えない、というほど実力が離れていなくてよかったよ)

とは言え相手が無手で攻撃してくるなら薙刀《なぎなた》は相性が悪い。レンジが合わない。しかしこちらのレンジで翻弄《ほんろう》してやることも出来ない。それが出来るほど相手も弱くない。

使えないいなら邪魔になるだけだ。手に持ったままの薙刀を足元に落とした。

「諦《あきら》めたのか⁉　使わないなら！　しまえばいいのに！　よ！」

矢継ぎ早に蹴《け》りや突きを繰り出しながら、ゴブリンミイラが痛いところを突いてきた。それが出来るならやっている。

紙一重で攻撃を躱しながら反撃の糸口を探る。

ゴブリンミイラの攻撃は単調ながら無駄がない。何か武道を習っているという動きではないが、戦闘に慣れているのは確かだろう。よほどこの手のゲームをやり込んでいるようだ。

最近はこうした手合いも増えてきたため、リアルでもＶＲでも油断ができない時代になっている。

実家の家業も安泰なことで何よりだ。

「わたしの、本業は、薙刀では、ないのでね」

薙刀を振り回すのは好きだが、本業ではなくあくまで嗜《たしな》みだ。

そろそろ相手の速度に目が慣れてきた。攻撃の癖も覚えつつある。そして身体能力に著しく差がある強大な相手を、素手で制するのには慣れている。

「なあ⁉」

相手からしてみれば、なぜこんなゆっくりとした動きなのに捕まったのか、とでも言いたいところだろう。

わかっていたはずなのに、なぜか相手の思い通りに行動してしまった。そう思っているはずだ。

だが違う。レアが相手に悟らせないよう巧みに立ち回り、罠《わな》に嵌《は》めたのだ。全てが終わった後で、ああそういえば見えていたはずなのにと、そう感じさせているに過ぎない。

我流で技を磨いた者は、確かに強いが非常に素直だ。なんなら素人よりも嵌めやすい。

ゴブリンミイラは巧妙に歪《ゆが》められた自分自身の力によって天高く舞い上がり、やがて落下してきた。

「ってえ！　くそが！　投げスキルまで持ってやがるのか！」

しかし思ったほどのダメージは入っていない。

異常な筋力を持ちながら、異常に軽い。そういう身体特性によって大したダメージを与えられなかった。ＶＩＴも高いのだろう。

しかしレアの能力値では単純な打撃で倒しきるほどのダメージを与えるのも難しいし、関節技などＳＴＲ差だけで返されてしまうだろう。

（なるほどこれは絶望的だ。わたしもデバフアイテムが欲しくなるな）

災厄に臆《おく》せず立ち向かった、ウェインたちを少しだけ見直した。

隔絶した能力差の前では、あらゆる技術が意味を成さない。それを埋めるためのスキルでもあるのだが、レア――マーレは持っていない。今やったような、システムによってダメージボーナスを約束されているわけでもないただの技ではどうしようもない。

近接格闘なら自前で出来るため、敢《あ》えてスキルを取得する意味は薄いと考えていたが、そう横着はさせてもらえないようだ。

ゴブリンミイラはこちらの投げ技を警戒し、近寄ってこないのをいいことに一旦《いったん》距離をとる。

本来のレアの身体であればこんな中途半端なアンデッドなど『神聖魔法』で一撃だろうが、今それを言っても仕方がない。

（いや、待てよ。仕方ないことは無いな。事実だし）

◆◆◆

フードの女は確かに強い。それにあの槍《やり》のような装備も相当高ランクのアイテムだ。おそらくミスリルか、それに近い金属でできている。

しかしそのスピードから、自分と比べて能力値自体はそう高くないだろうことはわかっていた。

ホブゴブリン・グレートシャーマンだった時はサイズ差や立ち回りでストレート負けを喫したが、このデオヴォルドラウグルならばそう簡単には遅れは取らない。

自分のことながら、よくぞここまで強くなったものだ。

バンブはサービス開始の頃を思い出した。


ゴブリンは弱い。

自分以外にこんな弱い種族を選択するプレイヤーなどいるのかと思えるほど弱い。

しかしそれだけに、もらえる初期経験値は最も多い。

経験値が多いということは、選択肢が多いということだ。つまり自由度が高いと言える。ゴブリンとは最も自由な種族なのだ。

バンブはさらなる自由を求め、先天的な特性でデメリットを取ることで経験値を増やした。「視力が弱い」や「過食」などだ。過食は空腹度ゲージが減る速度が倍加する代わりに、種族ごとに違った効果が付与される。ゴブリンの場合は「満腹状態でも食事によって最大値を超えて満腹度を上げられる」というものだ。要は食い溜《くだ》めが出来る効果だ。貰《もら》える経験値は五ポイントと少ないが、実質デメリットなしだと考えたバンブは喜んで取得した。

食べるという行為も好きだ。まさに自分のために用意された特性だ。そう思った。

しかしこのゲーム世界はそんなに甘くなかった。

ゴブリンが食べられるものなどほとんどなかったのだ。

食性の問題ではない。自然界での序列の問題だ。

バンブは食料を確保することが出来なかった。

あっという間に空腹ゲージは底をつき、バンブは死亡した。

せっかく多くの経験値を持ってスタートしたというのに、いくらかはロストしてしまった。デスペナルティを受けない最低保証値を超えた経験値を持っていたせいだ。バンブの元にはデメリットだけが残った。

バンブが初期スポーン位置に選んだのは森林環境だったが、この森には上位種であるホブゴブリンの集落もある。ホブゴブリンに殺される事態はあまりないが、奴らとは食性が近い。奴らが食えば、ゴブリンは飢える。

それだけではない。

森の直《す》ぐ近くには人間の街がある。その街には多くの獣人が住んでいる。どうやらそこは獣人の国のようだった。公式サイトにあった、ペアレという国だろう。

その街から時折人間が森に入り、ゴブリンを倒しては帰っていった。

森の奥に逃げたくてもそちらはホブゴブリンが占拠している。詰んでいた。

バンブはしばらくの間、小さな獣を倒して食事と経験値を得たり、その経験値を餓死で失ったりしながらプレイを続けた。一日に複数回餓死するなど聞いたこともないが、リスポーンしても空腹度が全回復するわけではないため、ここでは日常茶飯事だった。運営の温情なのか一割程度は回復した状態から始まるが、これが失われるまでに何かを食べなければ死ぬ。

今となってはキャラクター作成時の選択を後悔してもいた。しかし作り直す気にもなれない。作り直してどうするというのか。ホブゴブリンやあの街の獣人を這《は》いつくばらせたい気持ちはある。しかしリセットした後再びこの森で開始できるとは限らない。

それにバンブはこの手のゲームはそれなりにやり込んでおり、上級者であるというプライドがあった。こんなところで獣人やホブゴブリン相手に尻尾《しっぽ》を巻いて逃げるというのは、どうにも我慢がならなかった。

ならば、やはり与えられたこの条件で勝ち進んで行くしかない。

そこで考えた。腹が減らない身体が欲しい、と。そう言うのは簡単だが、では腹が減らないとはどういうことか。人間、生きていれば必ず腹は減るものだし、それはゴブリンだって同じだ。

では、生きていなければどうだろう。死体になってしまえば、もう食事の必要はない。アンデッドなら飲食は不要なはずだ。

バンブはなけなしの経験値を支払い、『死霊』を取得した。

スキルツリーには『死霊』の他に『ネクロリバイバル』というスキルがあった。いきなりビンゴだ。しかし取得するための経験値が足りない。稼ぐ必要がある。

バンブは残った経験値をすべてＳＴＲとＡＧＩに振り、自前の格闘技術を頼りに森に入ってくる人間を、プレイヤーを襲った。

こんな森にゴブリン目当てに来るようなルーキーだ。ＳＴＲ特化にしておけば、ほぼ初期状態のゴブリンでも倒せないことはない。無警戒でいるところを不意打ちで攻撃し、それで倒せなければ高めたＡＧＩを頼りに逃げる。

そうして、階段を二段登っては一段降りるかのような経験値稼ぎを繰り返し、さらに何度かはよくわからない条件を満たして転生し、ついにバンブはこの森の頂点に立った。

種族はホブゴブリン・グレートシャーマンになっていた。

本来グレートシャーマンはどちらかと言えば魔法使い系の種族なのだが、もともと他のゲームでは前衛で殴り合いをするプレイスタイルを得意としていたため、経験値を稼いだ後もつい肉体系のステータスに多めに振ってしまっていた。

そもそもホブゴブリン自体、肉体派の種族だ。ゴブリンの時には空腹ゲージのストックだった「過食」の効果も、ホブゴブリンに進化すると、余計に食った分だけ、追加で経験値を消費することで身体のサイズを大きく出来るというものに変わった。

原始的なぶつかり合いなら、当然身体が大きい方が強い。グレートシャーマンであることは半ば忘れ、肉体系に振ってしまうのも無理からぬことだ。


しかしそのおかげで先のプレイヤーパーティは殲滅《せんめつ》できたと言える。もし普通のホブゴブリン・グレートシャーマンだったなら、手元に配下もいない状態ではまともな戦闘になるとは思えない。

頼りになる配下はほとんどそのプレイヤーパーティによって屠《ほふ》られてしまっていたが、短時間で多くの配下をキルされたのはバンブにとって幸運だった。

『死霊』ツリーの特殊派生スキル『ネクロリバイバル』の発動条件に必要だったからだ。

このスキルは、発動するための条件として別のスキルによる下準備を必要とする、いわゆるコンボスキルだ。

その下準備とは、『死霊術の儀式』というスキルによって自分の支配下にある魂を一か所に一定数集めるというものだった。

『死霊術の儀式』を使えと明言されているわけではないが、それ以外に大量の魂を集める手段はない。『死霊』のスキルツリーにはそういったスキルは見当たらないし、他に魂を扱いそうなスキルツリーもない。『死霊術の儀式』はおそらくグレートシャーマンの固有スキルだが、つまりこの『ネクロリバイバル』はシャーマン系か、あるいは存在するとしたらネクロマンサー系の種族にしか事実上使用できないスキルということだ。

『死霊術の儀式』で魂を集めることは出来るが、肝心の生贄《いけにえ》を集める手段がなかった。

近くの街が無事であればその街の住民を使えばよかったが、あの街の壊滅こそこれらのスキルの取得に使用した経験値の種だった。

生贄を外部から集めるのはあきらめ、最初から支配下にある眷属《けんぞく》を利用することにした。

あらかじめ『死霊術の儀式』範囲内に配置しておき、そいつらがすべて死亡することで浮く魂を集める。『ネクロリバイバル』で魂を使用した眷属はキャラクターロストしてしまうらしいが、背に腹は代えられない。

眷属たちは死亡してから一時間でリスポーンしてしまうため、魂を『儀式』に留《とど》めておけるタイムリミットは一時間だ。それまでに他の条件を揃《そろ》える必要がある。

他の条件というのは術者自身、つまりバンブが死亡することだ。だが、当然死んでしまってはスキルの発動は出来ない。

故に死ぬ直前に発動させておき、発動後に条件のチェックが行われるその瞬間に死亡しているのが望ましい。

さすがに実際には受付時間に数秒か数分くらいの猶予はあるだろうが、今回に限ってはあのフードの女がスリップダメージを伴う状態異常を食らわせてくれたため実にやりやすかった。残りＬＰ

を数えながら、時々飛んでくる攻撃魔法のダメージを加味してタイミングを調整するだけだ。

短時間で範囲内の眷属を必要数キルし、バンブの元へ到達するようなプレイヤーならばバンブを殺し得るだろう。

そういう計画で『死霊術の儀式』は取得以来常時発動させていたのだが、さすがにプレイヤーたちがそこまで成長するにはもう少し時間がかかると思っていた。

それがこれほど早い段階で達成できてしまったのは実に運が良かった。

苦労して建てたログハウスを灰にされたことは許せないが、補って余りある結果だ。

それにこれほど身体のサイズが変わるとは思っていなかった。どのみち改築は必要だった。


このデオヴォルドラウグルのステータスならば、と思い攻撃したその矢先だ。

フードの女に投げ飛ばされた。

ダメージ自体は大したことはない。

しかしステータスで言えば相当格下のはずのプレイヤーに、ダメージを負わされるということ自体が驚きだ。無手で格上相手にわずかでもダメージを通すことの難しさはバンブはよく知っている。

ダメージを受けるということは、続ければいつかは倒されるということだ。

今の程度の攻撃ならば自然回復でもうダメージも消えているくらいだが、例えば今の攻撃が投げ技が有効かどうかの判別のために行われた小手調べであり、さらに強力なスキルを隠し持っているという可能性も否定できない。

あの妙な形状の槍だけが要注意だと考えていた。故に使わせないようインファイトを仕掛けていたのだが、このフードの女の手札は槍と魔法だけではなかったようだ。やはり只者《ただもの》ではない。

うかつに近寄るのは危険だ。

槍は地面に落としたままだが、あれにしても使わないと思わせるためのブラフだという可能性もある。インベントリからもう一本出てこないとも限らない。

慎重に女の動向に注意していると、不意に女の雰囲気が変わった。

なにかの前触れか、と身構える。

すると女は突然叫んだ。


「え……。あ、せ、セイクリッド・スマイト！」


聞いたことのないスキルだ。

発動キーの宣言から少しして、女の前の空間が歪《ゆが》んだように見えたが、しかしすぐにそれも収まった。

どうやら不発のようだ。

拍子抜けしたバンブは警戒を解いた。

「ブラフか。そんな――」

無駄なことを、と言いかけたその瞬間、純白のまばゆい光がバンブを包み込む。

光は上空まで昇っているが、どこまで伸びているのか不明だ。

しかしそんなことを気にするだけの余裕はない。

「――――！」


声も出せない。

先ほどの心臓への一撃に匹敵するほどのダメージだ。

つまりもう一撃食らえばおそらく死ぬ。

さらに悪いことに、暗闇、火傷、自失、硬直のバッドステータスも受けている。

フードの女の魔法系のスキルが高いことはログハウスを燃やされた時にわかっていたが、まさかこれほどの高位の魔法まで隠し持っているとは。

これまで撃たなかったのは、発動キーの宣言から実際の発動までにタイムラグがあるからだろう。戦闘中にこの魔法をヒットさせるのは無理だ。警戒して距離をとったことが裏目に出てしまった。

しかしたった一撃でこれほどのダメージを与え、複数の状態異常を併発させる魔法だ。リキャストタイムも長いに違いない。すぐには二撃目は来ない。

とはいえこちらも自失や硬直、暗闇によって身動きがとれず、周囲の状況も全くわからない。

あの槍《やり》を拾われて心臓を狙われれば今度こそ終わりだ。

どうするべきか、とにかく女がいるだろう方向に突進でも仕掛けてみるべきか、と考えていたところ、再び女の声がした。

「……あ、はい。ええと、ホーリー・エクスプロージョン！」

そしてその声を最後に全ての感覚が消失した。

《特別契約条項により、ゲーム内で三時間はリスポーンできません》

第九章　スタンド・バイ・ミー

『ホーリー・エクスプロージョン』は『神聖魔法』において、今の所最大の威力を持った魔法だ。

単純な攻撃力であれば、レアの手持ちの魔法ではおそらく『ダーク・インプロージョン』が最も高いが、敵はアンデッドのようだし『神聖魔法』の方がダメージが稼げるだろう。

単体攻撃魔法である『セイクリッド・スマイト』一発で片が付くと考えていたが見積もりが甘かった。LPの総量を決めるのはVITとSTRだが、どうやらかなりの経験値をこれらの能力値に振っていたらしい。

肉体派かと思えば『死霊』系のスキルを使うし、ならば魔法職かと思えばインファイトをしかけるわ、LPも多いわ、一体こいつはどこを目指してキャラクタービルドをしているのか。

しかしそのせいで手こずらされたのは事実だ。

いつもの通り、だいたいはレアの油断がもたらした結果だが、このプレイヤーが常識から外れたビルドをしていたのも確かである。

「……でもまあ、これからは一人で行動するのは避けようかな……」

「それがよろしいかと思います。ヒヤヒヤしました」

一部始終を特等席で見ていたマーレが頷《うなず》いた。

一人で行動すれば、今回のように親切の押し売りをされることもある。

今後はマーレの身体《からだ》を借りて遊び回るとしても、ケリーたちをパーティメンバーとして連れて行くのがいいだろう。レアと違ってみな仕事があるため、いつでも自由にというわけにはいかないが。

眷属に身体を返し、その身体を本来の持ち主が掌握する場合、若干のラグが生まれるらしい。

戦闘中にシームレスに切り替えるというわけにはいかないようだ。

これはタンクマンたちからアイテムを受け取ったときに判明した。これまでは精神を戻す時は目的を達成した時だけだったので気にしていなかったが、このラグは重要だ。

今回は敵のゴブリンミイラがこちらを警戒し、距離をとって攻めあぐねてくれたおかげでその時間を捻出《ねんしゅつ》することができた。

こちらを警戒したときに、距離をとって仕切り直すか、こちらに時間を与えないために攻撃を続けるかはその人物の性格によるだろう。うまくいったのは運が良かった。

ともあれ、そうして一旦《いったん》精神を本体に戻し、本体の方で『迷彩』を発動させ、フレンドチャットでマーレにスキル名を叫ぶよう指示を出して、マーレを目標に本体を『術者召喚』した。

そして『魔眼』の『魔法連携』を用いて静かに魔法を発動したというわけだ。

このやり方だと発動キーの宣言から実際の発動まではかなりのラグが生まれるため、うまくやらないと不審に思われる可能性があるが、いざという時にチャブダイをひっくり返すのには使える裏技といえる。

発動キーは現在自由に設定できるため、普通の会話に見せかけて実は、ということにして、マーレに雑談をさせておいていきなり魔法を放つという高等テクニックも考えられる。

「問題は戦闘中に突然雑談を始めるというミッションの難易度が高すぎることかな。まあ高等テクニックだし仕方ない。わたしには無理だが、貴族令嬢であるマーレならうまくやってくれるはずだ」

「……貴族を何だと思ってらっしゃるのですか？　無理です」

それは今後の課題として、戦闘のリザルトだ。

マーレに野鳥を街まで放たせ、レアもオミナス君を『召喚』して森を探らせる。

大ゴブリンは多数いるが、全て死亡しているようだ。

他のプレイヤーもちらほらいるようだが、戸惑っているのが見える。

今のゴブリンミイラ、バンブがここのボスであったのは間違いない。

領域の支配権がレアに移らないのは、他のプレイヤー、つまり他勢力のキャラクターが多数いるためだろう。

もっとも、今回は別にこの森を支配するのが目的ではないため別に構わない。

逆に支配などしてしまうと、あのゴブリンミイラに執拗《しつよう》に狙われることになるだろう。

わざわざログハウスまで建てて生活していたことを思えば、彼がこの森に強い執着を抱いているのは明白だ。

「……単純に身体が大きすぎたために街で生活できなかっただけでは？　あのサイズでは、領主の住まう館といえども、快適に暮らせるとは思えません」

「ああ、そうだね。というかそもそも家に入れないな」

そういう理由なら、縮んだ今なら領主館にも住めるだろう。

リスポーンした暁にはレアに感謝しつつ、街で平穏に暮らしていただきたい。

またいずれ、彼に何らかの協力を持ちかける時がくるかもしれない。

今回の事が遺恨になっては面倒なので、そのときにはマーレには会わせないようにするが。

「そうだ。ショートカットを作っておこう」

速やかにここへ来るには転移サービスを利用するしかないが、その場合はレア本体で来ることができない。

リフレの街の傭兵《ようへい》組合を一時的に閉鎖すればやれないことはないが、デメリットが大きすぎる。それ以外のどの街で行ったとしても大きな騒ぎになるだろう。

マーレをその場に残したまま、ウルルを目標に火山へ『召喚』で移動し、そこにいた数体のロックゴーレムを支配下に置いた。かつては見渡す限りに岩が転がる荒れ果てた土地だったが、今は山の地肌が丸見えの普通の火山になっている。マリオンが相当の数のゴーレムを連れて行ってしまったからだろう。

その小さなゴーレムを森に戻って『召喚』し、ボスがいた焼け焦げた広場の端に置いた。万が一のためにある程度の強化も行ってやりたいところだが、そうしたら巨大化してしまう。このままにするしかない。

『植物魔法』を発動し、焼け焦げた広場を一息に緑化し、戦闘前と変わらない姿にしてやる。

戦闘終了時と比べてここまで異常に変化が起きていれば、端っこに岩ひとつ増えていたとしても気にすまい。

「さて、じゃあボスの死体を拾って帰ろうか。何かに使えるかもしれないし」

そういえば、ずいぶん昔にラコリーヌでインベントリにしまっておいた騎士の死体がそのままだ。

あの後、再びラコリーヌで再会した騎士はなぜかみすぼらしい服装をしていたが、それもそのはずだ。鎧《よろい》は死体とともにレアが持っている。

いずれ、時間が空いたらインベントリの整理もする必要がある。

人間やミイラの死体を解体したり弄《いじ》くり回すというのはさすがに進んでやりたいと思えないが、適当なアンデッドの素材にするくらいなら問題ない。ミイラの死体をさらにアンデッドの素材に出来るのかは不明だが。というか、ミイラの死体という時点でパワーワードすぎて頭痛が痛い気がしてくる。


「そういえば、ノイシュロスの陥落がペアレとシェイプの小競り合いの原因だったな。特に協力者がいるようには見えなかったし、あれは偶然起きたことだったのかな」

上空から偵察した限りでは、ボスの死亡後に不審な行動をしているプレイヤーはいなかった。どのパーティも突然死んだゴブリンたちの死体を警戒しているか、欲に駆られて剥《は》ぎ取りをしているかだ。

あのゴブリンミイラも殊更に自分がプレイヤーであることを喧伝《けんでん》する様子もなかった。となると現状、魔物系のプレイヤーとそれ以外のプレイヤーとで協力プレイをしている者というのは考えなくてもいいのかもしれない。

考えてみれば、レアとライラのように、協力関係にあるプレイヤーのそれぞれが国家レベルの影響力を持っているという時点でかなり稀《まれ》なケースと言える。ただの一兵卒では協力したところでたかが知れているし、協力するつもりでゲームを開始するのなら近い種族で始めたほうが合理的だ。

ライラが言ったように気にしていてもしかたがないのかもしれない。

「さて。とりあえず薙刀《なぎなた》の試し斬りとしては満足行く結果だったと言えるかな。それどころか、ちょっと性能が良すぎて逆に使えないレベルだ。同じものを数本作らせておく予定だったけど、それはもっと弱い金属にしておこう」

「リフレの街も陛下のお力でだいぶ発展してまいりました。すぐ側《そば》の領域こそ低ランクの傭兵たちしか満足させられませんが、陛下のお考えでは大陸中の領域と擬似的につながることになるのでしょう？

でしたら、あのグスタフという男の商会で中級程度の武具なども扱うようにすればどうでしょうか。需要は十分あるのではと思います。

そこで手に入るものを鋳潰《いつぶ》すなどして、薙刀をお作りになればよろしいかと」

マーレの言うことは一理ある。

別に鋳潰さなくても、武具を手に入れるルートがあるのならその素材を仕入れることもできるだろう。

「……そうだね。さっそく誰か人をやってそのように手配しよう。

あるいは、王都周辺のセーフティエリアに建設させている宿場町——はカーナイト素材がメインになってしまうか。じゃあラコリーヌのセーフティエリアにも宿場町を建設させて、そこで手頃な素材を見繕ってもいいな」

王都近郊の宿場町の建設の進捗《しんちょく》は確認していないが、もしまだ完成していないとしても並行して行ってもらうことになる。

これもグスタフに任せるしかないだろう。彼も貴族になりたいのなら、今以上に人を使うことを学んでもらわなければならない。

王都やラコリーヌを始めとする宿場町の建設はすべてグスタフに一任するよう、ケリー経由で命令をしておいた。

それらが軌道に乗ったならば、位置関係から言って次はエルンタールの近くに同様のものを作っても良い。恩を売るというほどのつもりでもないが、ブランの助けになるはずだ。

第十章　スケルトンって何の骨

《プレイヤーの皆様へ。


平素は弊社『Boot hour, shoot curse』をプレイしていただき誠にありがとうございます。

おかげさまで、新規実装いたしました限定転移サービスは多くの皆様にお楽しみいただいております。誠にありがとうございます。新システム実装に伴い、公式ＳＮＳのコメントの上限を９９９件に拡張しました。攻略情報の交換にお役立てください。

また販売アイテムにつきましても大変ご好評をいただいており、スタッフ一同感謝の念に堪えません。さらなる商品の充実をご期待ください。

また今後もプレイヤーの皆様が楽しめる、さまざまなイベントを企画してまいります。

その際にはぜひ、奮ってご参加ください。

今後とも『Boot hour, shoot curse』をよろしくお願いいたします。》

◆◆◆

《よくあるご質問

お客様からお寄せいただいた「よくあるご質問」や「トラブルの解決方法」を掲載しております。疑問や問題を解決できる可能性がございますので、お問い合わせの前に一度ご確認ください。

なお、ゲームの内容に関するご質問や仕様の一部に関するご質問などお答えできかねるご質問もございますのでご了承ください。

また、本ページでは実際によくあるご質問の他、ユニークなご質問を掲載する場合がございます。

Q：転移サービスには街のNPCの人は連れていけないんですか？
A：転移サービスにおいてはシステムメッセージを利用して承諾の意志を確認しておりますので、システムメッセージを聞くことが出来ないNPCは原則として転移できません。

Q：ダンジョン（当ゲーム内で転移サービスによるサポートを受けているフィールドのことと判断いたしました）のボスを討伐したら他の魔物とかはどうなりますか？
A：そのフィールドの支配権を持ったキャラクターが死亡した場合、支配下にあるすべてのキャラクターが一時的に死亡します。また支配権を持つキャラクターは死亡後三時間で所定の位置にリスポーンいたします。
Q：質問したのに返事が貰《もら》えなくて、よくある質問ページにも掲載されないことがあります。どうしてですか？
A：お答えできないご質問の場合は、担当者によってはそのような措置が取られる場合がございます。
Q：答えられる質問と答えられない質問の定義を教えて下さい。
A：仕様に関するご質問にはお答えいたしますが、他のプレイヤー、ゲーム内のスキル、アイテム、NPCに関するご質問には原則としてお答えできません。
Q：アイテムやモンスターの名前や詳細な情報を見られるようになるアップデートの予定はありますか？
A：本来ならお答えできないご質問内容になりますが、協議の結果回答することになりました。
ご質問の機能はサービス開始当初から「スキル」の形でゲーム内にて実装されております。
また該当スキルの取得率の低さから、消費アイテムという形での有料サービスの実装も検討中です。
Q：ゴブリンやスケルトンで開始したとして、どこかのダンジョンに雇ってもらうことって出来ますか？
A：ゲーム内での交渉次第で可能です。ただし運営としましてはお勧めしかねます。ゲーム内では労働基準法が適用されませんので、弊社AIよりブラックな職場環境になる恐れがございます。
Q：ダンジョンの難易度の基準をもっと詳しく教えてください。平均値ですか？　ボスの討伐難易度は含まれますか？
A：転移サービスにおける移動先リストの難易度は、その名を冠するフィールドを支配している勢力と戦闘を行う場合を想定して算出しております。
勢力によってはフィールドの中枢（かならずしも中心部とは限りません）のみ集中的に防衛力を高めている場合があり、その場合は平均値をとったとしても正確な値になりませんので、一律ですべてのフィールドにおいて中枢部のみ除外して算出しております。
Q：スケルトンって何の骨ですか？
A：「スケルトン」は生まれながらのスケルトンであり、元の骨の種族は設定されておりません。スケルトンのために作られた骨です。
なお「○○スケルトン」と名のつく種族に関しては元になった骨が設定されております。
今後とも『Boot hour, shoot curse』をよろしくお願いいたします。》

◆◆◆

【☆3】旧ヒルス　エルンタール　【ダンジョン個別】

0324：丈夫ではがれにくい
それで結局あれからリーダーたちは巡回ボスに勝てたの？

0325：ウェイン
>>0324　いや。まず近接職の攻撃が届かないのがつらい
遠距離攻撃専門のプレイヤーがパーティにいないのがね
俺の魔法じゃ決定打にはならないし、明太もメインはデバフだし
かといってここまできて魔法特化に舵《かじ》をきるっていうのも微妙だし

0326：丈夫ではがれにくい
器用貧乏が裏目に出た感じかー
さすがに遠距離特化は一枚くらいはＰＴに要るってことよね

0327：ギノレガメッシュ

巡回ボスも街の真ん中のデカイお屋敷っつーかちょっとした城か？　あれに近づきさえしなきゃ出てこないからな
街の外周の家に押し入って中のゾンビ狩るだけでもそれなりの経験値にはなるぜ

0328：名無しのエルフさん
>>0327　それ、本当にゾンビなの？

0329：クランプ
>>0328　絶対違うと思う
中堅クラスのプレイヤーじゃ勝てない時あるし
頭部か心臓破壊しないと死なないし

0330：ハウスト
それ吸血鬼じゃないのか？

0331：ギノレガメッシュ
さすがにそりゃないだろ。街の全部の建物の中にいるんだぞ？　何千体いるんだって話だ
それに家に入っても死んだ状態のまま起きてこないやつとかもいるし、なんであれ動く死体であるのは間違いないと思う

0332：クランプ
＞＞0331　起きてこないのって他のパーティが倒した後とかでなく？

0333：ギノレガメッシュ
外傷とかも全くないからおそらく違う

0334：ハウスト
そうなのか、なら違うか
他に情報ないのか？

0335：ギノレガメッシュ
犬歯っていうの？
牙《きば》が長いんだよな

0336：ハウスト
それやっぱり吸血鬼だろ

0337：明太リスト

なるほど吸血鬼か
だったらもしかしたら、血とか吸われたりしたら転生条件みたいなの満たしたりするのかも

0338：クランプ
マジかよ吸血鬼なりてえ！
でも吸血みたいな攻撃受けたことないな
俺エルンタールで死んだことあるけど

0339：ハウスト
ならやっぱ吸血鬼と違うか

0340：名無しのエルフさん
>>0339　あんたなんか狙って書き込みしてるでしょ

◆◆◆

【☆5】旧ヒルス王都ダンジョン個別スレ

1312：蔵灰汁《くらあく》

そういえば装備破壊された前衛の人ってどうしてるんだ？　ここじゃ直せないだろ

1313：丈夫ではがれにくい
鍛冶《かじ》系の生産職プレイヤーに交渉して王都セーフティエリアまで来てもらった
めっちゃ金貨請求されたけど、前衛職みんなで割って何とか払った

1314：カントリーポップ
>>1313　あ、セーフティエリアにＮＰＣの商人来てたよ

1315：丈夫ではがれにくい
>>1314　マジで？　どうやって来たん？
ＮＰＣって転移できるの？

1316：おりんきー
転移は出来ないけど、なんか普通に馬車で来てた
それからあれプレイヤーかな？　護衛っぽい獣人の人がインベントリから資材取り出して、商人さんが連れてきてたＮＰＣの職人さんたちが家建ててた

1317：丈夫ではがれにくい

あの建物ってそれか！
なんかログインしたらいきなり建ってたからサイレントアプデかと思ったわ

1318：おりんきー
よく見てたらＮＰＣの職人さんが三交代で建ててた
スキルの力ってすげーｗ

1319：丈夫ではがれにくい
あの建物ってなんなの？　住むの？

1320：蔵灰汁
>>1319　宿屋らしい。他にも生産設備とかいろいろ
まあ住むと言えば住むのかも
その商人の元締めっぽいＮＰＣはここに逗留《とうりゅう》して、いろんな職人さんとか呼んだりしてプレイヤー、ってか王都奪還を目指す傭兵《ようへい》のサポートをしてくれるらしい。もちろん金は取られるけど
そうしたらようやく修理とかもできるようになるのかと思って、じゃあ今まではどうしてたんだろって思って書き込んだのが>>1312

1321：丈夫ではがれにくい

じゃあ今俺が持ってる新素材とかも買い取ってくれるんかな

1322：おりんきー
王都でドロップする金属塊は積極的に買い取ってくれるみたい

1323：蔵灰汁
>>1322　これについては大々的に宣伝しておいたほうがいいかもな
プレイヤーがもっと増えればＮＰＣ設備も充実していくかもしれないし

1324：おりんきー
>>1323　サブクエストクリアして街を発展させていこう的なコンテンツですな！
第一クエスト「人を増やそう」

1325：蔵灰汁
それともうひとつ
これは護衛のプレイヤーから聞いたんだけど、セーフティエリアから見て王都とは反対側に、変な森みたいなのができてたらしい
新エリアかもよ

1326：丈夫ではがれにくい
マジかよ
暇だし様子見に行ってみようかな
誰か行こうず

1327：カントリーポップ
>>1326　懲りない奴だなあw
まぁ王都のすぐそばに王都以上の難易度のエリア新設する理由なんてないだろうし
付き合ってやるか

1328：蔵灰汁
>>1326　検証スレとかに報告したいから俺も行くよ

◆◆◆

【☆3】旧ヒルス　ラコリーヌの森【ダンジョン個別】

1512：ホワイト・シーウィード
たまにだが運ゲー的な要素あるな

1513：らんぷ
あー、わかる気がする

1514：山葡萄《やまぶどう》
何となく引き際というか、そういうものを見極めてうまくやれるようになったと思っても、時々いきなり女王蜘蛛《ぐも》が現れて蹂躙《じゅうりん》される時があるよな

1515：くるみ
あと脱出不能な罠《わな》に嵌《はま》ったりね
罠なんて無いって思ってたらクモ糸とかで普通に捕殺される罠

1516：名無しのエルフさん
それでも経験値はかなりの黒だし、クモ糸なんかはまるっとお金になるし、いい狩場じゃない？

1517：バーニングラス
姐《あね》さんさっきエルンタールスレにいなかったか？

1518：名無しのエルフさん

姐さん言うな
ちょっと様子見にね
ご近所さんだし、気分転換にあっち行ってみるのもいいかなって

1519：ハルカ
そういえばセーフティエリア、なんかＮＰＣの商人いたよ？
家建ててたけど

1520：名無しのエルフさん
なんか見たわそれ
こういうところって勝手に建物作っていいのかしら
ＮＰＣならいいのかな？　誰の土地なんだろ

1521：らんぷ
災厄が国家簒奪《さんだつ》したんなら災厄の土地ってことになるんじゃない？

1522：山葡萄
じゃあ災厄に許可取って家建ててるのか？　その商人

1523：くるみ
もし許可取ってないなら勇気あるよね

1524：名無しのエルフさん
取ってたとしても勇気あるわよ
どうやって会いに行ったのよ
てかヤツは今どこにいるの？　王都はお出かけ中で留守なのよね？

◆◆◆

【☆1】旧ヒルス　テューア草原【ダンジョン個別】

0722：松笠《まつかさ》元帥
やっぱ前回イベントのボスに制圧されたってことでおk？

0723：マッキー
確定っすね
湧きがデカいモグラからデカいアリに変わってるし

0724：ダイナ
じゃあここのボスは災厄なのかな

0725：鼻エレブー
いや、だったら☆1に収まってるわけないし、ボスはボスで個別にいるんじゃない？

0726：ゼキオ
それかヒルスの別の、なんてったか忘れたけどゾンビしか出ない☆1の廃墟《はいきょ》街みたいに、ボス自体いないって可能性もある

0727：林公司
アルトリーヴァとかか
ボスいなかったらどうやって攻略すんだろうな

0728：松笠元帥
そもそもダンジョンは攻略できるって誰が言ったの？

0729：コキュ
誰も言ってないね

ボスがいるダンジョンといないダンジョンが存在しているのは確かだけど
ボスを倒したところでクリアになるとは限らないってことか

0730：林公司
クリアしたダンジョンはクリアしたプレイヤーが運営できるようになる、とかだったら面白いと思ったんだが

0731：ゼキオ
それもう違うゲームじゃねーか
だいたいダンジョン内に出てくる雑魚はどうすんだよ

0732：林公司
>>0731　パーティメンバー

0733：コキュ
>>0732　ブラック企業かなw

……

3006：ゼキオ

なんかすごい勢いで街発展してない？
こんなにいっぱい建物建てて住む人いるのか？

3007：林公司
知らんのか
転移は一方通行だから、普通はダンジョンに転移したら街まで戻るのに街道なりなんなりを歩いて帰らないといけない
でもテューア草原はそばにリフレの街があるから、転移した後すぐ別の場所に転移できるんだよ
似たような街が他にあれば、その街同士で相互転移ができるってわけだ
その関係ですげープレイヤーが増えてて、それに釣られてＮＰＣも増えてる
他の国の同じ立地の街も似たようなもんらしいが、発展具合はこのリフレと、あとオーラルのフェリチタって街がダントツだな

3008：ゼキオ
全然知らなんだ
もしかしてその関係で住民登録とか始めたのかな

3009：コキュ
区画整理のためだっけ、そんな貼り紙見た気がする

登録自体はプレイヤーでもできるって知ってた？
居住登録と滞在登録があって、滞在登録でもほとんどの商会で消耗品とか値引きされるよ
宿屋も安くなるけど、今建築ラッシュだから先々のこと考えたら家買ってもいいかもね

3010：ゼキオ
さすがに家買うような金ねーよ
ここ☆1ダンジョンスレやぞ

3011：ダイナ
本スレっていうか、その特殊な立地条件を最初に発見した人が立てたスレ見ると、お金持ってるマーチャント系プレイヤーなんかは結構土地とか建物押さえに走ってるみたいよ
リフレとフェリチタはすでに地価が高すぎて借地しか無理みたいだけど、発展速度から考えてもこの二つの街は領主が積極的にお金出してるのは間違いないみたいだし、今後のことも考えればどうしてもリフレかフェリチタに店持ちたいって頑張ってるみたい

3012：ゼキオ
それで初心者っぽくないプレイヤーが街に増えてんのか
ダンジョンには相変わらずルーキーしかいないのになんでかなって思ってたんだよ
でもなんでリフレとフェリチタだけそんなに発展してんの？

3013：林公司
良くも悪くも旧ヒルスって注目株だからかな
プレイヤーにとっちゃ悪い意味での注目もプラス要素だし、プレイヤーが集まってくるのは必然だし、それで領主も目つけたんじゃないかな
フェリチタはまあヒルスに近いからかな。隣国だし

3014：松笠元帥
転移で飛ぶだけなんだから近いとか関係なくない？

3015：ダイナ
プレイヤーはそうでも、ＮＰＣはそうはいかないでしょ
街を発展させてくれるのは結局はそこに住むＮＰＣなんだから、立地は大事よ

◆◆◆

【☆4】ペアレ王国　ノイシュロス【ダンジョン個別】

0258：クラック

キター!!

0259：聖リーガン
何が？

0260：クラック
ノイシュロスにもついに特殊ボスエネミーが来た！

0261：聖リーガン
え？　マジ？　街？　森？
どんなやつ？

0262：クラック
街だ！
街でうろついてたらいつの間にか全滅してた

0263：聖リーガン
なんだそりゃ
見てないのかよ

0264：クラック
いやほぼ一瞬で四人全員殺《や》られたからな
見るも何も、そもそも何が起こったのかすら誰も把握してないw

0265：サーモス
はぁーつっかえ

0266：クラック
ただ兆候は多分わかるぜ
ゴブリンのバラバラ死体を街で見かけるようになったら要注意だぜ、たぶん

0267：聖リーガン
そんなもん他のパーティの仕業かもしれないじゃねーか

0268：クラック
それが剥《は》ぎ取りも何もしてないただの死体なんだよ
それに皮膚も骨もまあ硬いあのデカゴブリンが滑らかな切り口でバラバラだぞ
プレイヤーの手持ちの武器や魔法で出来る芸当じゃない

つか、リスポーンした俺たちの鎧《よろい》もスッパリいかれてたからやったやつが同じなのも間違いない

0269：サーモス
鎧着てても意味ないってこと？　装備破壊？　防御無視攻撃？
どっちにしてもきついな
出現条件なんなのさ

0270：クラック
一回しかエンカしてないからなぁ

0271：タット
街の中心部に近づいたからとか？
それとも森に近づいたから？

0272：クラック
森には俺は行ったことないけど、森メインでアタックかけてるパーティいるじゃんすでに
森は関係ないんじゃね？
あと領主館に近づいたからってのは無くもないかも
森アタック組ってたしか領主館無視して森行ったんだよね？

0273：聖リーガン
そういや書き込みないけど、あいつら今アタック中か
たしかそうだな

0274：サーモス
てかそんな事故死しといてなんで嬉《うれ》しそうなの>>258　は
しかもこれから先も原因不明で事故死の可能性あるんでそ

0275：クラック
だって人少ないじゃんここ！
なんかセンセーショナルな話題があればガチ勢とか来て賑《にぎ》わってくれるかなって

……

0311：タクマ
マーレさんすみません
もし見ていたら書き込みください

0312：聖リーガン

あ森アタック組来た
マーレって誰？

0313：しいたけ
さっき俺たちが臨時でパーティ組んだソロの人
いやソロなのは今日たまたまだっけ？　とにかくめちゃ強い人
イエーイ！　マーレさんみてるぅ？　見てたら連絡ちょうだい！

0314：タクマ
そのマーレさんにほとんどおんぶにだっこ状態で森の最奥まで行ってきた
ボスはやっぱり森にいたぞ
領主館はおそらくダミーだ

0315：クラック
マジかよ
ダミーなら切り裂きジャックの出現条件は領主館関係ないか
それかジャックの住処《すみか》が領主館？

0316：コウキ

誰だいジャックって
ま、あの森のボスの強さを見れば領主館に何がいたとしてもカマセだろうけどね

0317：聖リーガン
んでどんなだったの？　ボスって

0318：タクマ
雑魚よりさらに大きいゴブリンだ
丸太サイズの棍棒《こんぼう》持ってて、それで文字通り叩《たた》き潰《つぶ》されて全滅だ

0319：サーモス
聞いてるだけで痛いわ
そのめちゃつよマーレさんて人も死に戻りしたん？

0320：トンボ
いや、もともとこっちが無理言って奥までついてきてもらったようなもんだからな
その時の戦闘には参加してない

0321：聖リーガン

ボス前で別れたってこと？

0322：タクマ
だったら良かったんだが、結局ギリギリまで付き合わせてしまった
あのタイミングではボスから逃亡できたとも思えないし、おそらく俺たちがリスポーンした後ひとりで戦う羽目になったはずだ
それについてはあらかじめ了解をもらっていたんだが、もう一度謝罪とお礼をしておきたくてな

0323：クラック
そんなことより、タクマたちは切り裂きジャックに会ってない？

0324：タクマ
誰だそれ？　プレイヤー？

0325：クラック
いや、多分特殊エネミーの徘徊《はいかい》ボス的なアレ
街うろついてたらバラバラにされたゴブリンがたくさん落ちてて、気づいたら俺たちもバラバラにされてた

0326：サーモス
ただでさえ不人気なエリアに理不尽ボスの登場ってわけよ

0327：コウキ
前のレス読んできた。そんなのいたのか
僕らは会ってないな。多分その時間帯は森にいたと思う
マーレさんなら時間的に遭遇しててもおかしくないかな
いやギリギリすれ違いくらいのタイミングかな?

0328：しいたけ
すれ違いっしょ
書き込み時間と俺たちがマーレさんに会った時間考えると、小走りくらいで街から森まで来たことになるべ
あの街のゴブリンと戦いながらそれは流石《さすが》に無理じゃない?
マーレさん魔法職だし戦うんならリキャもあるっしょ

0329：トンボ
しかしマーレさんは槍《やり》らしき得物も背負っていたが

0330：コウキ
でもその実力は見てないよね。体術？　と短剣はすごかったけど

0331：クラック
なになに、タクマたちより格上の魔法職で、インファイトもこなすプレイヤーってこと？
超ガチ勢じゃん！　しかも可愛《かわい》いとかＶＲアイドル待ったなしやんけ！
ノイシュロスの時代来たなこれは！

0332：タクマ
おいまて誰も容姿と性別については明言していないぞ

0333：クラック
君たちの書き込みから滲《にじ》み出《で》てる

0334：しいたけ
鋭いなこいつ。きも

0335：聖リーガン
ねえ今街来てるんだけど、雑魚居ないんだけど？

ていうか、死体しか無いんだけど？

0336：クラック
お、バラバラ死体か⁉

0337：聖リーガン
バラバラもなにも、無傷の死体
最初寝てるのかと思ったくらいだ

0338：サーモス
まじかよ。ちょっと俺たちも行ってみるか

0339：タクマ
行ってみたいが、今デスペナ食らったばっかりだしな

0340：蓬莱《ほうらい》
タクマ、さっき取得した経験値が多すぎて、ロストしたのにアタック前より増えてる

0341：しいたけ

あ、マジだ
よっしゃ俺たちも行ってみようぜ

0342：サーモス
マジで死体が無造作に転がってんな
剥《は》ぎ取り放題だぜひゃっほー

0343：タット
つかタクマたちの出発宣言から誰も書き込んでないのかよ
もしかしてスレ民みんな現地きてんの？

0344：タクマ
雑魚が全くいないから駆け足で森まで来た
森ももぬけの殻だ
死体はあるが

0345：クラック
領主館探索完了！　何にもねえぜ！
執務室は荒らされた形跡があるけど、死体は綺麗《きれい》なもんだ

ゴブリンが椅子に座ってるから何事かと思ったが、よく見たら死んでた

0346：コウキ
なんかの怪談？　そこはかとなく怖いんだけど

0347：タクマ
森の奥のボスエリアも何もない……
死体も無い
あったはずのログハウスもなくなってる

0348：しいたけ
雑魚が消えたってことは、これもしかしてマーレたんが単独ボス討伐したんじゃね？
それでダンジョン攻略扱いになって雑魚が一斉に消えたとか？

0349：トンボ
じゃあなんで本人が居ないんだ

0350：蓬莱
……相打ち、とか

0351：タクマ
なんてことだ……
マーレさん！　このスレ見てたら書き込みしてくれ！

0352：聖リーガン
ほんとにいたのかよそのプレイヤー
あまりにドラマティック過ぎて運営の仕込みＮＰＣとしか
国によっちゃ貴族階級はバカつええって話だし、お忍びで各国を行脚してる世直し公爵令嬢とかじゃね？

0353：トンボ
それはない
俺たちが渡したドロップアイテムをインベントリに仕舞っていたからな
それは全員が見てる

0354：クラック
集団幻覚じゃない？

0355：聖リーガン
>>0354　人のこと言ってる場合か
言っておくけどお前の見た切り裂きジャックも疑ってるんだからな？

0356：タクマ
マーレさん！
見てないのかマーレさん！

0357：タット
それより、タクマのPTメンバーは現地に一緒にいるのにわざわざSNSで会話してんの？w
実はそんなに仲良くないんですかね？

0358：聖リーガン
なんにしても、もしタクマたちの話が本当なら、おそらくこれが初のダンジョン攻略報告だ
残念ながら攻略した本人は不在だけど
そして攻略されたダンジョンはすべての魔物が消えると
これって戻るのか？　ずっと消えたまま？

……

0381：トンボ
マーレさんがボスを倒してからだいたい三時間くらいか？
そのくらいで次のが湧くと

0382：しいたけ
冷静に言ってる場合か
なんだあいつ

0383：コウキ
あいつが例の切り裂きジャック？　でも素手だったよね？

0384：クラック
なんかあったん？

0385：タクマ
ボスのいた広場のあたりをうろついてたら、突然見たことない魔物が現れて全滅した
細マッチョのミイラって感じの奴だ。身長も高めだが、ギリ人間サイズだった
もしかしたら新しいボスかもしれん
以前のボスとどっちが強いかはわからない。どっちの戦闘も一方的だったのは確かだ

0386：聖リーガン
とりあえず、ダンジョンが消えるわけじゃなさそうで安心した
ボス倒したら新しいボスが生まれるシステムなんかな？

◆◆◆

【☆3】シェイプ王国　ゴルフクラブ坑道【ダンジョン個別】

0892：キングJ
なんか最近湧き良くないか？　効率上がった気がする

0893：すあま
それな。調整入ったんじゃね？
最初の頃は奥まで行かなきゃエンカウントしなかったけど、最近は浅いとこでも弱いゴブリン出てくるようになった

0894：藤の王
調整入ったのか？　じゃあアレやっぱバグだったのかな

0895：すあま
バグ見っけたん？
今まで誰も見つけたことないらしいけど、バグ報告すると報酬もらえるって噂《うわさ》だぜ

0896：キングJ
誰も見つけたことないのになんで噂になってんだよ

0897：藤の王
いや、ゴブリンがゴブリンに攻撃してるとこ見かけたんだよ
その後すぐに他の仲間に囲まれてボコられて死んでたんだけど
バグ挙動だったのかなって

0898：すあま
へー、バグかどうか微妙なところだな
別の洞窟《どうくつ》とかのゴブリンが迷い込んで来たとかなら、そういうことあってもおかしくないんでない？
リアルの野生動物の群れだとたまにあるらしいぜ

0899：キングJ
ありうるな。妙なとこリアルに寄せて凝るからなここの運営

0900：藤の王
なるほどそう言われてみれば若干雰囲気が違うゴブリンだったかも？

0901：すあま
念の為《ため》報告入れとけば？

0902：藤の王
いやいいよ。それ以来見ていないし、もし仕様だったら恥かくだけだし

0903：キングJ
言うほど恥か？

0904：すあま
羞恥心《しゅうちしん》のボーダーは人それぞれだしねぃ

◆◆◆

【ウェルス】ダンジョン攻略報告スレ

2011：ファーム
見たことあるなそれ。クソデカイ狼《おおかみ》の群れだろ
襲ってくるって感じじゃないが、こっちから攻撃すると反撃でもれなく全滅する

2012：もんもん
ダンジョンのモンスターとも戦ってんだよねあいつら
だいたい勝負になってないからどっちかっていうとダンジョンで狩りしてるって感じだけど

2013：ハセラ
そういう生態なんかな？
ウェルスでしか目撃情報ないんだっけ

2014：もんもん
今のとこそうかな

色もカラフルだしビジュアルもかっこいいし、モフリたいって突撃してったプレイヤーが何人も被害にあってる

2015：ファーム
それどちらかと言うと被害者は狼のほうなのでは

2016：ビームちゃん
なんにしても特殊エネミーだな
ヒルスには特殊なダンジョン多いみたいだが、ウェルスの場合はその徘徊《はいかい》型狼モンスターが目玉ってわけだ

2017：もんもん
犬……徘徊型……でんせつ……色違い……うっ頭が

2018：ファーム
少なくともほのおタイプは確認したぜ
赤毛の狼に燃やされたことある

エピローグ

ダンジョン経営も軌道に乗り、それぞれのやりたいことが一段落ついたということで、レア、ブラン、ライラの三人はオーラル王城会議室に集まっていた。

「あの、ライラさん。この城にゾンビ一体置いておいていいっすか？　空飛んでくるのけっこう大変なんで」

「ああ、そうだね。わたしもお願いするよ。アリでもなんでもいいけれど、ブランがゾンビにするならわたしも合わせよう」

「……もしかしてさあ、二人って私のこと嫌い？　他にいるでしょ匂わないタイプのやつ！　ていうかレア『ちゃん』今日だって普通に総主教目指してワープしてきたじゃん！」

《抵抗に成功しました》

「──ライラ、今何したの？」

「……別に何も？」

「……まあ、いいや。後で聞くから。

それより位置関係や立地的なことも考えれば、このメンバーが集まるのなら今後はわたしの支配するリフレの街のほうがいいんじゃないかな」

「リフレ……っていうとオーラルから一番近いヒルスの街かな？　あそこ制圧したんだ」

「制圧はしてないよ。穏便に街ごと支配下に置いただけ。制圧したのはその隣の草原」

「あの街をわざわざ穏便に支配したってことは、人類サイドから経済支配もするつもりってことかな？　ずるくない？　魔物サイドでダンジョン経営もしてるのに」

「それはお互いさまでしょう。ライラだって、おおかたどこかの領域のボスでも支配してダンジョン牧場とか考えてるんじゃないの？　前に牧場の話をしたとき食い付いてたよね」

「……話に全く付いていけないなぁ。あ、このワッフルおいしい」

ブランが会話から置いてけぼりになっている。

そこにお茶受けを褒められたライラが反応した。

「でしょう？　リエージュ風に焼いてみたんだよ」

「ワッフルアイロンはどうしたの？　作ったの？」

「そりゃ作らなきゃ無いからね。ちなみにイベントの報酬でもらったミスリル製だよ。錆《さ》びないし熱伝導率も高いから超便利。軽いし。魔法との親和性も高いから、火属性の付与とか出来ればそれだけで調理できちゃうんじゃないかな。やったことないけど」

ミスリルの性質については初耳だ。ライラはどうやって調べたのだろう。

「えーそうなんですか。ミスリルで焼けるんですね。どうしよっかな。わたしも貰《もら》ったけど料理することないからなー」

レアは特別報酬として、そしてこの二人は上位入賞の報酬としてミスリルインゴットを受け取っている。

有名な魔法金属の名前を冠しておきながらただそれだけの効果であるはずがないが、ライラが調理器具に使う程度なら大した金属ではないのだろうか。アダマン何とかに匹敵する性能はあると思うのだが。

「さて。ワッフルを堪能したのならそろそろ本題に入ろうか。転移サービスという大がかりなアップデートから三週間が経《た》ったことだし、ここらで一度『ちゃん』と情報の共有やすり合わせを行っておいた方がいいかと思ってね。私は進めていたプロジェクトも一段落したし、レア『ちゃん』たちも落ち着いたころじゃないかな？」

「うひ？」

ブランがきょろきょろしている。またライラが何かをしたらしい。

問い詰めたいが、話が進まなくなるので我慢する。

このお茶会の目的は情報共有だ。わざわざちょっかいをかけてくるくらいだし、後で説明する気があるのだろう。

状況が落ち着いているかと言えば、その通りだ。

レアの支配領域のなかで、プレイヤーの来客があるのは旧ヒルス王都、ラコリーヌ、テューア草原くらいだが、どの領域も順調に売り上げを伸ばしている。

引き換えにプレイヤーたちに流通する高ランクの素材も数を増しているが、余剰分をすぐそばのセーフティエリアで眷属《けんぞく》のＮＰＣ商人に買い取らせることで、ダンジョン外への流出を最小限に抑えている。

リフレの街の経済活性も順調だ。外壁も増設し、中心街を第一区、外郭側を第二区と便宜上呼称して運営している。

プレイヤーのほとんどは、商人や貴族階級ほどではないが一般のNPCよりははるかに金貨を持っている。その資産に釣られてか、リフレの街に多くのNPCも移住してきていた。そして増えたNPCの分だけ街全体の活気も増し、それがさらなる移民を呼んだ。

人伝《づ》てに語られるヒルス王国滅亡という不安要素はあるものの、いざとなればオーラル国内に逃げ込んでしまえばいいとの判断なのか、移民の流入はとどまるところを知らない。

また、リフレには何の伝手《つて》も展望も無いのだが、ただ人が集まっているのならなんとかなるだろうという甘い見積りでやってくる難民も少なくない。

しかしそのような者たちでも生活できるよう支援する準備も整っている。

隣接ダンジョンであるテューア草原の浅層で始めた薬草栽培だ。

はじめのうちこそリーベ大森林から連れてきた工兵アリに世話をさせていたのだが、街で労働力があぶれているならこれを利用しない手はない。

領主アルベルトの声掛けということにして難民たちに栽培と収穫、処理と販売をやらせている。

ダンジョンだからなのか何なのか、各種薬草の生育は非常に早い。

普通はおそらく虫害や獣害、というか魔物による害が多いのだろうが、どうせレアが完全に支配しているエリアである。魔物はこの一帯に近寄らせなければ問題ない。

そもそも難民というのも、おそらくはレアやブランがいくつもの街を滅ぼしたために生まれた者たちだ。彼らが元いた街はすでにレアによって支配されており、そこにいた住民の大多数もアンデッド化して支配下に入っている。ならば彼らもレアの財産と言えないこともない。生きているか、死んでいるかの違いだけだ。手厚く保護してやるのは当然だ。

　そうした内容をかいつまんで話した。


「――とまあ、わたしのところはそんな感じかな。おおむねうまく行っているんじゃないかな。他にもいくつか進めてる案件はあるけど」

「リフレを押さえたのは転移の入り口と出口が近いからだよね？」

「そうだよ。同じ仕様の街が他にもあれば、長距離転移ができるからね。経済的価値は計り知れない」

「実は私もオーラルの同じ仕様の街を押さえてあるんだよね。フェリチタっていう街。私は便宜上ポータルって呼んでるけど。ヒルスのポータルをレアちゃんが押さえてるなら、今後似たような会合がある時はリフレに集まった方がいいかな」

「……そうだね。じゃあわたしもポータルって呼ぶことにする」

「先生！　意味がわかりません！」

「ポータルっていうのは、玄関とか出入り口とかそういう意味だよ」

「言葉の意味でなく！」

　リフレの街の持つ特殊性についてと、同様の仕様の街がオーラルにも一か所あり、また他国にも同様に存在しているだろうことをブランに説明した。

「はえー。転移ってそんなに便利なの？　『召喚』とかうまく使えば割とどこにでもワープできるし、空も飛べるし考えたこともないや」

「多くのプレイヤーは自力でワープなんてできないし、空も飛べないんだよ」

「そりゃそうか。ワープはともかく、空飛んで攻めてこられたら困っちゃうしね」

「自力でワープされてもかなり困るけどね。

それよりライラの方はどうなの？　国家運営シミュレーションとか、あと牧場の進捗《しんちょく》とか」

「ああ、そうだね。

国家運営に関してはたぶん、レアちゃんたちのダンジョンと大筋で同じだよ。こっちはセーフティエリアが無くなったりはしない代わりにデスペナルティも変わらないけど。

本来、国家を運営する目的ってのは国民の生活とか幸せのためなんだろうけど、そんなのプレイヤーの私には関係ない。だからシステムとして枠組みは用意されているけど、達成すべき目標とかは曖昧《あいまい》なんだよね。

そこで私はまず周辺の都市を併合していくことにしました！

単純に考えたら、圧倒的な軍事力で強引に併合してしまうのが手っ取り早くて楽だ。だけど完全制圧とかまでしちゃったら、さすがに本国が出張ってきて全面戦争になっちゃうでしょう？

それでも勝てそうな国ならいいけど、ちょっと厳しいかなって国もあるし。だからもっとわかりづらくて穏便な手段で侵略をすることにしたんだよ。

つまり経済戦争だね。

だけどこれまでの世界情勢じゃ、各国がほぼ鎖国に近い状態で、それぞれの国家の中だけで経済活動が完結してた。貿易なんかも一部にはあるけど、まともに収支計算とかしてるような国もないし、あったとしても都市レベルで損益を気にしてる領主がいるかどうかってところなんだよね。だから――」

「長い」

「あ、紅茶おかわりください」

ブランは完全に飽きてワッフルと紅茶を堪能している。

このところは毎日朝食にフルーツタルトとロイヤルミルクティーを摂《と》っていると聞いていたが、よくもそんなに甘いものばかり食べられるものだ。

「……まあ、とりあえず半月くらいかけてオーラル国内の領主を全員『使役』して、一枚岩の強固な国家を作り上げることに尽力して、周辺国の都市との貿易を強化してったんだよ。

並行して街道整備とか、魔物の領域潰《つぶ》して交易リスク低減させたりとかも進めたりね。

あとついでに魔物系の眷属増やして、暇なときはそこらのダンジョンに侵入するよう指示しておいた。ダンジョンは制圧まではしないけど、プレイヤーキルさせて経験値稼いだり、ダンジョンの雑魚狩ったりとか。レアちゃんの言ってる牧場ってそれのことだよね。

領域潰しは騎士団使って大々的に宣伝したし、オーラルが貿易に力を入れてるアピールもした。

街道を整備することでもそれは示したし、まずはお試しってことでタダ同然で農産物をばらまいたりもしてる。

他には支配下に置いた魔物を使って周辺諸国の畑を襲ったり、暇な騎士団を野盗に変装させて食糧奪ったりかな。領域潰したおかげで騎士団要らなくなった都市とかもあったから、そこは騎士から破壊工作員に再就職ってことで」

「途中まではよくわからないなりに感心して聞いてたけど、最後のほうがひどすぎる！」

「ヒルスではやらないでね。それより他国民をキルして国力低下させたりはしないんだ」

「うちは農業大国だよ。他国民には生きていていただいて、うちの作物を買っていただいたほうが儲《もう》かるからね。

哀《かな》しいことに心ない野盗が人々を襲うこともあるけど、そこはちゃんと指示して死なないように怪我《けが》させる程度に抑えてるし。怪我人だって死なずに生きてる限りは食糧が必要だし」

ライラがオーラルを農業大国と言い切るのは中々の根性だと言える。

地域にもよるが、農業ならヒルスもそれなりのものだった。そのヒルスの王族を殺して国家に止《とど》めを刺したのはライラだ。

「あ、農業大国だっていうなら果物ください！

最近気がついたんだけど、うちの下級吸血鬼《レッサーヴァンパイア》の子たち、なんか定期的に死んでるなって思ったら餓死だったの。

そういえば血とか吸ってないなって」

さんざんライラを人でなしであるかのように言っているし、レアに対してもそのライラにそっくりだなどと言ってくれているが、この発言からだけでもブランの猟奇性が垣間見《かいまみ》える。

どうやらまともなのはレアだけのようだ。

「……ブランちゃん、さすがにそれはひどくない？　ブラック環境にもほどがあるよ。訴えられるよ？」

「いや、だってゾンビ村の子たちは食事とか要らないみたいだし、吸血鬼もそうかなって」

「ブランも吸血鬼でしょう？　自分は朝食にフルーツタルトとミルクティーとか堪能しておいて、その言い訳は通らないよ」

アンデッドは基本的に飲食不要だが、吸血鬼は別だ。というよりももしかしたら厳密には吸血鬼はアンデッド枠ではないのかもしれない。

結局エルンタールには定期的にオーラルからフルーツを輸入することで話がついた。

相当な距離があるが、一旦《いったん》馬車でリフレまで運び、リフレからブランが『召喚』を駆使して持ち帰る。

そのことも含め、リフレにブランの眷属を置き、次回以降の同様の会合はリフレの街で行われることに決まった。

ライラはオーラルのポータル、フェリチタから転移で来るそうだ。


「あ、そういえば。

もう試したかもしれないけど、自分の眷属に精神を移して行動している状態なら、そのまま転移サービス使えるよ。ＮＰＣでも」

「そうなの？　ＮＰＣは原則使えないって書いてあったけど」

「原則とは一体……」

「まあ原則として、ってあったらだいたいそうでない場合もあるよってフラグだよね。じゃなかったら絶対にって表現するだろうし」

「じゃあ顔隠して行動しないといけないって制約は無いも同然だ。リフレに行くときは眷属に身体《からだ》借りてお忍びで行けばいいってことだね。ツェツィーリアの身体借りようかな」

「もっと忍べよ」

「冗談だよレア『ちゃん』」

《抵抗に成功しました》

ライラはとりあえず置いておき、誰だっけそれ、という表情を浮かべているブランに、オーラルの現女王だと教えてやる。

「あとインベントリは当然使えないからプレイヤーのふりをする場合は注意するように。あれはどうも本体に紐付《ひもづ》けされてるらしいから」

ブランについては一抹の不安がある。

あまり人のことを言えた義理ではないが、ポカミスでとんでもないことにならないとも言い切れない。

そんなところでおおむね、現状の報告は終わっただろうか。

ワッフルもほとんど食べられてしまっている。

空腹ゲージはいっぱいだが、だとしても別に食べることは出来る。

レアは無言で空の皿をライラの方へ押し出した。

「……はいはい」

ライラがメイドに皿を渡し、メイドが退出していく。

「さて、現状の報告はこのくらいでいいかな。あとはなにか有益な情報の交換とかだけど、そういうのある人いる？」

「わたしはさっき結構重大な小ネタ教えたからもういいよね」

「眷属《けんぞく》が転移サービス利用する方法のこと？　重大な小ネタって大きいのか小さいのかわかんないな」

「あ！　そうだった！　そういえばエルンタールにレアちゃんのロボ並みの硬さのプレイヤー来たよ！　もう三週間くらい前の話だけど」

「言うの遅くない？　知ってるし」

「ロボって何？　レアちゃんロボなんて持ってんの？　どういうこと？」

◆◆◆

「今度見せてよロボ。絶対だよ」

「わかったようるさいな。そんなことより、ライラはなにか情報とかはないの？」

「え、ブランちゃんのターン今ので終わりなの？」

「うんまあ。期待してないし……」

「えっ」

ブランはショックを受けている。

しかしブランの得られる情報ならばお守りをしているディアスも得ることが出来るだろうし、それは今の報告からも明らかだ。

伯爵のもとには時々遊びに行っているようだが、そちらで何かを得たとしても、ディアスが知らないのなら言うつもりが無い情報ということだ。

レア自身もそうだが、別に全ての情報を明らかにしろなどと強要する気はない。したとしても、ブランはともかくライラが従うとは限らないからだ。

「じゃあ、私はどうしようかな。

正直レアちゃんの情報って、効果としては大したこと無いけど、要秘匿性は段違いに高いというか、絶対他に知られちゃいけないレベルなんだよね。運営が公開したルールに抵触する内容だし。

それに匹敵する情報となると……うーん。

それよりも、わざわざ眷属のアバターでシステムメッセージを聞く、っていうのもやろうと思わないとやらない実験だよね。前々から引っかかってたってこと？」

「うん、まあ。あれだけ、プレイヤーとの違いはそこだけって言われてるんだから、逆に言えばそこさえクリアできれば事実上判別不能になるかなって」

「……違いはそこだけ、か。なるほど？　ふーん……」

ライラは探るような目つきでこちらを眺めている。

NPCはインベントリを始めとするシステム周りが使えないことなど、全てのプレイヤーにとって周知の事実だ。にもかかわらずシステムメッセージに関することのみが違いだとする説明は、運営の欺瞞《ぎまん》だと思われているはずだ。

レアがその欺瞞情報が正しいという前提で話したことを不審に感じているのだろう。

「……どうしよう。今回レアちゃんから開示された情報が大きすぎて釣り合うものを出せないな」

「……意味深な言い方止《や》めてくれない？」

「ちょっと迂闊《うかつ》じゃない？　って叱るところだけれど。まあ身内のお茶会だしいいか」

「あの、ワッフル焼き器？　って余ってませんか？　ミスリルインゴットと交換してくれません？」

「申し訳ありません、ライラ様に確認をとってみないと」

会話に交ざることを完全に諦《あきら》めたブランがメイドに絡んでいる。

普通に考えたら頭のおかしい交換レートだが、ワッフルアイロンもミスリル製だ。何もおかしくはない。

「そういえば、さっきわたしはワッフルアイロンって言ったけど、冷静に考えたらアイロンじゃないな」

「ミスリルだからね。あ、ブランちゃんに予備渡しちゃっていいよ。ミスリルインゴットくれるならまた作れるし」

「……脱線したね。

それでライラはどんな素晴らしい情報をもたらしてくれるのかな」

ライラは目を閉じ、ほんの少しの間悩んでいたように見えた。

あまりに短い時間のためただのポーズかもしれないが、本当に悩んでいるときでもこのくらいの時間で結論を出すことがあるためわからない。頭の回転が速いというよりは、決断を直感に委ねているのだろう。そういうところはレアとは真逆だ。

「……よし、じゃあこれにしよう！

システムメッセージは読んだよね？　よくある質問も」

「ああ」

「読んでません！」

「……じゃあ読んでなくてもいいや。

あの質問に、敵やアイテムの情報を見られる手段が欲しいって物があったよね」

「まさか」

「見つけました！　その名も『鑑定』！

生産系の『目利き』、それと交渉系の『看破』を取得するとアンロックされる『真贋《しんがん》』と、感覚系のスキル『真眼』の両方を取得して初めてアンロックされるとかいう普通はやらないスキルビルドだったよ。

これ取得率低いってあったけど、そもそも持ってる人いるのかな？　生産系と交渉系と感覚系なんてまず同時に育てないよね」

あとでまとまった経験値を湯水の如《ごと》く使用し探してみようと考えていたが、やらなくてよかった。

本来必要な分の何倍もの経験値を費やすことになっていただろう。

「こんなのライラはどうやって見つけ出したの？」

「もちろん本来必要な分の何倍も経験値費やして見つけ出したんだよ。実験に使ったのは眷属の職人だったから、ゼロからやるよりはだいぶマシだったけどね。最初から『目利き』持ってたし」

「その、かんてい？　っていうのは例えば何の役に立つんすかね」

「おお、マジかブランちゃん……。平和な世界に生きてるな……」

「例えば、初めて戦う相手がどういう行動をしてくるのか、そして自分と比べて強いのか弱いのか、全くわからないでしょう？　もしその相手のスキルだとか名前だとか、あるいは種族なんかが事前にわかれば、戦闘を有利に進めることができるよね」

「なるほど！　相手の手札をピーピングするってわけですな！　そんであらかじめ対策を打ったり、可能なら使われる前にその手札を破壊すると！　両方無理ならスタコラサッサだ！」

ブランは普段カードゲームでもやるのだろうか。

「……頭いいのかそうでもないのかわかんないなブランちゃん」

「頭はいいと思うよ。普段は使わないだけで。

でも、ライラがさっき何かちょっかいをかけてきてたのはこれか」

考えるそぶりはやはりただのポーズだったらしい。何も言わないままなら、そのうちレアから追及していた。

さっそく前提スキルを取得していき、『鑑定』をアンロックした。

「『鑑定』……ブラン、子爵になってるね。いつの間に？」

「ピーピングされた⁉　えーい負けるか！

——よし、取った！　『鑑定』！」

《抵抗に成功しました》

「……あれ？」

「こっちに何も来てないってことはレアちゃんに使ったのかな。で、抵抗されたと。

そうそう、抵抗判定が何を基準に行われてるのかが明記されてないんだよねこれ。いろいろバフかけたりして能力値上げたり下げたり実験してみたんだけど、どうも一定してない。抵抗されたとしても名前だけは見えたり、種族までは見えたり、結果も割とバラバラ。ていうかさ、さっきからさり気なく使ってるんだけど、レアちゃん全く見えないでやんの。前にじゃれた時、あれ手加減してくれてたとかあるの？」

「別に手は抜いてないよ。ただわたしのビルドが魔法系に偏ってるってだけ。肉体系のステータスも上げてはいるけど、魔法ほどじゃないかな。

あと全然さりげなくなかったから。バレバレだったから」

「まじか。素手で戦ったほうが絶対強いのになんでわざわざ魔法系？」

「……そんなの道場でいくらでもできるでしょう？　せっかくのゲームなんだからこっちでしか出来ないことをやるよ。魔法ぶっ放したりとか、真剣の薙刀《なぎなた》振り回したりとか」

「薙刀？　作ったの？

あ！　もしかしてノイシュロス攻略したプレイヤーってレアちゃんのことか！　普通のプレイヤーらしいって話だったから完全に除外してた！　そうか、なるほど、さっきの情報通りのことが可能ならたしかにあれがレアちゃんだったとしてもおかしくないな。

よかったー知り合いで。新たにやばい奴が現れたと思って警戒してたよ」

マーレのことだろう。これはもう、完全にインベントリのことがばれている。マーレについて語られていたスレッドではプレイヤーだと判断した理由にインベントリの使用が挙げられていたからだ。

ライラの性格ならば公開することは無いだろうし、他のプレイヤーに広まらないならまあ構わないが。

「他になんかやらかしてないよね？　ついでに聞いとくけど」

「他に？　うーん……。

あ、よくある質問のあれ、スケルトンの骨が何の骨なのか聞いたのわたしだよ」

「どうでもいいよ！」

「え？　元になった魔物の骨なんじゃないの？　うちのスパルトイとか元はリザードマンだったし」

「生まれながらのスケルトンの話だよ。元になった魔物がいない奴ね」

「待って、生まれながらのスケルトンて何？　アンデッドなのに生まれるってどういうことなの……？」

「自分のことでしょ。元々スケルトンって言ってたじゃない」

「ブランちゃんが会話に交じると一気にブラン時空に引きずり込まれる感あるよね。このゆるい空気嫌いじゃないけど。

あ、そうだブランちゃんに聞きたいことあったんだった。君んちのアザレアちゃんたちいるじゃない？　あの配下の吸血鬼系の子。あの子たちって元々吸血鬼だったのを捕まえたの？　それとも何かから転生したの？

ヒューマンそっくりだし使い勝手よさそうだから、私も同じやつが配下に欲しいんだけど」

現状ライラの手駒には飛行可能なユニットがいない。

野鳥や適当な鳥系の魔物ならそこらのものを捕まえてくればいいだろうが、知能が高く人型で飛行可能となればその戦略性は数段上がる。

「おっと！　ようやくわたしの話を聞く気になりましたか！　アザレアとマゼンタとカーマインのことっすね！

あの子たちはもともとは墓場にいたコウモリだったんすよ。それをたくさん捕まえてきて、わたしの血で転生させたの」

「たくさん捕まえたんだ。じゃあ他の子もどこかにいるの？」

「他の子？」

「え、たくさん捕まえたんじゃないの？　ふつう三人――三匹をたくさんとは表現しないよね」

「ああ！　そういう。

捕まえてきたのは九匹で、三匹が合体して一人のモルモンになったんすよ。今でもコウモリに変身すると三匹になりますよ。それぞれが元のＬＰを三分割してるみたいで――」

「は⁉」

「なにそれ⁉」

生物が合体とは聞き捨てならない。

転生などの上位個体への変化は、単体で行うものだと考えていたし、これまで行ってきた転生もすべてそうだった。

「……おかしいな、けっこう虎の子を出したつもりだったんだけど、私の『鑑定』の情報が急に霞《かす》んできたぞ」

「わたしに至っては、ライラにしか価値のない情報しか出してないんだけど」

「想像以上の反応！　え？　なんかおかしいの？」

「……いや、おかしくはないよ。ありがとうブラン」

「うんうん。ブランちゃんの情報はすごいってことだよ」

仮に本当に魔物が合体できるとしても、まずは組み合わせを考え、色々試してみる必要がある。

まさか全ての種族で可能なことだとは思えない。ヒューマンやエルフなどが数人集まって一体のナニモノかになるなどおぞましいことこの上ない。

「だけどブランの配下にはゾンビも多数いたはずだし、それら全部を転生させて下級吸血鬼《レッサーヴァンパイア》にしたんじゃなかった？

ゾンビは合体できないということ？　それともやり方がコウモリのときと違ったとか？」

「えー。どうかなあ。

やり方が関係あるかはわかんないけど、アザレアたちのときはえっと、九匹全部一緒に転生させたんだったかな。そうしたら三人の娘っ子が出来たからそりゃもうびっくりしたもんだよ。

ゾンビくんたちの時は確か、列に並んで一人ずつやったんだよ。血による転生はＬＰ消費がきつくてさー。まとめてやろうとしたら止められたの」

つまり特定の種族に対して、ほぼ同時にアイテムを使用して条件を満たしてやれば、複数のキャラクターをひとつに融合させて転生させることが可能だということだ。

吸血鬼の血による効果だったり、さらにそれをコウモリという吸血鬼に縁のある種族に使ったから起きた特殊なケースである可能性もあるが、賢者の石で代用できる可能性もゼロではない。

しかしマスクデータの多いこのゲームにおいて、アイテムだけが条件であるとも限らない。

たとえば「吸血鬼が吸血鬼の血を使用して配下を転生させた場合」などの条件が設定されている

×9

可能性もある。

他にも合体できそうな種族として、アンデッド以外にも魔法生物やゴーレム系も十分考えられる。

それを別の何かで再現するとなると何があるだろう。

融合、というイメージからすればやはり『錬金』の『大いなる業』が有力だ。あれを——

「なんか考え込んでるけど、思いついたことでもあるの？」

「……いや別に何も？」

「嘘《うそ》が下手かよ」

「さすがにわたしでも嘘ってわかるよ……。思いついたことあるなら見せてよう。よくわかんないけど、わたしの情報けっこう良かったんでしょ？　そのお返しってことで！」

「ぐぬぬ」

レアもかなり重要な情報をぽろりしているのだが。

しかしそれがブランにとっては価値のない情報であるなら意味がない。

「……思いついただけだからね。うまくいくかもわからないし、何らかの反応が起こるとしても、それがキャラクターの合体につながるかどうかも」

「でもこれから検証してみるつもりだったんだよね？　それを私たちにも見せてくれるだけでいいんだよ。ほら、実質レアちゃんの持ち出しはゼロさ」

実質ゼロは実質はゼロでないことがほとんどだ。

しかし悔しいことに、ギリギリ認めてもいいかと思えるラインであることも確かだった。

「見てもいいけど、解説はしないよ。それでもいいなら」

「それで構わないよ」

「あ、これ知ってる。そうやって言いながら聞いたら結局は教えてくれるんだよね。何デレっていうんだっけこういうの？」

ブランの言葉は無視して、先に進める。

同席させるのは構わないが、そうなると重要になってくるのは場所だ。

「どこでやればいいかな？　ここでもいいけど、ついでに超大型の配下も呼び出したりするかもしれないから、建物の中だと厳しいかな」

「どのくらい大きいの？　多少なら中庭使えばいいけど」

「この王城くらいかな。転んだりしたら王都が崩壊するかも」

「限度あるでしょ！」


実験は結局トレの森で行うことになった。

レアは眷属《けんぞく》の元へ直接飛べばよいが、他の二人は移動を考える必要がある。

「トレの森は確か☆5で転移リストに登録されてるはずだから、この街の傭兵《ようへい》組合から飛んでくればいいよ。誰も来ないしセーフティエリアがどこにあるのかまだ調べてないけど、まあ迎えに行けたら行くよ」

「行けたら行くよは絶対来ないやつだよね」

「ハイ先生！　転移ってどうやるの？」

「傭兵組合に転移専用の石碑があるんだ。行けばわかるよ。

ライラは普通に顔だけ隠せばいいよね。ブランも……顔だけ隠せばいいかな。

顔色悪いし目も赤いけど、それだけなら普通のプレイヤーに居ないこともないだろうし、口さえ開かなければ問題ないかな」

「喋《しゃべ》ると美人が台無しみたいに言われた⁉」

「美人とは言ってないし、口開くと犬歯が見えちゃうからだよ。中身の話は今はしてないよ」

「なんだ、よかったー」

今していないだけで、今後もしないとは言っていない。


一足早く、レアはトレの森へとやってきた。

オーラル王城の会合で聞いたブランの話、そしてこれから行うつもりの検証について考える。

複数の個体が寄り集まって一個の強力な個体に転生するなど考えたこともなかった。

即座にはイメージしづらいが、サンゴやクラゲなど、現実にもそういう生態の生物はいる。ありえない話ではない。

コウモリでもそれが成ったというならば、もっと大きな生物でも可能性はある。組み合わせによっては既存の災厄級の存在を超える魔物を生み出すことができるかもしれない。

魔法生物であるエルダーロックゴーレムのウルルならそのハードルも低そうだ。単純に転生させるだけでなく、全く新しい強化もできるかもしれない。

そしてそれらの可能性を十分に検証した後、自分自身の強化に応用することができたなら。

「――ふふ。夢が膨らむな、これは」

あとがき

お久しぶりです。二巻から五ヵ月ぶりとなりますね。お読みいただきありがとうございます。巻を追うごとにページ数が増えていくなか、お値段据え置きで企画してくださっているカドカワBOOKS様には感謝してもしきれません。

さて二巻のあとがきでは同人活動をしていた大学時代の話をしようと思っていましたが、ページ数の関係でできませんでした。三巻では五ページもの文量をいただきましたので、同人活動も含め、私の学生時代の学業以外への取り組みについて語りたいと思います。

興味のない方は最後の段落の広告&スペシャルサンクス枠まで飛ばしていただいて構いません。

まずはラノベ好き中学生だった頃。私は科学部で、特に功績や実績を残したわけではありませんが、定期的に自治体（だったかどうかは忘れましたが何らかの機関）から依頼される生物の分布調査のようなことをやっていました。少額ながら報酬もありましたので、進んで参加していました。

その後進学した高校には似たような部はありませんでした。なので趣味に走ろうと考え、美術部に入部しました。当時から私はオタクでしたので、絵を描くことに興味があったのです。ただあまり積極的に美術部の活動には参加していませんでした。私が描きたかったマンガ絵やイラストと、部において課題とされている水彩画や油絵との方向性があまりマッチしていなかったのが理由です、と当時なら言っていたでしょうが、今思えば、それは課題に対して真剣に取り組み、努力できなかった自分を認めたくなかっただけの言い訳ですね。

事実、一緒に入部した私の友人は油絵で見事にアニメキャラを描いていました。この彼とは高校卒業後、同人サークルを立ち上げ同人誌を作成し夏コミや冬コミに参加することになります。先にお話しした同人活動とはこれのことですね。彼はちょうど私が本作の書籍化のお話をいただいたころ、結婚しやがりました。いやだからどうだってわけではありませんが。

ちなみに同人サークルは三人で活動していたのですが、もうひとりのメンバーというのが一巻の著者近況で書いたたこ焼き屋の店主です。正確にはたこ焼きも売ってるたい焼き屋の店主です。こいつは私同様独身なのでいい奴《やつ》です。今のところは、ですが。

大学に入ると、私は同人活動と並行して大学のサークル活動をしたいと考えました。それも既存のサークルに入るのではなく、自分でイチからサークルを立ち上げようと。

自分でサークルを立ち上げるためには、この大学におけるサークル活動とはどういうものなのか、どんなサークルがあるのかなどを調べる必要があると考えました。なのでまず既存のサークルの説明会に参加しました。それを踏まえた上で、目指すサークルのビジョンを定めようとしたのです。

その説明会で私は、ある先輩と出会いました。結果的に私は自分でサークルを立ち上げる野望を諦《あきら》め、この時の説明会のサークルに参加することになるのですが、その先輩がいなければそうはなっていなかったと思います。

その先輩は一言でいうと、やベーやつでした。

客観的に見ると、サークルの部長でありながら実務は副部長以下に丸投げ、学業の成績も思わしくなく、取得が危ぶまれる単位に関しては部の友人のノートを丸コピーして試験に臨むなど、およそ人として魅力があったとは言い難い人物でした。外見も中分けに度のキツイ眼鏡で、常時チェックのシャツとデニムのパンツという、ステレオタイプのオタクそのものの出《い》で立《た》ちでした。夏はミリタリー柄のバンダナもしていました。素行は不良とまでは言いませんが、アルバイト先のお城のようなホテル（隠語）に出勤するために大通りの信号のない場所を中央分離帯を乗り越え徒歩で無理やり横断するなど、社会通念上よろしくない行為も平気で行う性格でした。自分のことを「隊長」と呼ばせながら、一体なんの隊の長なのかはまったくわからないという、ちょっとその、痛いところもありました。

しかし、サークル内における彼の人望は圧倒的でした。

実務を投げられる副部長以下も、彼の指示だからこそ、文句を言いながらも喜んでそれをこなしていました。ノートを貸した友人もそうでした。大学の一部の教員の方からも信頼を寄せられておりました。

彼にはとても大学生とは思えない、類まれなる演説やプレゼンの能力がありました。また部下に仕事を丸投げするのも、一見何でもないように見えて、各人に合わせた仕事を割り振るのは学生が簡単にできることではありません。イベント事の当日の咄嗟《とっさ》のトラブル処理の手際も抜きん出ていました。

ゲーム的にまとめると、彼は「統率」や「カリスマ」だけがS評価で、それ以外は全てE評価みたいな極端なキャラでした。隊長という特異な呼称は、私の中ですぐに腑《ふ》に落ちました。

自分とそう歳《とし》も変わらないのにこんなやつがいるのか、と思った私は、隊長を尊敬し、いつか彼を超えてやろうという思いを胸に、サークルに参加しました。彼を追って過ごしたこの一年は、現在の私の人格形成に多大な影響を及ぼしていると思います。付き合えば付き合うほど「こいつやベーな」という新たな発見をすることになりましたが、私の尊敬の念はいささかも衰えることはありませんでした。

彼の卒業後、私はサークルの部長となり、その後三年間部長を務めました。在籍していた大学がちょうど短大から四大への過渡期でしたので、隊長は二年で卒業し、私は二年目から四年目まで部長でした。隊長の三倍の期間を部長として務め、学生としても四大になってから初の就職内定者として下級生の前で講演めいたことをさせていただいたりもしましたが、果たして彼を超えることができたのかどうかはわかりません。

当時の私に対し、今の私が言えるのは、早く内定が取れたからといって安易にその会社に決めてしまったりしないほうがいいよ、ということだけです。今私はそのときの会社とは別のところに勤めています。最初に勤めた会社は私が辞めたあと、外部から招いたコンサル的な立ち位置の専務に会社を乗っ取られ、社長室が元男子更衣室に追いやられるなど楽しいイベントがあったようです。どうせ入社したならもうちょっと残ってれば良かったなと思いました。

大学時のサークルの先輩の中には他にも、軍手をコネコネしてリアルな男性器そっくりのオブジェを数秒で作成できる方や、商売になるレベルのバルーンアートが特技の方、声真似《まね》が超上手《うま》いマッチョの兄貴、卒業後にレースクイーンになったお姉様など色々な方がいらっしゃいますが、隊長と比べるとやはり印象の強さで負けてしまっている感が否めません。

もう連絡を取る手段がありませんので、隊長が今どこで何をしているのかはわかりませんが、もしどこかでこの本を手に取り、あとがきに目を通して「私じゃねーかこれ！」と驚かせることができたとしたら、その時初めて、私は一芸にて隊長を超えてやりましたよ、と言える気がします。とか言っておきながら作家の先輩諸兄の中に隊長がいたりしたら、私の負けです。対戦よろしくお願いします。

あ、そうだ！（唐突）

二巻なんかのオビでは告知してありましたが、『黄金の経験値』がコミック化することになりました。ドラドラふらっとｂにて十月十九日より連載開始となります。この巻の発売後すぐですね。霜月汐《しもつきしお》先生の手で緻密《ちみつ》かつ大迫力に描かれる『黄金の経験値』が読めるのはドラドラふらっとｂだけ！

最後になりますが、イラストを担当してくださったfixro2n様。今回もありがとうございます。特定災害キャラの胸を削るよう指示を出したのは私です。担当編集様は恨まないであげてください。校正様。いつもよりちょっと修正が多いかな、と思われたかもしれませんが、これは三巻からダンジョンランクでアラビア数字を使うようになったせいで……あ、いいえ、お手数おかけします。いつもお世話になっております。

そしてこの本の出版に力を割いてくださったすべての皆様に、心より感謝申し上げます。

原純《はらじゅん》

お便りはこちらまで

〒102－8177
カドカワBOOKS編集部　気付
原純（様）宛
fixro2n（様）宛

カドカワBOOKS

黄金《おうごん》の経験値《けいけんち》 Ⅲ
特定災害生物《とくていさいがいせいぶつ》「魔王《まおう》」迷宮《めいきゅう》魔改造《まかいぞう》アップデート

2023年10月10日　初版発行
2024年 4 月15日　3 版発行

著者／原 純《はらじゅん》

発行者／山下直久

発行／株式会社KADOKAWA

〒102-8177
東京都千代田区富士見2-13-3
電話／0570-002-301（ナビダイヤル）

編集／カドカワBOOKS編集部

印刷所／暁印刷

製本所／本間製本

●お問い合わせ
https://www.kadokawa.co.jp/（「お問い合わせ」へお進みください）
※内容によっては、お答えできない場合があります。
※サポートは日本国内のみとさせていただきます。
※Japanese text only

Printed in Japan
ISBN 978-4-04-075153-5 C0093

新文芸宣言

かつて「知」と「美」は特権階級の所有物でした。

15世紀、グーテンベルクが発明した活版印刷技術は、特権階級から「知」と「美」を解放し、ルネサンスや宗教改革を導きました。市民革命や産業革命も、大衆に「知」と「美」が広まらなければ起こりえませんでした。人間は、本を読むことにより、自由と平等を獲得していったのです。

21世紀、インターネット技術により、第二の「知」と「美」の解放が起こりました。一部の選ばれた才能を持つ者だけが文章や絵、映像を発表できる時代は終わり、誰もがネット上で自己表現を出来る時代がやってきました。

UGC（ユーザージェネレイテッドコンテンツ）の波は、今世界を席巻しています。UGCから生まれた小説は、一般大衆からの批評を取り込みながら内容を充実させて行きます。受け手と送り手の情報の交換によって、UGCは量的な評価を獲得し、爆発的にその数を増やしているのです。

こうしたUGCから生まれた小説群を、私たちは「新文芸」と名付けました。

新文芸は、インターネットによる新しい「知」と「美」の形です。

2015年10月10日
井上伸一郎